瞿秋白精品集

本书编写组◎编

中国现代文学大师精品集

世界图书出版公司
广州·北京·上海·西安

图书在版编目（CIP）数据

瞿秋白精品集／《中国现代文学大师精品集》编委会编．—广州：广东世界图书出版公司，2009.12（2024.2 重印）
（中国现代文学大师精品集丛书）
ISBN 978－7－5100－1457－4

Ⅰ．①瞿… Ⅱ．①中… Ⅲ．①文学－作品综合集－中国－现代 Ⅳ．①I216.2

中国版本图书馆 CIP 数据核字（2009）第 216959 号

书　　名	瞿秋白精品集 QUQIUBAI JINGPINJI
编　　者	《中国现代文学大师精品集》编委会
责任编辑	康琬娟
装帧设计	三棵树设计工作组
出版发行	世界图书出版有限公司　世界图书出版广东有限公司
地　　址	广州市海珠区新港西路大江冲 25 号
邮　　编	510300
电　　话	020-84452179
网　　址	http://www.gdst.com.cn
邮　　箱	wpc_gdst@163.com
经　　销	新华书店
印　　刷	唐山富达印务有限公司
开　　本	787mm×1092mm　1/16
印　　张	13
字　　数	160 千字
版　　次	2009 年 12 月第 1 版　2024 年 2 月第 11 次印刷
国际书号	ISBN　978-7-5100-1457-4
定　　价	59.80 元

作者小传

瞿秋白（1899～1935），原名瞿双，后改名瞿霜、瞿爽。江苏常州人。早年曾到武昌外国语学校学英文，后到北京谋生。1917 年考入北洋政府外交部办的俄文专修馆读书。1919 年参加五四爱国运动，同年 11 月参与创办《新社会》旬刊。

1920 年初，瞿秋白参加了李大钊组织的马克思学说研究会，同年 10 月以北京《晨报》和上海《时事新报》特派记者的身份，去莫斯科采访。1921 年兼任莫斯科东方劳动者共产主义大学中国班的教员。1922 年 2 月在莫斯科经张太雷介绍加入了中国共产党。曾先后出席远东民族代表大会和共产国际第三、四次代表大会。1923 年春回到北京，主持起草了中共第三次全国代表大会纲领草案，参与制定国共合作的战略决策。同年 6 月出席中共第三次全国代表大会，并当选中央执行委员会委员，还担任中共中央机关刊物《新青年》《前锋》主编和《向导》编辑，7 月去上海创办上海大学，任教务长兼社会学系主任。

1924 年 1 月瞿秋白参加了中国国民党第一次全国代表大会，当选为中央执行委员会候补委员，后又担任国民党中央政治委员会委员。1925 年 1 月当选为中共四大中央执行委员、中央局成员。后又参加领导“五卅”运动。1927 年 5 月在中共五大上当选为中央委员、中央政治局委员，同年 7

月接替陈独秀负责中央工作。主编过中国共产党创办的第一张日报《热血日报》，曾将为陈独秀等人压制和拒绝发表的毛泽东写的《湖南农民运动考察报告》发表，并为之写了序言。

1927 年大革命失败后，瞿秋白在汉口主持召开了临时中央紧急会议（八七会议），后任中央临时中央政治局常委，主持中央工作，成为党的主要领导人之一。1928 年 4 月去苏联，6 月主持召开中共六大，并当选为中央委员，在中共六届一中全会上当选为中央政治局委员。会后，作为中共代表，参加了共产国际第六次代表大会，当选为共产国际执行委员会委员和主席团委员及政治书记处成员。后留在莫斯科，任中共中央驻共产国际代表团团长。在苏联期间开始研究中国共产党党纲、中国苏维埃宪法、土地法、劳动法、婚姻法等问题，写了大量论著，翻译了共产国际纲领以及斯大林论列宁主义的著作。1930 年 8 月回到上海，9 月和周恩来一起主持中共六届三中全会。1931 年 1 月，在被王明错误打击、解除中央领导职务后，他到了白色恐怖笼罩的上海，和鲁迅并肩战斗，结下深厚友谊，一起领导左翼文化运动，反击国民党文化的“围剿”，系统向中国读者介绍了马克思、恩格斯、列宁、斯大林及普列汉诺夫关于文学艺术的理论，翻译了苏联的许多著名文学作品。1934 年 2 月到瑞金，任中华苏维埃共和国中央政府人民教育委员，还兼任苏维埃大学校长。同年 10 月中央红军主力长征后，留在南方，任中央分局宣传部部长。

1935 年 2 月 23 日瞿秋白在福建长汀县被捕，6 月 18 日在长汀英勇就义，年仅 36 岁。著有遗嘱《多余的话》。

目　录

散　文

心的声音　3
涴漫的狱中日记　13
新的宇宙　16
那个城　18
一种云　20
英雄巧计献上海　22
多余的话　25
最低问题　46
世纪末的悲哀　48
画狗罢　50
狗样的英雄　52
猫样的诗人　56
吉诃德的时代　58
水陆道场　60
新鲜活死人的诗　69
财神还是反财神？　72
青年的九月　85

美国的真正悲剧 91
非政治主义 96
萧伯纳并非西洋唐伯虎 99
“美” 101
王道诗话 103
苦闷的答复 105
迎头经 107
出卖灵魂的秘诀 109
最艺术的国家 111
真假董吉诃德 113
透 底 115
人才易得 117
择 吉 119
“儿 时” 121
中国文与中国人 123

书 信

致胡适 127
弟弟的信 129
致杨之华信四封 131
致郭沫若 135

游 记

饿乡纪程 139

散文

心的声音

绪　言

心呢？……真如香象渡河，毫无迹象可寻；他空空洞洞，也不是春鸟，也不是夏雷，也不是冬风，更何处来的声音？静悄悄地听一听：隐隐约约，微微细细，一丝一息的声音都是外界的，何尝有什么“心的声音”。一时一刻，一分一秒间久久暂暂的声音都是外界的，又何尝有什么“心的声音”；千里万里，一寸尺间远远近近的声音，也都是外界的，更何尝有什么“心的声音”。钩辀格磔，殷殷洪洪，啾啾唧唧，呼号刁翟，这都听得很清清楚楚么，却是怎样听见的呢？一丝一息的响动，澎湃訇磕的震动，鸟兽和人底声音，风雨江海底声音几千万年来永永不断，爆竹和发枪底声音一刹那间已经过去，这都听得很清清楚楚么，都是怎样听见的？短衫袋里时表的声音，枕上耳鼓里脉搏的声音，大西洋海啸的声音，太阳系外陨石的声音，这都听得清清楚楚么，却是怎样听见的呢？听见的声音果真有没有差误，我不知道，单要让他去响者自响，让我来听者自听，我已经是不能做到，这静悄悄地听着，我安安静静地等着；响！心里响呢，心外响呢？心里响的——不是！心里没有响。心外响的——不是！要是心外响的，又怎样能

听见他呢？我心上想着，我的心响着。

我听见的声音不少了！我听不了许多凤箫细细，吴语喁喁底声音。我听不了许多管、弦、丝、竹、披霞那、繁华令底声音。我听不了许多呼卢喝雉，清脆的骰声，嘈杂的牌声。我听不了许多炮声、炸弹声、地雷声、水雷声、军鼓、军号、指挥刀、铁锁链底声。我更听不了许多高呼爱国底杀敌声。为什么我心上又一一有回音？

一九一九年五月一日我在亚洲初听见欧洲一个妖怪的声音。他这声音我听见又迟了。——真听见了么？——可是还正在发扬呢。再听听呢，以后的声音可多着哪！欧洲，美洲，亚洲，北京，上海，纽约，巴黎，伦敦，东京……不用说了。可是，为什么，我心上又一一有回音呢？究竟还是心上底回音呢？还是心的声音呢？

一九二〇年三月六日晚上（庚申正月十五夜），静悄悄地帐子垂下了；月影上窗了，十二点过了，壁上底钟滴嗒滴嗒，床头底表悉杀悉杀，梦里听得枕上隐隐约约耳鼓里一上一下的脉搏声，静沉沉，静沉沉，世界寂灭了么？猛听得砌的一声爆竹，接二连三响了一阵。邻家呼酒了：

“春兰！你又睡着了么？”

“是，着，我没有。”

“胡说！我听着呢。刚才还在里间屋子里呼呼的打鼾呢。还要抵赖！快到厨房里去把酒再温一温好。”

我心上想着：“打鼾声么？我刚才梦里也许有的。他许要来骂我了。”一会儿又听着东边远远地提高着嗓子嚷：“洋……面……饽饽”，接着又有一阵鞭爆声；听着自远而近的三弦声凄凉的音调，冷涩悲亢的声韵渐渐的近了……呜呜的汽车声飙然地过去了……还听得“洋……面……饽饽”叫着，已经渐远了，不大听得清楚了，三弦声更近了，墙壁外的脚步声、竹杖声清清楚楚，一步一敲，三弦忽然停住了。——呼呼一阵风声，月影儿动了两动，窗帘和帐子摇荡了一会儿……好冷呵！静悄悄地再听一听，寂然一丝声息都没有了，世界寂灭了么？

月影儿冷笑：“哼，世界寂灭了！大地上正奏着好音乐，你自己不去听！那洪大的声音，全宇宙都弥漫了，金星人，火星人，地球人都快被他惊醒那千百万年的迷梦了！地球东半个，亚洲的共和国里难道听不见？现

在他的名义上的中央政府已经公布了八十几种的音乐谱，乐歌，使他国里的人民仔细去听一听，他也可以随喜随喜，去听听罢。”我不懂他所说的声音。我只知道我所说的声音。我不能回答他。我想，我心响。心响，心上想：“这一切声音，这一切……都也许是心外心里的声音，心上的回音，心底声音，却的确都是‘心的声音’。你静悄悄地去听，你以后细细地去听。心在哪？心呢？……在这里。”

一九二〇年三月六日。

一　错误

暗沉沉的屋子，静悄悄的钟声，揭开帐子，窗纸上已经透着鱼肚色的曙光。看着窗前的桌子，半面黑魆魆，半面黯沉沉的。窗上更亮了。睡在床上，斜着看那桌面又平又滑，映着亮光，显得是一丝一毫的凹凸都没有。果真是平的。果真是平的么？一丝一毫的凹凸都没有么？也许桌面上，有一边高出几毫几忽，有一边低下几忽几秒，微生虫看着，真是帕米尔高原和太平洋低岸。也许桌面上，有一丝丝凹纹，有一丝丝凸痕，显微镜照着，好像是高山大川，峰峦溪涧。我起身走近桌子摸一摸，没有什么，好好的平滑桌面。这是张方桌子。方的么？我看着明明是斜方块的。站在洗脸架子旁边，又看看桌子，呀．怎么桌子只有两条腿呢？天色已经大亮，黯沉沉的桌子现在已经是黄澄澄的了。太阳光斜着射进窗子里来，桌面上又忽然有一角亮的，其余呢——黯的，原来如此！他会变的。……唉，都错了！……

洗完脸，收拾收拾屋子，桌子，椅子，笔墨书都摆得整整齐齐。远远的看着树杪上红映着可爱的太阳儿，小鸟啁啾唱着新鲜曲调，满屋子的光明，半院子的清气。这是现在。猛抬头瞧着一张照片，照片上：一角花篱，几盆菊花，花后站着、坐着三个人。我认识他们，有一个就是我！回头看一看，镜子里的我，笑着看着我。这是我么？照片上三个影子引着我的心灵回复到五六年前去。——菊花的清香，映着满地琐琐碎碎的影子，横斜着半明不灭的星河，照耀着干净净的月亮。花篱下坐着三个人，地上纵横着不大不小的影子，时时微动，喁喁的低语，微微的叹息，和着秋虫啾啾唧唧，草尖上也

沾着露珠儿，亮晶晶的，一些些拂着他们的衣裳。暗沉沉的树荫里飕飕的响，地上参差的树影密密私语。一阵阵凉风吹着，忽听得远远的笛声奏着《梅花三弄》，一个人从篱边站起来，双手插插腰，和那两个人说道：“今天月亮真好。”……这就是我。这是在六年以前，这是过去。那又平又滑的桌面上放着一张纸条，上面写道：“请秋白明天同到三贝子花园去。呵！明天到三贝子花园去的，不也是我么？这个我还在未来；如何又有六年，如何又有一夜现在，过去未来又怎样计算的呢？这果真是现在，那果真是过去和未来么？那时，这时，果真都是我么？……唉！都错了！……

我记得，四年前，住在一间水阁里，天天开窗，就看着那清澄澄的小河，听着那咿咿哑哑船上小孩子谈谈说说的声音。远远的，隐隐约约可以看见江阴的山，有时青隐隐的，有时黑沉沉的，有时模模糊糊的，有时朦朦胧胧的，有时有，有时没有。那天晚上，凭着水阁的窗沿，看看天上水里的月亮。对岸一星两星的灯光，月亮儿照着，似乎有几个小孩子牵着手走来走去，口里唱着山歌呢。忽然听着一个小孩子说道：

“二哥哥，我们看水里一个太阳，太……”又一个道：

“不是，是月亮，在天上呢，不在水里。”转身又向着那一个小孩子说道：

“大哥哥，怎么今天月亮儿不圆呢？昨天不是圆的么？”听着回答道：

“怎么能天天都是圆的呢？过两天还要没有月亮呢？”

“大哥骗我，月亮不是天生圆的么？不是天天有的么。”

“我们去问姊姊。姊姊，姊姊。我刚才和阿二说，月亮会没有的，他不信，他说我说错了。”姊姊说道：

“妈妈的衣服还没有缝好呢，你们又来和我吵，管他错不错呢……”

一九二〇年三月二十日。

二　战争与和平

小花厅里碧纱窗静悄悄的，微微度出低低的歌声。院子里零零落落散了一地的桃花，绿荫沉沉两株杨柳，微风荡漾着。一个玲珑剔透六七岁的

小孩子坐在花厅窗口，口里低低的唱着：

“姊姊妹妹携手去踏青。
垂垂杨柳，呖呖莺声，
春风拂衣襟，春已深。
郊前芳草地，正好放风筝……”

桌子上放着一个泥人，是一个渔婆，手里提着一只鱼篮，背上搁着很长很长一竿钓鱼竿，丝线做的钓丝，笑嘻嘻的脸。小孩子一面唱一面用手抚着那钓丝，把许多桃花片，一片一片往钓丝上穿，又抓些榆树钱放在那鱼篮里。又一个小孩子走来了。说道：“哥哥，我找你半天了，爸爸给我一个皮球。”那哥哥道：“我不爱皮球。弟弟，你来瞧，渔婆请客了，你瞧他体面不体面？篮子里还装着许多菜呢。”弟弟瞧一瞧说道：“真好玩，我们两个人来玩罢。”说着，转身回去拿来许许多多纸盒，画片，小玻璃缸，两只小手都握不了，一忽儿又拿些洋团团，小泥人来了。两个小孩子摆摆弄弄都已摆齐了，喜欢得了不得，握握手对着面笑起来。弟弟一举手碰歪了一只小泥牛，哥哥连忙摆好了说道：“都已齐了，我们请姊姊来看，好不好呢？”弟弟说：“我去请。”说着兴头头的三脚两步跑进去了。一忽儿又跑出来气喘喘地说道：“姊姊不来，他在那儿给渔婆做衣服呢。”

哥哥道：“他不来么？”说着，又把一张画片放在渔婆面前说道：“弟弟，你瞧，渔婆又笑了。”弟兄两个人拍着手大笑。一忽儿，哥哥弟弟都从椅子上下来，一面踏步走，一面同声唱着，嚷着很高的喉咙，满花厅的走来走去，只听得唱道：

“……战袍滴滴胡儿血。
自问生平……头颅一掷轻。”

一面唱一面走出花厅，绕着院子里两株杨柳，跑了两三匝。哥哥忽然说道：“渔婆要哭了，进去罢。”弟兄两个又走进花厅，两个人都跑得喘吁吁的。哥哥在桌子上一翻，看见一张画片，诧异道：“谁给你的？我昨天怎么没有看见他？”弟弟道：“爸爸昨天晚上给我的。”哥哥道：“送给我罢。”弟弟道：

“不，为什么呢？爸爸给我的。”弟弟说着，把那张画片抢着就跑。哥哥生气道：“这些我都不要了……”说着，两只小手往桌子上乱扑乱打了一阵。渔婆，小泥人，玻璃缸打得个稀烂。弟弟听着打的声音又跑回来，看一看，哭道：“你把我洋团团底头打歪了，我告诉爸爸去！”说着往里就跑，哥哥追上去，弟兄俩扭做一堆，连扭带推，跑过院子，往里面上房里去了。

只听花厅背后，弟弟嚷着的声音：“姊姊！姊姊！哥哥打我……”

院子里绿荫底下，落花铺着的地上，却掉着一张画片——原来是法国福煦元帅底彩色画像，带着军帽穿着军衣的……

一九二〇年三月二十八日。

三　爱

“爱”不是上帝，是上帝心识底一部现象。

——托尔斯泰

“唔唔……妈呢？……”

“好孩子。妈在城外赶着张大人家丧事，讨些剩饭剩菜我们吃呢。闭着眼静静儿罢。陆毛腿去弄药草怎么到现在还不来呢？孩子，你饿吗？难受得厉害吗？吃什么不要？”

“我……唔唔……我……我我……不……我不……”

模模糊糊的呻吟声，发着，断断续续的……轻微声浪隐隐的震着，沉静的空气里荡漾着……唉！

嫩芽婀娜的几株垂杨底下，一家车门旁边，台阶上躺着十二三岁的孩子，仰面躺着，那如血的斜阳黯沉沉的映着他姜黄色的脸，只见他鼻孔一扇一扇，透不出气似的。时时呻吟着。旁边跪着一个老头儿，满脸沙尘，乱茅茅的胡须，蓬蓬松松的头发，苍白色的脸，远看着也分不出口鼻眼睛，只见乌黑阵阵的一团。他跪在地上，一手拿着许多柳枝替小孩子垫头，一手抚着小孩子底胸，不住的叹气，有时翻着自己褴褛不堪的短衫搔搔痒。他不住的叹气，不住的叹气！心坎里一阵酸一阵苦。他时时望着西头自言

自语："来了吗？没有！不是，好孩子！"……"你妈……"

我在街上走着，走着，柳梢的新月上来了……呼呼一阵狂风。呼……呼……满口的沙尘。唉！风太大了！……

一个"冥影"飕然一扇，印在我心坎里，身上发颤，心灵震动……震动了。他们……他们那可怕的影子，我不敢看。

"老爷，老爷！多福多寿的爷爷，赏我们……赏……"

那老头儿在地上碰着头直响，脸上底泥沙更多了。小孩子翻一翻眼，唉！可怕，他眼光青沉沉的……死……死人似的！可怕！

"老爷，我这小孩子病了。怎好？赏几个钱……"

老头儿又碰着头，我走过他们，过去了，又回头看看，呀！……给他们两个铜元……两个铜元？

老头儿拣着，磕头道谢；又回身抚着小孩子，塞一个铜元在他手里，又道："妈来了，来了。"小孩睁一睁眼……我又回头一看，赶快往前就走，我心里，心里跳。怪，鬼，魔鬼！心里微微的颤着，唉！

我事情完了，要回家去。叫洋车，坐上车，一个小孩子跟着车夫。车夫给他一个铜元道："家去跟着妈罢！"

"爸爸回来吃晚饭？我们等着爸爸……等着您！"

在长安街两边的杨柳、榆树，月亮儿莹洁沉静，沉静的天空。呀！不早了！十点半。车夫拖着车如飞地往前走去。似乎听得："妈！……好吃……嘻嘻嘻……"

月亮儿莹洁沉静，沉静的天空！

"爱！"……宇宙建筑在你上。

四　劳动？

青隐隐的远山，一片碧绿的秧田草地，点缀着菜花野花，一湾小溪潺潺流着；阴沉沉的树林背后，露出一两枝梨花，花下有几间茅屋。风吹着白云，慢慢的一朵朵云影展开，绉得似鱼鳞般的浪纹里映着五色锦似的，云呵，水呵，微微的笑着；远山颠隐隐的乌影闪着，点点头似乎会意了。啁啁啾啾的小鸟，呢呢喃喃的燕子织梭似地飞来飞去。青澄澄的天，绿茫茫的地，阴沉

沉的树荫，静悄悄的流水，好壮美的宇宙呵，好似一只琉璃盒子。

那琉璃盒，琉璃盒里有些什么？却点缀着三三两两的农夫弓着背曲着腰在田里做活。小溪旁边，田陇西头，一个八九岁的小孩子，穿着一条红布裤子，一件花布衫，左手臂上补着一大块白布，蓬着头，两条小辫子斜拖着，一只手里拿着一件破衣服，汗渍斑驳的，一只手里提着篮，篮里放着碗筷，慢慢的向着一条板桥走去，口里喃喃地说道："爸爸今日又把一些菜都吃了，妈又要抱怨呢。"他走到桥上，刚刚两只燕子掠水飞过，燕子嘴边掉下几小块泥，水面上顿时荡着三四匝圆圈儿。他看着有趣，站住了，回头看一看，他父亲又叫他快回家。他走过桥去，一忽儿又转身回来，走向桥坞下，自言自语道："妈就得到这儿来洗这件衣服，放在这儿罢。"一面说，一面把那件衣服放在桥下石磴上，起身提着篮回去了。

夕阳渐渐的下去了，那小孩子底父亲肩着锄头回家了，走过桥边洗洗脚，草鞋脱下去提在手里，走回家去。远山处还是一片晚霞灿烂，映着他的脸，愈显得紫澄澄的。他走到家里。"刚换下来的衣服洗了没有？"一个女人答道："洗好了。四月里天气，不信有这么热！一件衬里布衫通通湿透了。"——接着又道："张家大哥回来了，还在城里带着两包纱来给我，说是一角洋钱纺两支。"那父亲道："那不好吗，又多几文进项。"

那父亲又道："我吃过饭到张家去看看他。"小孩子忙着说道："我跟着爸爸回去，张家姊姊叫我去帮她推磨呢。"父亲道："好罢，我们就吃饭罢。"大家吃过饭，那女人点着灯去纺纱了，爷儿两个同着过了桥，到对村张家来。

听着狗汪汪的叫了两声，一间茅屋里走出一个人来说道："好呀！李大哥来了，我午上还在你家里看你们娘子呢，我刚从城里回来就去看你，谁知道已经上了忙了，饭都没有工夫回家吃，我去没有碰着你，你倒来了。"接着三个走进屋子，屋子里点着一盏半明不灭的油灯，摆着几张竹椅子，土壁上挂一张破钟馗，底下就摆一张三脚桌子；桌子旁边坐着一位老婆婆，手里拈着念佛珠，看见李大哥进来忙着叫他孙女翠儿倒茶。一忽儿翠儿同着李家的小孩子到别间屋子里去了，李大就在靠门一张矮椅上坐下，说道："谢谢你，张大哥，给我带几支纱回来。"那老婆婆说道："原来你们娘子也纺'厂纱'吗？那才好呢。多少钱纺一支？"张大道："半角洋钱。"老婆婆说道："怪不得他们都要纺纱纺线的。在家里纺着不打紧，隔壁的龙家媳妇不是到上海什么工

厂纱厂里去了么？山迢水远的，阿弥陀佛，放着自己儿女在家里不管，赤手赤脚的东摸摸西摸摸，有什么好处！穿吃还不够，镀金戒指却打着一个，后来不知怎么又当了，当票还在我这儿替他收着呢。阿弥陀佛！”

李大问张大道：“庞大现在怎么样了？”老婆婆抢着说道：“他么？阔得很呢！哼！从城里一回来，就摇摇摆摆的，新洋布短褂，新竹布长衫，好做老爷了。一忽儿锄头碰痛了他的手，一忽儿牛鼻子擦脏了他的裤子，什么都不是了；见着叫都不叫一声，眼眶子里还有人吗？我看着他吃奶长大了的，这忽儿干妈也不用叫一声了，当了什么工头，还是什么婆头呢？阿弥陀佛！算了罢！”

张大道：“妈那儿知道呢？他只好在我们乡下人面前摇摆摇摆阔，见他的鬼呢！我亲眼看见他在工厂门口吃外国火腿呢，屁股上挨着两脚，那外国人还叽叽咕咕骂个不住，他只板着一张黑黝黝的脸，瞪着眼，只得罢了，还说什么‘也是’‘也是’。他们那些工厂里的人是人吗？进了工厂出来，一个个乌嘴白眼的，满身是煤灰，到乡下来却又吵什么干净不干净了，我看真像是‘鬼装人相’，洋车夫还不如。”

老婆婆道：“又来了，拉洋车就好吗？你还不心死？拉洋车和做小工的，阿弥陀佛，有什么好处！有一顿没一顿的。你还想改行拉车么？你说你还是不用到城里罢，水也不用挑了。快到头忙了，自己也没有田，帮着人家做做忙工，在家里守着安安稳稳的不好吗？”李大道：“婶婶说得对。现在人工短得很，所以忙工的钱也贵了，比在城里挑水也差不了多少，还吃了人家的现成饭，比我自己种那一二亩田还划算得来呢。”

张大道：“差却不差，我明后天上城和陈家老爷说，我的挑水夫底执照请他替我去销了罢，横竖陈家老爷太太多慈悲，下次再去求他没有不肯的。人家二文钱一担水，他家给三文，现在涨了，人家给四文钱，他家总算七八文，不然我早已不够吃了。”老婆婆叹口气道：“阿弥陀佛，那位老爷太太多子多孙多福多寿。”李大也说声“阿弥陀佛”，说着站起来叫他小孩子道：“我们回去罢，小福，出来罢，请翠姐姐空着就到我们家里去玩。”小福答应着，同着翠儿出来。爷儿二个一同告别要走，翠儿还在后面叫着小福道：“不要忘了，福弟弟，我们明天同去看燕子呀。”说着，祖孙三个都进屋子里去。

月亮儿上来了，树影横斜，零零落落散得满地的梨花，狗汪汪的叫着……

五　远！

远！
远！远远的……
青隐隐的西山，初醒；
红沉沉的落日，初晴。
疏林后，长街外，
漠漠无垠，晚雾初凝。
更看，依稀如画，
平铺春锦，关天云影。

呻吟……呻吟……
——“咄！滚开去！哼！”
警察底指挥刀链条声，
和着呻吟……——“老爷”
“赏……我冷……”……呻吟……
——“站开，督办底汽车来了，
哼！”火辣辣五指掌印，
印在那汗泥的脸上，也是一幅春锦。

掠地长风，一阵，
汽车来了。——“站开……”
白烟滚滚，臭气熏人。
看着！长街尽头，长街尽……
隐隐沉沉一团黑影。……
晚霞拥着，微笑的月影。
……
远！远远的……

涴漫的狱中日记

考古学家新近在东亚大陆上发见许多古代文件。那地方本来“人”迹稀少，毒蛇猛兽横行；现在还是莽莽苍苍，一片凄凉荒芜的秽土，白骨如山的堆积着，满地是毒虫的旧穴，可惜也塞满了泥沙，——这是洪水之后的遗迹。要想考察地下的化石及地面的废址，来研究此地古时的社会，真正不容易。至于那些文件——当然都是烂纸破簿，水痕涴漫，还有乱七八糟，泥污血染的“鸟兽之迹”，实在难以看清楚，加以上面所写的文字，又像埃及古字似的所谓象形字。——很要像拿破仑第一征埃及时那学者的刻苦研究一番。果然，这些文件之中居然有几位东亚语族学家考究出一张破烂的文字。

这张纸还在一九二三年（二月七日）的，距今已有三千零六年，是一篇狱中日记的一页；单是这一个“狱”字就很费考据，至今还没有能详细知道此字的定义。听说这几位学者不久就要发表一篇细密考证的文章，将登在《东亚古史研究》杂志的《猛兽时代号》上；我这里先把这一页日记的“白文”发表，——学者已经研究出来的，至于模糊处及残破处只得暂缺。那些学者的笺注亦暂不刊布，因为他们自己说研究尚未成熟，可以缓些发表。

“……好不容易我们办到如此的成绩！这一次我们非得大家集合起……

我们长辛店……”

“二月□日”

“我这一气非同小可！（姓吴的老五总说我学着写日记，还是套《水浒传》《三国演义》的滥调，从此以后我再不了。）非同小可！……这个地方又不像牢监，又不像……真气闷。……曹贼真正可恶！哼，不过一时得意罢，我们几百几万几千人现在不过刚想团结；这一股气已经直冲出来，大家勇的很呢，什么好的世界都可以造得成，一两个曹贼挡得住么？捉了我们几人就有用么？还有那不要脸的，自己从前说是帮助我们工人的，现在就是他的兵先杀人。……我们自己伙里明白人本也不多，他们这么一来，倒也好……教训，大家长了不少知识……

“老五可怜呵。我们在厂里，在车站上，一天做十点钟，他在会里一天到晚十六个钟头也不止，时时刻刻的麻烦不了。我们下了工到会里还要大家商量事情，——乏得很。可是以前我是像死人似的；从那时起，就不同了：——我现在厂里，看大家兄弟们一块儿做事，仿佛一团和气；无论轮机声怎响，——愈响愈妙，——我总听得见似乎有人喊着：‘这就结连起来，就结连起来！’老五的人真可爱，他说得明白，讲得出此中的道理，我自己反不如他说得透彻。

“老五从小又没吃过这样的苦……他是念书人。我问他，他还生气，常常说：‘你们怎么不明白！咱们的事大得很，各方面都要人才，都要干。我不穿这样的衣，吃这样的饭，哪能住在这里？譬如还有别的几位同志他们有应办的事，便不能如此，又是一种……”这也……

“唉！□□军□……可恶。看不见了。写不得了。……好臭！□月九□

“奇怪！他们竟是开玩笑。今天突然间带我们到刑场上去………愤气……什么都忘了，‘我们之后还有不少人呢；不说现时的工人多不过，国内此后将要做工人的人更不知道几万万……杀得净么？’我只觉得那时眼光是直的，耳里听得声响分外的清楚。四五天没见天日了，今天刑场却成了我的天日！街上走的人，有我们的同事，我似乎看见他们眼睛里……面色白得……白得可以显出我们这几万人的心，几万人的力量。……□□副□又……怎么样？又回到监狱里了。不杀？哼！”

“听说前天扬子江边我们的人被杀了不少……又听说‘大家’都走开

了。怎么了？我想那一个人头（姓林的），血淋淋的挂在……睡梦中都可以看得见那切齿忿恨的形容，听得见那天昏地暗的一片惨呼的声音。呵。什么！无缘无故三十多人杀了，弹死了。……我们不怕！我们这里也是这样。——那时我记得，一望过去，只见：簇簇的人头拥住了那穿金丝绣的洋服的。'开枪！'……惨呵！难道这还是人的声音。不是！是军官的声音。可不是么？那天当夜我们就来了。你看，老五袜都没有穿……呼呼的冷风，乌黑的深夜里，跳着脚……

"………………

"□□□日

"前天看牢的忽然给我们松了一松刑具。……两个月不能写日记了……

"今天老五对我说，他前天递出去一封信……他说：'笑话！谁说唯物论的人没有人的感情！更大！外边有人替我们干得利害。我又写信劝大家不要尽为我们忙……'老五满身生了疮，我亦是如此，一两月来搬了几个地方，挨了打不少数。有两位站了站笼，我们手铐脚镣带着，肩了大枷……我是皮破肉绽，精神恍惚得不了。老五却还精细明了，吃了这些苦，竟还想得到……"

一九二三年八月九日。

新的宇宙

德国近代的革命家——罗若·卢森保女士，——是一个诚挚热烈的文学家，是现代真正的天才；她有评论俄国文学的巨著，她有朴实可爱的书札；然而她竟被德国“社会民主党”杀了。我们的“红玫瑰”（Red rose）死了！

她在狱中的时候（继行卑士麦克之禁止共产党令的社会民主党执政时的狱中），有许多函札寄给黎白克纳赫德夫人苏菲亚；就中可以看见她有多伟大的文学心灵，有多热烈的革命精神。唉！不幸这“时代之花”竟已死于所谓社会民主党之手！（一九一九年一月柏林暴动时她为“革命”政府所杀。）

苏纳池嘉（苏菲亚的小名），你知道吧？——我们欧战之后做什么？我们同到南边去。我知道你天天幻想和我同到意大利去旅行，这是你的心愿。我却想同你到郭尔斯（La Corse）去。这地方比意大利更好。你在那里简直可以忘掉欧洲。你想想：一个广阔古奥的远处，围着有棱有角的山峦丘陵，灰色的原野显露着，这下面蓬勃的橄榄桂栗。这种景物之上，俨然有非人间的寂静，——没有人声，没有鸟语，只有石涧溪流和着岭风呜咽。即使偶然看见人，亦是和这四围环境恰恰相称的。忽然在山崖转角可以看见一群一群的家畜。郭尔斯人不像我们的农民，向来不成群结队的游行，而总是同着家禽或家畜。前面总有一只狗，后面

总有一群群的山羊或家鹿，驮着一袋袋的栗子，之后亦是大大的回教师傅，还有两只脚垂在一边，手里抱着小孩的女人，端端正正坐在他肩上。女人坐得挺直，一动不动好像杉树似的。旁边短短胡须的男人一步一步大踏步的走着。两个人都默然不语。你真可以鞠躬致敬，这是一家神圣家庭。这种景象往往如此的深切感动我，使我无意之中要跪倒于此真正的美之前。那地方圣经和古世界还是活着。我们一定要同去，——我一人所曾经享受的，咱们同享一次。步行可以走尽全半岛；每天易地而宿，每早日就起。这种生活对着你微笑呵！我若能示你以这新宇宙，我多快活……

多看看书。你应当，而且你能够在精神上充分营养自己。你还非常之新鲜，非常之年青活泼。唔！信是写得完的。祝你安宁喜乐。

你的罗若

又一封信上说：

你知道罢？——有时候我觉得我不是真人，而是人形的鸟或兽。在园隅，田陇，露天之下，绿草之上，我觉得比在什么议会之中反有更“得其所哉”的感想。我对你是可以说的，你决不以为这是对社会主义变节的朕兆。你知道，我的人生观虽是这样，我正能死于我所应尽天责之处：街市上的血战中或是在这监狱中。然而我心灵上与我的蚱蜢反相亲近，与我的同志却要比较的疏远。这亦并不是像许多精神破产的政治家，只能在自然界里找着他们遁世退息之所。这正相反：——我在自然界之中刻刻看见许多残忍可恨令我心痛的现象。……然而

造化的光荣，他各方面竟造得如此之好：
他造出那无限深的大海，
他造出那如飞掠过的船舰，
他造永永光明的天堂，
他造成大地，——还造成你的容颜。(西班牙民歌)

一九二三年八月十三日。

那个城

沿着大路走向一个城，—— 一个小孩子赶赶紧紧的跑着。

那个城躺在地上，好大的建筑都横七竖八的互相枕藉着，仿佛呻吟，又像是挣扎。远远的看来，似乎他刚刚被火，——那血色的火苗还没熄灭，一切亭台楼阁砖石瓦砾都煅得煊红。

黑云的边际也像着了火似的，灿烂的红点煊映着，那是深深的创痕。他放着热烈惨黯的烟苗，扫着将坏未坏的城角。那城呵——无限苦痛斗争，为幸福而斗争的地方——流着鲜红……鲜红的血。

小孩子走着；黄昏黯淡的时分，灰色的道旁，那些树影——沉沉的垂枝，一动不动复着默然不语的大地：——只隐隐的听着蹬蹬的足音。

天上满布着云，星也不看见，丝毫物影都没有，深晚呵，又悲哀又沉寂。小孩子的足音是惟一的神秘的“动”。四围为什么这样静？——小孩子背后跟着就是无声的夜，披着黑氅，——愈看他愈远。

黄昏已经畏缩，赶紧拥抱一切城头塔顶，雁行的房屋，拥抱在自己的怀里。园圃，树林，烟突；一切一切都渐渐的黑，渐渐的消灭，始终镇压在夜之黑暗里。

他却默然的走着，漠然的看着那个城，脚步也不加快，孤寂，细小……可是似乎那个城却等待着他，他是必须的，人人所渴望的，就是青焰赤苗

的火也都等着他。

夕阳——熄灭了。雉堞，塔影，都不见了。城小了些，矮了些，差不多更紧贴了那哑的大地。

城上喷着光华奇彩，在模模糊糊的雾里。现在他已经不像火烧着，血染着的了。——那些行列不整的屋脊墙影，仿佛含着什么仙境，——可是还没建筑完全，好像是那为人类创造这伟大的城的人已经疲乏了，睡着了，失望了，抛弃了一切而去了，或者丧失了信仰——就此死了。

那个城呢——活着，热烈至于晕绝的希望着自己完成仙境，高入云霄，接近那光华的太阳。他渴望生活，美，善；而在他四围静默的农田里，奔流着潺溪的溪涧，垂复在他之上的苍穹又渐渐的映着紫……暗，红的新光。

小孩子站住，掀掀眉，舒舒气，定定心心的，勇勇敢敢的向前看着；一会儿又走起来了，走得更快。

跟在他后面的夜，却低低的，像慈母似的向他说道：

“是时候了，小孩子，走罢！他们——等着呢……”

读高尔基后（指读高尔基《意大利童话》第五篇以后）。

一九二三年十一月十五日。

一种云

天总是皱着眉头。太阳光如果还射到地面上，那也总是稀微的淡薄的。至于月亮，那更不必说，他只是偶然露出半面，用他那惨淡的眼光看一看这罪孽的人间，这是孤儿寡妇的眼光，眼睛里含着总算还没有流干的眼泪。受过不止一次封禅大典的山岳，至少有大半截是上了天，只留一点山脚给人看。黄河，长江……据说是中国文明的父母，也不知道怎么变了心，对于他们的亲生骨肉，都摆出一副冷酷的面孔。从春天到夏天，从秋天到冬天，这样一年年的过去，淫虐的雨，凄厉的风和肃杀的霜雪更番的来去，一点儿光明也没有。这样的漫漫长夜，已经二十年了。这都是一种云在作祟。那云为什么这样屡次三番的摧残光明？那云是从什么地方来的？这是太平洋上的大风暴吹过来的，这是大西洋上的狂飚吹过来的。还有那些模糊的血肉——榨床底下淌着的模糊的血肉蒸发出来的。那些会画符的人——会写借据会写当票的人，就用这些符箓在呼召。那些吃田地的土蜘蛛，——虽然死了也不过只要六尺土地葬他的贵体，可是活着总要吃住这么二三亩田地，——这些土蜘蛛就用屁股在吐着。那些肚里装着铁心肝铁肚肠的怪物，又竖起了一根根的烟囱在喷着。狂飚风暴吹过来的，血肉蒸发出来的，符箓呼召来的，屁股吐出来的，烟囱喷出来的，都是这种云。这是战云。

难怪总是漫漫的长夜了！

什么时候才黎明呢？

看那刚刚发现的虹。祈祷是没有用的了。只有自己去做雷公公电闪娘娘。那虹发现的地方，已经有了小小的雷电，打开了层层的乌云，让太阳重新照到紫铜色的脸。如果是惊天动地的霹雳，那才拨得开满天的愁云惨雾。这可只有自己做了雷公公电闪娘娘才办得到。要使小小的雷电变成惊天动地的霹雳！

九，三。

英雄巧计献上海

诸位朋友，帮衬帮衬。在下虽然南腔北调，可会东扯西拉，来到上海滩上，十字街头，说说唱唱，骗碗饭吃。说句真话，倒像是个瘪三，不过不大不小，还是个现任马路巡阅使，义务包打听，专门打听大人老爷的新鲜消息，壁角落里的时事新闻。难得诸位光顾，不免开开话箱，也算寻个穷开心。闲话少说，话归正经。

话说陆得胜，广东南海人，原本是种田出身，只因为穷得当光卖尽，来到十九路军当个勤务兵，侍候蔡廷锴军长大人。这位蔡大人，现在是人人知道，个个晓得，总算是个了不得的英雄好汉。原来民国二十年那年，正当上海人过年的时候，东洋资本家派了好几十只大兵船，来打上海闸北。当时十九路军驻扎上海，一般小兵听到这个消息，一个个气得咬牙切齿，恨不得马上出去和东洋人拼命，怕只怕蔡大人也是个不抵抗主义，会要下命令退兵。因此前线有些兵士，赶紧自动手匹匹拍拍打了起来。内中有个精细点的小兵，叫做王阿福，他跟陆得胜是知己朋友，这天，他特地跑来找老陆，想打听打听军长大人是个什么主意。他一跑到军部门口，只看见汽车包车一大阵，进进出出许多军官，站岗的卫兵不放他过去。打听了半天，听说有人主张打，有人主张退，连那卫兵自己，也摸不着头脑，只晓得吴铁城市长已经答应日

本的条件，他是不主张打的。王阿福见不着陆得胜，正想回去，忽然看见军部里走出一个人，拿了几张纸，抓住一个军官说，老兄，这电报稿子请你顺便带去罢。哈哈，这次一定抵抗了。王阿福跑回自己的队伍，果真，连长那里已经下了抵抗的命令。这样一打就打了二十多天。

有一天，陆得胜侍候军长吃了晚饭，快要换班的时候，突然间房门外冲进了一个人，也不等他去通报，就一直闯进军长的房间，急急忙忙的说，报告军长，那边我们的兵冲进了租界岳州路，前锋已经有一个队伍冲到平凉路去了，怎么办。只听军长说混账。接着，里面说话的声音嘁嘁喳喳的听不清楚了。过了一会儿，又听见军长大声的说，岂有此理，以前说我们不抵抗，他们不服从，现在我们抵抗了，谁还敢违抗命令，我说退，就得退，一定得退。我说退到哪里，就得退到哪里，谁敢说半个不字。那军官说，原说是打不得，这些丘八打出了性来，就真要取消一切不平等条约哪。军长说，你懂得什么，不打，他们更不听话，现在，马上把这几队兵调到庙那方面去，只说那边吃紧。军官答应着是，是，就走了。

陆得胜听到了这些话，心上十分不定，因为一则他的朋友王阿福就在那个冲过租界的队伍里面，他以前当过广州兵工厂的工人，主意最多，难保冲租界的事情不是他领头，回头不要查出来了吃苦头。二则，军长说他叫退到哪里就得退到哪里，要是他真的下命令退到苏州南京，退到洛阳长安去，那我们怎么办，难道也跟着做亡国奴，这倒也要找阿福商量商量。可是，他要请假，军长总是不准，反而骂他爱管闲事，爱偷听客人的谈话。他闷着一肚皮的气，没处发泄，又想不出个好办法来。天天只听见人家说他的军长是个一等一的好汉，连日本报上也称赞蔡将军和马占山一样，是个新英雄。他想马占山现在做了日本人的省长，自然是日本的英雄了，蔡军长又要做什么新官呢。消息可一天天的坏起来了。日本军队安安稳稳的住在租界里，天天添兵调将，十分方便。中国的救兵，连影子也没有。

那一天，他正在愁闷，有两个穿着便衣的客人来看军长。他们是坐着汽车来的，也是说的广东话，看起来是两位阔人。他们对军长说，日本军队要在浏河登岸来抄我们的后路了，前线上知道没有。军长说，前线怎么能使他们知道这些，军部里可早就知道了。客人说，听说今天晚上能够上岸的日本兵，至多不过一两千人。军长说，是呀，一两千人。客人说，

兵士的情形怎么样。军长说，日本兵要有两万人到浏河，我们的兵就再不肯退也只能够退了，哈哈哈。客人说，好极好极，就说两万人罢，就去说……军长说，慢些，慢些。陆得胜想再听下去，可是无论怎么样也听不清楚了。他正靠在墙壁上，拼命的想听清楚底下的话，突然间一阵脚步声，军长送客人出来了。他赶忙立正。军长送了客进来，就对他瞟了一眼，问他，你还站着干吗。他没有什么好说的，很不好意思的往后退了几步，让军长进去了。

他心上想，这一定要去通知阿福。他又想了想，随手在自己的铺盖底下抓了一身小裤褂，一把牙刷，急急忙忙的逃出军部，躲过了卫兵的查问，就往庙行方面走去。

他一路问着，走到庙行附近，已经快十二点了。月亮底下，看得见壕沟里，乱坟堆里，伏着自己的兵队。乒乓，拍啦拍啦，搭搭搭搭，轰隆，嘘，嘘，那枪声越来越近。他经过了几个兵的查问，有一个熟识的兵指点他去找王阿福。等到找着他，自己已经吃了一个流弹，幸而好，是打在左手臂上的。他一把抓住王阿福就说，不得了，我气死了，不得了。王阿福好好的问他，才问出了个头脑。原来他决计不干了，为的是不愿意做亡国奴，不愿意做奸贼的走狗。王阿福骂他说，你现在明白了，又想跑路，明白人都混蛋，让糊涂虫在这里白送命，不行，不行，你得留下，要叫大家一块来干，要叫大家明白，自己来指挥，才能真正的打胜日本人。他们正说着，陆得胜原是伏着的，他把头一抬，才看见有个军官在他们的旁边。军官立刻抓住他说，你来泄漏军部的秘密，好混账。立刻，他就拔出手枪把陆得胜枪毙了。他又对王阿福说，你们的话，我都听见了，你们干得好事。王阿福不等他说完，掉过枪头就是拍的一响，军官倒在地下。王阿福说了一声丢那妈的。

正在这个时候，前线乱哄哄退下来，日本军的枪炮越逼越近。中国兵队的阵线里有好几个人，手里拿着传令旗，到处跳来跳去的喊着，浏河，日本兵来了两三万，那边我们已经退兵，这里赶快退，赶快退。

这样子，上海的中国兵大家慌慌张张的只好往后退走。上海暂时献给日本英国美国法国的洋大人了。

王阿福的下落究竟怎样，到现在还没有知道呢。

多余的话

"知我者，谓我心忧；
不知我者，谓我何求。"

何必说？（代序）

话既然是多余的，又何必说呢？已经是走到了生命的尽期，余剩的日子不但不能按照年份来算，甚〔至〕不能按星期来算了。就是有话，也可说可不说的了。

但是，不幸我卷入了"历史的纠葛"——直到现在外间好些人还以为我是怎样怎样的。我不怕人家责备，归罪，我倒怕人家"钦佩"。但愿以后的青年不要学我的样子，不要以为我以前写的东西是代表什么什么主义的；所以我愿意趁这余剩的生命还没有结束的时候，写一点最后的最坦白的话。

而且，因为"历史的误会"，我十五年来勉强做着政治工作——正因为勉强，所以也永久做不好，手里做着这个，心里想着那个。在当时是形格势禁，没有余暇和可能说一说我自己的心思，而且时刻得扮演一定的角色。现在我已经完全被解除了武装，被拉出了队伍，只剩得我自己了。心上有不能自己的冲动和需要：说一说内心的话，彻底暴露内心的真相。布尔案维克所讨厌的小布尔乔亚智识者的“自我分析”的脾气，不能够不发作了。

虽然我明知道这里所写的，未必能够到得读者手里，也未必有出版的价值，但是，我还是写一写罢。人往往喜欢谈天．有时候不管听的人是谁，能够乱谈几句，心上也就痛快了。何况我是在绝灭的前夜，这是我最后“谈天”的机会呢？

瞿秋白　一九三五，五，一七 于汀州狱中。

“历史的误会”

我在母亲自杀家庭离散之后，孑然一身跑到北京，本想能够考进北大，研究中国文学，将来做个教员度这一世，甚么“治国平天下”的大志都是没有的，坏在“读书种子”爱书本子，爱文艺，不能“安分安己的”专心于升官发财。到了北京之后，住在堂兄纯白家里，北大的学膳费也希望他能够帮助我——他却没有这种可能，叫我去考普通文官考试，又没有考上，结果，是挑选一个既不要学费又有“出身”的外交部立俄文专修馆去进。这样，我就开始学俄文了（一九一七夏），当时并不知道我国已经革命，也不知道俄国文学的伟大意义，不过当作将来谋一碗饭吃的本事罢了。

一九一八年开始看了许多新杂志，思想上似乎有相当的进展，新的人生观正在形成。可是，根据我的性格，所形成的与其说是革命思想，无宁说是厌世主义的理智化，所以最早我同郑振铎、瞿世英、耿济之几个朋友组织《新社会》杂志的时候，我是一个近于托尔斯泰派的无政府主义者，而且，根本上我不是一个“政治动物”。五四运动期间，只有极短期的政治活动，不久，因为已经能够查着字典看俄国文学名著，我的注意力就太部分放在文艺方面了，对于政治上的各种主义，都不过略略“涉猎”求得一些现代常识，并没有兴趣去详细研究。然而可以说，这时就开始“历史的误会”了：事情是这样的——五四运动一开始，我就当了俄文专修馆的总代表之一，当时的一些同学里，谁也不愿意干，结果，我得做这一学校的

"政治领袖"，我得组织同学群众去参加当时的政治运动。不久，李大钊、张崧年他们发起马克思主义研究会（或是"俄罗斯研究会"罢?），我也因为读了俄文的倍倍尔的《妇女与社会》的某几段，对于社会——尤其是社会主义的最终理想发生了好奇心和研究的兴趣，所以也加入了。这时候大概是一九一九年底一九二〇年初，学生运动正在转变和分化，学生会的工作也没有以前那么热烈了。我就多读了一些书。

最后，有了机会到俄国去了——北京《晨报》要派通信记者到莫斯科去，来找我。我想，看一看那"新国家"尤其是借此机会把俄国文学好好研究一下，的确是一件最惬意的事，于是就动身去（一九二〇年八月）。

最初，的确吃了几个月黑面包，饿了好些时候，后来俄国国内战争停止，新经济政策实行，生活也就宽裕了些。我在这几个月内，请了私人教授，研究俄文、俄国史、俄国文学史。同时，为着应付《晨报》的通信，也很用心看俄国共产党的报纸、文件，调查一些革命事迹，我当时对于共产主义只有同情和相当的了解，并没有想到要加入共产党，更没有心思要自己来做中国共产党的"创始人"，因为那时候，我误会着加入了党就不能专修文学——学文学仿佛就是不革命的观念，在当时已经通行了。

可是，在当时的莫斯科，除我以外，一个俄文翻译都找不到。因此，东方大学开办中国班的时候（一九二一年秋），我就当了东大的翻译和助教；因为职务的关系对马克思主义的理论书籍不得不研究些，而文艺反而看得少了，不久（一九二二年底），陈独秀代表中国共产党到莫斯科（那时我已经是共产党员，还是张太雷介绍我进党的），我就当他的翻译。独秀回国的时候，他要我回来工作，我就同了他回到北京。于右任、邓中夏等创办"上海大学"的时候，我正在上海，这是一九二三年夏天，他们请我当上大的教务长兼社会学系主任。那时，我在党内只兼着一点宣传工作，编辑《新青年》。

上大初期，我还有余暇研究一些文艺问题，到了国民党改组，我来往上海广州之间，当翻译，参加一些国民党工作（例如上海的国民党中央执行部的委员等），而一九二五年一月共产党第四次全国代表大会，又选举了我的中央委员，这时候就简直完全只能做政治工作了，我的肺病又不时发作，更没有可能从事于我所爱好的文艺。虽然我当时对政治问题还有相当

的兴趣，可是有时也会怀念着文艺而“怅然若失”的。

武汉时代的前夜（一九二七年初），我正从重病之中脱险，将近病好的时候，陈独秀、彭述之等的政治主张，逐渐暴露机会主义的实质，一般党员对他们失掉信仰。在中国共产党第五次大会上（一九二七年四五（月）间），独秀虽然仍旧被选，但是对于党的领导已经不大行了。武汉的国共分裂之后，独秀就退出中央，那时候没有别人主持，就轮到我主持中央政治局。其实，我虽然在一九二六年年底及一九二七年年初就发表了一些议论反对彭述之，随后不得不反对陈独秀，可是，我根本上不愿意自己来代替他们——至少是独秀。我确是一种调和派的见解，当时想望着独秀能够纠正他的错误观念不听述之的理论。等到实逼处此，要我“取独秀而代之”，我一开始就觉得非常之“不合式”，但是，又没有什么别的办法。这样我担负了直接的政治领导有一年光景（一九二七年七月到一九二八年五月）。这期间发生了南昌暴动、广州暴动，以及早最的秋收暴动。当时，我的领导在方式上同独秀时代不同了，独秀是事无大小都参加和主持的，我却因为对组织尤其是军事非常不明了也毫无兴趣，所以只发表一般的政治主张，其余调遣人员和实行的具体计划等就完全听组织部军事部去办，那时自己就感觉到空谈的无聊，但是，一转念要退出领导地位，又感得好像是拆台。这样，勉强着自己度过了这一时期。

一九二八年六月间共产党开第六次大会的时候，许多同志反对我，也有许多同志赞成我。我的进退成为党的政治主张的联带问题。所以，我虽然屡次想说：“你们饶了我罢，我实在没有兴趣和能力负担这个领导工作。”但是，终于没有说出口。当时形格势禁，旧干部中没有别人，新干部起来领导的形势还没有成熟，我只得仍旧担着这个名义。可是，事实上六大之后，中国共产党的直接领导者是李立三和向忠发等等，因为他们在国内主持实际工作，而我只在莫斯科当代表当了两年。直到立三的政治路线走上了错误的道路，我回到上海开三中全会（一九三〇年九月底），我更觉得自己的政治能力确实非常薄弱，竟辨别不出立三的错误程度。结果，中央不得不再召集会议——就是四中全会，来开除立三的中央委员，我的政治局委员，新干部起来接替了政治上的最高领导。我当时觉得松了一口气，从一九二五年到一九三一年初，整整五年我居然当了中国共产党领袖之一，

最后三年甚至仿佛是最主要的领袖（不过并没有像外间所传说的“总书记”的名义）。

我自己忖度着，像我这样性格、才能、学识，当中国共产党的领袖确实是一个“历史的误会”。我本只是一个半吊子的“文人”而已，直到最后还是“文人结［积］习未除”的。对于政治、从一九二七年起就逐渐减少兴趣，到最近一年——在瑞金的一年，实在完全没有兴趣了。工作中是“但求无过”的态度，全国的政治形势实在懒问得。一方面固然是身体衰弱精力短少而表现的十二分疲劳的状态，别方面也是十几年为着“顾全大局”勉强负担一时的政治翻译，政治工作，而一直拖延下来，实在违反我的兴趣和性情的结果，这真是十几年的一场误会，一场噩梦。

我写这些话，决不是要脱卸什么责任——客观上我对共产党或是国民党的“党国”应当负什么责任，我决不推托，也决不能用我主观上的情绪来加以原谅或者减轻。我不过想把我的真情，在死之前，说出来罢了。总之，我其实是一很平凡的文人，竟虚负了某某党的领袖的声名十来年，这不是“历史的误会”，是什么呢？

脆弱的二元人物

一只羸弱的马托着几千斤的辎重车，走上了险峻的山坡，一步步的往上爬，要往后退是不可能，要再往前去是实在不能胜任了。我在负责政治领导的时期，就是这样的一种感觉。欲罢不能的疲劳使我永久感觉一种不可形容的重厌（压）。精神上政治上的倦怠，使我渴望“甜密（蜜）的”休息，以致于脑经麻木停止一切种种思想。一九三一年一月的共产党四中全会开除了我的政治局委员之后，我的精神状态的确是“心中空无所有”的情形，直到现在还是如此。

我不过刚满36岁（虽然照阴历的习惯算我今年是38岁），但是自己觉得已经非常的衰惫，丝毫青年壮年的兴趣都没有了。不但一般的政治问题懒得去思索，就是一切娱乐甚至风景都是漠不相关的了。本来我从一九一九年就得了吐血病，一直没有好好医治的机会，肺结核的发展曾经在一九二六年走到最危险的阶段，那年幸而勉强医好了，可是立即赶到武汉去，立即又是半年最忙碌紧张的工作。虽然现在肺痨的最危险期逃过了，而身体根本弄坏了，虚弱得简直是一个废人。从一九二〇年直到一九三一年初，整整十年——除却躺在床上不能行动神智昏瞀的几天以外——我的脑筋从没有得到休息的日子。在负责时期，神经的紧张自然是很厉害的，往往十天八天连续的不安眠，为着写一篇政治论文或者报告。这继续十几年的不休息，也许是我精神疲劳和十分厉害的神经衰弱的原因。然而究竟我离得衰老时期还很远，这十几年的辛劳，确实算起来，也不能说怎么了不得，而我竟［成］了颓丧残废的废人。我是多么脆弱、多么不禁磨炼啊！

或者，这不仅是身体本来不强壮，所谓“先天不足”的原因罢。

我虽然到了十三四岁的时候就很贫苦了；可是我的家庭世代是所谓“衣租食税”的绅士阶级，世代读书，也世代做官。我五六岁的时候，我的叔祖瞿睿韶还在湖北布政司使任上，他死的时候正署理了湖北巡抚。因此我家的田地房屋虽然在几十年前就已经完全卖尽，而我小的时候，却靠着叔祖伯父的官俸过了好几年十足的少爷生活。绅士的体面“必须”继续维持。我母亲宁可自杀而求得我们兄弟继续读书的可能；而且我母亲因为穷而自杀的时候，家里往往没有米煮饭的时候，我们还用着一个仆妇（积欠了她几个月的工资到现在还没有还清），我们从没有亲手洗过衣服，烧过一次饭。

直到那样的时候，为着要穿衣衫，在母亲死后，还剩下四十多元的裁缝债，要用残余的木器去抵账。我的绅士意识——就算是深深潜伏着表面不容易觉察罢——其实是始终没脱掉的。

同时，我二十一二岁，正当所谓人生观形成的时期，理智方面是从托尔斯泰式的无政府主义很快就转到了马克思主义。人生观或是主义，这是一种思想方法——所谓思路；既然走上了这条思路，却不是轻易被能改换的。而马克思主义是什么？是无产阶级的宇宙观和人生观。这同我潜伏的绅士意识，中国式的士大夫意识，以及后来蜕变出来的小资产阶级或者市侩式的意识，完全处于敌对的地位；没落的中国绅士阶级意识之中，有些这样的成分：例如假惺惺的仁慈礼让，避免斗争……以至寄生虫式的隐士思想。完全破产的绅士往往变成城市的波希美亚——高等游民，颓废的，脆弱的，浪漫的，甚至狂妄的人物，说得实在些，是废物。我想，这两种

意识在我内心里不断的斗争，也就侵蚀了我极大部分的精力。我得时时刻刻压制自己的绅士和游民式的情感，极勉强的用我所学到的马克思主义的理智来创造新的情感，新的感觉方法。可是无产阶级意识在我的内心是始终没有得到真正的胜利的。

当我出席政治会议，我就会“就事论事”，抛开我自己的“感觉”专就我所知道的那一点理论去推翻一个问题，决定一种政策等等。但是我一直觉得这种工作是“替别人做的”，我每次开会或者做文章的时候，都觉得很麻烦，总在急急于结束，好“回到自己那里去”休息。我每每幻想着：我愿意到随便一个小市镇上去当一个教员，并不是为着发展什么教育，只不过求得一口饱饭罢了，在余的时候，读读自己所爱读的书，文艺、小说、诗词、歌曲之类，这不是很逍遥的吗？

这种二元化的人格，我自己早已发着〔觉〕——到去年更是完完全全的了解了，已经不能够丝毫自欺的了；但是八七会议之后我没有公开的说出来，四中全会之后也没有脱出来，在去年我还是决断不下，一至延迟下来，隐忍着。甚至对之华（我的爱人）也只偶然露一点口风，往往还要加一番弥缝的话。没有这样的勇气。

可是真相是始终要暴露的，“二元”之中总有“一元”要取得实际上的胜利。正因为我的政治上的疲劳、倦怠，内心的思想斗争不能再持续了，老实说，在四中全会之后，我早已成为十足的市侩——对于政治问题我竭力避免发表意见，中央怎样说，我就依着怎样说，认为我说错了，我立刻承认错误，也没有什么心思去辩白，说我是机会主义就是机会主义好了；一切工作只要交代得过去就算了。我对于政治和党的种种问题，真没有兴趣去注意和研究。只因为久年的“文字因缘”，对于现代文学以及文学史上的各种有趣的问题，有时候还有点兴趣去思考一下，然而大半也是欣赏的份数居多，而研究分析的份数较少。而且体力的衰弱也不容许我多所思索了。

体力上的感觉是：每天只要用脑到两三小时以上，就觉得十分疲劳，或者过分的畸形的兴奋——无所谓的兴奋，以至于不能睡觉，脑痛……冷汗。

唉，脆弱的人呵，所谓有无产阶级的革命队伍需要这种东西干吗?！我

想，假定我还保存这多余的生命若干时候，我只有拒绝用脑的一个方法，我只做些不用自出心裁的文字工作，“以度余年”。但是，最好是趁早结束了罢。

我和马克思主义

当我开始我的社会生活的时候，正是中国的“新文化”运动的浪潮非常汹涌的时期。为着继续深入的研究俄国文学，我刚好又不能紊乱的：十六七岁时开始读了些老庄之类的子书，随后是宋儒语录，随后是佛经、《大乘起信论》——直到胡适之的《哲学史大纲》，梁瀨溟〔漱溟〕的印度哲学，还有当时出版的一些科学理论，文艺评论。在到俄国之前，固然已经读过倍倍尔的著作，共产党宣言之类，极少几本马克思主义的书籍，然而对马克思主义的认识是根本说不上的。

而且，我很小的时候，就不知怎样有一个古怪的想头。为什么每个读书人都要去“治国平天下”呢？各人找一种学问或是文艺研究一下不好吗？所以我到俄国之后，虽然因为职务的关系时常得读些列宁他们的著作、论文演讲，可是这不过求得对于俄国革命和国际形势的常识，并没有认真去研究政治上一切种种主义，正是“治国平天下”的各种不同的脉案和药方。我根本不想做“王者之师”，不想做“诸葛亮”——这些事自然有别人去干——我也就不去深究了。不过，我对于社会主义或共产主义的终极理想，却比较有兴趣。

记得当时懂得了马克思主义的共产社会同样是无阶级、无政府、无国家的最自由的社会，心上就很安慰了，因为这同我当初的无政府主义，和平博爱世界的幻想没有冲突了。所不同的是手段，马克思主义告诉我要达到这样的最终目的，客观上无论如何也逃不了最尖锐的阶级斗争，以至无产阶级专政——也就是无产阶级统治国家的一个阶段。为着要消灭“国家”，一定要先组织一时期的新式国家，为着要实现最尖锐的阶级斗争，以至无产阶级专政——也就是无产阶级统治国家的一个阶段。为着要消灭“国家”，一定要先组织一时期的新式国家，为着要实现最彻底的民权主义（也就是无所谓民权的社会），一定要先实行无产阶级的民权。这表面上

“自相矛盾”而实际上很有道理的逻辑——马克思主义所谓辩证法——使我很觉得有趣。我大致了解了这问题，就搁下了，专心去研究俄文，至少有大半年，我没有功夫去管什么主义不主义。

后来，莫斯科东方大学要我当翻译，才没有办法又打起精神去看那一些书。谁知越到后来就越没有功夫继续研究文学，不久就宣〔喧〕宾夺主了。

但是，我第一次在俄国不过两年，真正用功研究马克思主义的常识不过半年，这是随着东大课程上的需要看一些书，明天要译经济学上的那一段，今天晚上先看过一道，作为预备，其他，唯物史观哲学等等也是如此，这绝不是有系统的研究。至于第二次我到俄国（一九二八至一九三〇），那是当着共产党的代表，每天开会，解决问题，忙个不了，更没有功夫做有系统的学术上的研究。

马克思主义的主要部分：唯物论的哲学，唯物史观——阶级斗争的理论，以及政治经济学，我都没有系统的研究过。资本论——我就根本没有读过，尤其对于经济学我没有兴趣。我的一点马克思主义理论的常识，差不多都是从报章杂志上的零星论文和列宁的几本小册子上得来的。

可是，一九三二年的中国，研究马克思主义以至一般社会科学的人，还少得很，因此，仅仅因此，我担任了上海大学社会学系教授之后就逐渐的偷到所谓“马克思主义的理论家”的虚名。其实，我对这些学问，的确只知道一点皮毛。当时我只是根据几本外国文的书籍传译一下，编了一些讲义。现在看起来，是十分幼稚，错误百出的东西。现在已经有许多新进的青年，许多比较有系统的研究了马克思主义的学者——而且国际的马克思主义的学术水平也提高了许多。

还有一个更重要的“误会”就是用马克思主义来研究中国的现代社会，部分是研究中国历史的发端，也不得不由我来开始尝试。五四以后的五年中间，记得只有陈独秀、戴季陶、李汉俊几个人写过几篇关乎这个问题的论文，可是都是无关重要的。我回国之后，因为已经在党内工作，虽然只有一知半解的马克思主义智识，却不由我不开始这个尝试：分析中国资本主义关系的发展程度，分析中国社会阶级分化的性质，阶级斗争的形势，阶级斗争和反帝国主义的民族解放运动的关系等等。

从一九二三年到一九二七年，我在这方面的工作，自然在全党同志的督促，实际斗争的反映，以及国际的领导之下，逐渐有相当的进步。这决不是我一个人的工作，越到后来，我的参加是越少。单就我的“成绩”而论，现在所有的马克思主义者都可明显的看见：我在当时所做的理论上的错误，共产党怎样纠正了我的错误，以及我的幼稚的理〔论〕著之中包含着怎样混杂和小资产阶级机会主义的成分。

这些机会主义的成分发展起来，就形成错误的政治路线，以致于中国共产党中央委员会不能不开除我的政治局委员，的确，到一九三〇年，我虽然在国际参加了两年的政治工作，相当得到一些新智识，受到一些政治上的锻炼，但是，不但不进步，自己觉得反而退步了。中国的阶级斗争早已进到了更高的阶段，对于中国的社会关系和政治形势，需要更深刻更复杂的分析，更明了的判断，而我的那点智识绝对不够，而且非无产阶级的反布尔塞维克的意识就完全暴露了，当时，我逐渐觉得许多问题不但想不通，甚至想不动了。新的领导者发挥某些问题的议论之后，我会感觉到松快，觉得这样解决原是最适当不过的，我当初为什么简直想不到；但是，也有时候会觉得不了解。

此后，我勉强自己去想一切“治国平天下”的大问题的必要，已经没有了！我在十分疲劳和吐血症复发的期间，就不再去“独立思索”了。一九三一年初就开始我政治上以及政治思想上的消极时期，直到现在。从那时候起，我没有自己的政治思想。我以中央的思想为思想。这并不是说我是一个很好的模范党员，对于中央的理论政策都完全而深刻的了解。相反的，我正是一个最坏的党员，早就值得开除的，因为我对中央的理论政策不加思索了。偶然我也有对中央政策怀疑的时候，但是，立刻就停止怀疑了，因为怀疑也是一种思索；我既然不思索了，自然也就不怀疑。

我的一知半解的马克思主义智识，曾经在当时起过一些作用——好的坏的影响都是人所共知的事情，不用我自己来判断——而到了现在，我已经在政治上死灭，不再是一个马克思主义的宣传者了。

同时要说我已经放弃了马克思主义，也是不确的。如果要同我谈起一切种种政治问题，我除开根据我那一点一知半解的马克思主义方法来推论以外，却又没有什么别的方法。事实上我这些推论又恐怕包含着许多机会

主义，也就是反马克思列宁主义的观点在内，这是“亦未可知”的。因此我更不必枉然费力去思索：我的思路已经在青年时期走上了马克思主义的初步，无从改变，同时，这思路却同非马克思主义的歧路交错着，再自由任意的走去，不知会跑到什么地方去。——而最主要的是我没有气力再跑了，我根本没有精力再作政治的，社会科学的思索了。Stop。

盲动主义和立三路线

当我不得不担负中国共产党的政治领导的时候，正是中国革命进到了最巨大的转变和震荡的时代，这就是武汉时代结束之后。分析新的形势，确定新的政策，在中国民族解放运动和阶级斗争最复杂最剧烈的〔路〕线汇合分化转变的时期，这是一个非常艰难的任务。当时，许多同志和我，多多少少都做了政治上的错误，同时，更有许多以前的同志在这阶级斗争更进一步的关口，自觉的或者不自觉的离开了革命队伍，在最初，我们在党的领导之下所决定的政策一般的是正确的。武汉分共之后，我们接着就决定贺叶的南昌暴动和两湖、广东的秋收暴动（一九二七），到十一月又决定广州暴动。这些暴动本身无〔并〕不是什么盲动主义；因为都有相当的群众基础。固然，中国一般的革命形势，从一九二七年三月底英、义〔美〕、日帝国主义者炮轰南京威胁国民党反共以后，就已经开始低落，但是接着而来的武汉政府中的奋斗、分裂……直到广州暴动的举出苏维埃旗帜，都还是革命势力方面正当的挽回局势的尝试，结果失败了——就是说没有能够把革命形势重新转变到高涨的阵容，必须另起炉灶。而我——这时期当然我应当负主要的责任——在一九二八年初，广州暴动失败以后，仍旧认为革命形势一般存在，而且继续高涨，这就〔是〕盲动主义的路线了。

原来个别的盲动现象我们和当时的中央从一九二七年十月起就表示反对的；对于有些党部不努力去领导和争取群众，反而孤注一掷或者仅仅去暗杀豪绅之类的行动，我们总是加以纠正的。可是，因为当时整个路线错误，所以不管主观上怎样了解盲动主义现象的不好，费力于枝枝节节的纠正，客观上却在领导着盲动主义的发展。

中国共产党第六次大会纠正了这个错误路线，使政策走上了正确的道路。自然，武汉时代之后，我们所得到的中国革命之中的最重要的教训，例如革命有在一省或几省首先胜利的可能和前途，反帝国主义革命最密切的和土地革命联系着等，都是六大所采纳的。苏维埃革命的方针就在六大更明确的规定下来。

但是以我个人而论，在那时候，我的观点之中不仅有过分估量革命形势的发展以致助长盲动主义的错误，对于中国农民阶层的分析，认为富农还在革命战线之内，认为不久的将来就可以在某些大城市取得暴动的胜利等观念也已经潜伏着或者有所表示。不过，同志们都没有发觉这些观点的严重错误，还没有指出来，我自己当然更不会知道这些是错误的。直到一九二九年秋天讨论农民问题的时候，才开始暴露我在农民问题上的错误，不幸得很，当时没有更深刻的更无情的揭发。……

此后，就来了立三路线的问题了。

一九二九年年底我还在莫斯科的时候，就听说立三和忠发的政策有许多不妥当的地方。同时，莫斯科中国劳动大学（前称孙中山大学）的学生中间发生非常剧烈的斗争，我向来没有知人之明，只想弥缝缓和这些内斗，觉得互相攻许〔讦〕批评的许多同志都是好的，听他们所说的事情却往往有些非常出奇，似乎都是故意夸大事实俸为“打倒”对方的理由。因此我就站在调和的立场。这使得那里的党部认为我恰好是机会主义和异己分子的庇护者，结果撤销了我的中国共产党驻莫代表的职务准备回国。自然，在回国的任务之中，最重要的是纠正立三的错误，消灭莫斯科中国同志之间的派别观念对于国内同志的影响。

但是，事实上我什么也没做到，立三的错误在那时——1930年夏天——已经形成了自己的半托洛斯基的路线，派别观念也使得党内到处抑制莫斯科回国的新干部。而我回来之后召集三中全会，以及中央的一切处置，都只是零零碎碎的纠正了立三的一些显而易见的错误，既没有指出立三的错误路线，更没有在组织上和一切计划及实际工作上保障国际路线的执行。实际上我的确没有认出立三路线和国际路线的根本不同。

老实说，立三路线是我的许多错误观念——有人说是瞿秋白主义——的逻辑的发展。立三的错误政策可以说是一种失败主义，他表面上认为中

国全国的革命胜利的局面已经到来，这会推动全世界革命的成功，其实是党的自己没有把握保持和发展苏维埃革命在几个县区的胜利，党的革命前途不是立即向大城市发展而取得全国胜利以至全世界的胜利，就是迅速的败亡，所以要孤注一掷的拚命，这是用左倾空谈来掩盖右倾机会主义的实质。因此在组织上，在实际工作上，在土地革命的理论上，在工会运动的方针上，在青年运动和青年组织等等各种问题上……无往而不错。我在当时却辨别不出来。事后我可以说，假定六大之后，留在中国直接领导的不是立三而是我，那末，在实际上我也会走到这样的错误路线，不过不致于像立三这样鲁莽，也可以说，不会有立三那样的勇气。我当然间接的负着立三路线的责任。

于是四中全会后，就决定了开除立三的中央委员，开除我的政治局的委员。我呢，像上面已经说过的，正感谢这一开除，使我卸除了千钧担。我第二次回国是一九三〇年八月中旬，到一九三一年一月七日我就离开了中央政治领导机关，这期间只有半年不到的时间。可是这半年对于我几乎比五十年还长！人的精力已经像完全用尽了似的，我告了长假休养医病——事实上从此脱离了政治舞台。

再想回头来干一些别的事情，例如文艺的译著等，已经觉得太迟了！一九二〇年到一九三〇年整整十年我离开了“自己的家”——我所愿意干的俄国文学研究——到这时候才回来，不但田园荒芜，而且自己的气力也已经衰惫了。自然有可能还是可以干一干，“以度余年”的。可惜接着就是大病，时发时止，耗费了三年光阴。一九三四年一月，为着在上海养病的不可能，又跑到瑞金——到瑞金已是二月五日了——担任了人民委员的清闲职务。可是，既然在苏维埃中央政府担负了一部的工作，虽然不必出席党的中央会议，不必参与一切政策的最初讨论和决定，然而要完全不问政治却又办不到了，我就在敷衍塞责，厌倦着政治却又不得不略为问一问政治的状熊〔态〕中间，过了一年。

最后这四年中间，我似乎记得还做了几次政治问题上的错误。但是现在我连内容都记不清楚了，大概总是我的老机会主义发作罢了。我自己不愿意有什么和中央不同的政见。我总是立刻“放弃”这些错误的见解，其实我连想也没有仔细想，不过觉的争辨〔辩〕起〔来〕太麻烦了，既然无

关紧要就算了罢，

我的政治生命其实早已结束了。

最后这四年，还能说我继续在为马克思主义奋斗，为苏维埃革命奋斗，为着党的正确路线奋斗吗？例行公事办了一些，说“奋斗”是实太恭维了。以前几年的盲动主义和立三路线的责任，却决不应当因此而减轻的，相反，在共产党的观点上来看，这个责任倒是更加重了，历史的事实是抹杀〔煞〕不了的，我愿意受历史的最公开的裁判。

一九三五，五，二〇。

“文　人”

“一为文人便无足观”，这是清朝一个汉学家说的。的确所谓“文人”正是无所用之的人物。这并不是现代意义的文学家、作家或是文艺评论家，这是咏风弄月的“名士”，或者是……说简单些，读书的高等游民，他什么都懂得一点，可是一点没有真实的智识。正因为他对于当代学术水平以上的各种学问都有少许的常识，所以他自以为是学术界的人，可是，他对任何一种学问都没有系统的研究，真正的心得，所以他对于学术是不会有什么贡献的，对于文艺也不会有什么成就的。

自然，文人也有各种各样不同的典型，但是大都实际上是高等游民罢了。假使你是一个医生，或是工程师，化学技师……真正的作家，你自己会感觉到每天生活的价值，你能够创造或是修补一点什么，只要你愿意。就算你是一个真正的政治家罢，你可以做错误，但是也会改正错误，你可以坚持你的错误，但是也会认真的为着自己的见解去斗争，实行。只有文人就没有希望了，他往往连自己也不知道，究竟做的是什么！

“文人”是中国中世纪的残余和“遗产”——一份很坏的遗产。我相信，再过十年八年没有这一种智识〔分〕子了。

不幸，我自己不能够否认自己正是“文人”之中的一种。

固然，中国的旧书，十三经、二十四史、子书、笔记、丛书、诗词曲

等，我都看过一些，但是我是抓到就看，忽然想起就看，没有什么研究的。一些科学论文，马克思主义的和非马克思主义的，我也看过一些，虽然很少。所以这些新新旧旧的书对于我，与其说是智识的来源，不如说是消闲的工具。究竟在那一种学问上，我有点真实的智识？我自己是回答不出的。

可笑得很，我做过所谓“杀人放火”的共产党的领袖（?），可是，我却是一个最懦怯的，“婆婆妈妈的”，杀一只老鼠都不会的，不敢的。

但是，真正的懦怯不在这里。首先是差不多完全没有自信力，每一个见解都是动摇的，站不稳的。总希望有一个依靠，记得布哈林初次和我谈话的时候，说过这么一句俏皮话：“你怎么同三层楼的小姐〔一样〕，总那么客气，说起话来，不是‘或是’，就是‘也许’、‘也难说’……等。”其实，这倒是真心话。可惜的是人家往往把我的坦白当作“客气”或者“狡猾”。

我向来没有为着自己的见解而奋斗的勇气，同时，也很久没有承认自己错误的勇气。当一种意见发表之后，看看没有有力的赞助，立刻就怀疑起来，但是，如果没有一个另外的意见来代替，那就只会照着这个连自己也怀疑的意见做去。看见一种不大好的现象，或是不正确的见解，却还没有人出来指摘，甚至其势凶凶〔汹汹〕的大家认为这是很好的事情，我也始终没有勇气说出自己的怀疑来。优柔寡断，随波逐流，是这种“文人”必然的性格。

虽然人家看见我参加过几次大的辩论，有时候仿佛很急〔激〕烈，其实我是最怕争论的。我向来觉得对方说的话“也对’，“也有几分理由”，“站在对方的观点上他当然是对的”。我似乎很懂得孔夫子忠恕之道。所以我毕竟做了“调和派”的领袖。假使我急〔激〕烈的辩论，那么，不是认为“既然站在布尔塞维克的队伍里就不应当调和”，因此勉强着自己，就是没有抛开“体面”立刻承认错误的勇气，或者是对方的话太幼稚了，使我“箭在弦上不得不发。”

其实最理想的世界是大家不要争论，“和和气气的过日子”。

我有许多标本的“弱者的道德”——忍耐、躲避，讲和气，希望大家安静些仁慈些等等。固然从〔少〕年时候起，我就憎恶贪污、卑鄙……以至一切恶浊的社会现象，但是我从来没有想做侠客。我只愿意自己不做那

些罪恶，有可能呢，去劝劝他们不要再那样做；没有可能呢，让他们去罢，他们也有他们的不得已的苦衷罢？

我的根本性格，我想，不但不足以锻炼成布尔塞维克的战士，甚至不配做一个起码的革命者。仅仅为着“体面”，所以既然卷进了这个队伍，也就没有勇气自己认识自己，而请他们把我洗刷出去。

但是我想，如果叫我做一个“戏子”——舞台上的演员，倒很会有些成绩，因为十几年我一直觉得自己一直在扮演一定的角色。扮觉〔着〕大学教授，扮着政治家，也会真正忘记自己而完全成为“剧中人”。虽然这对于我很苦，得每天盼望着散会，盼望同我谈政治的朋友走开，让我卸下戏装，还我本来面目——躺在床上去极疲乏的念着“回‘家’去罢，回‘家’去罢”，这的确是很苦的。然而在舞台上的时候，大致总还扮得不差，像煞有介事的。

为甚么？因为青年精力比较旺盛的时候，一点游戏和做事的兴会总有的。即使不是你自己的事，当你把它做好的时候，你也感觉到一时的愉快。譬如你有点小聪明，你会摆好几幅“七巧版〔板〕图”或者“益智图”，你当时一定觉得痛快；正像在中学校的时候，你算出了几个代数难题似的，虽则你并不预备做数学家。

不过扮演舞台上的角色究竟不是“自己的生活”，精力消耗有〔在〕这里甚至完全用尽，始终是后悔也来不及的事情。等到精力衰惫的时候，对于政治舞台，实在是十分厌倦了。

庞杂而无秩序的一些书本上的智识和累坠〔赘〕而反乎自己兴趣的政治生活，使我麻木起来，感觉生活的乏味。

本来，书生对于宇宙间的一切现象，都不会有亲切的了解。往往会把自己变成一大堆抽象名词的化身。一切都有一个“名词”，但是没有实感。譬如说，劳动者的生活，剥削，斗争精神，土地革命，政权等……一直到春花秋月，崦嵫，委蛇，一切种种名词，概念，词藻，说是会说的，等到追问你究竟是怎么一回事，就会感觉到模糊起来。

对于实际生活，总像雾里看花似的，隔着一层膜。

文人和书生大致没有任何一种具体的智识。他样样都懂得一点，其实样样都是外行。要他开口议论一些“国家大事”，在不太复杂和具体的时候，他也许会。但是，叫他修理一辆汽车，或者配一剂药方，办一个合作社，买一批货物，或是清理一本账目，再不然，叫他办好一个学校……总之，无论那一件具体而切实的事情，他都会觉得没有把握的。

例如，最近一年来，叫我办苏维埃的教育。固然，在瑞金、宁都、兴国这一带的所谓“中央苏区”，原本是文化非常落后的地方，譬如一张白纸，在刚刚着手办教育的时候，只是创办义务小学校，开办几个师范学校，这些都做了。但是，自己仔细想一想，对于这些小学校和师范学校，小学教育和儿童教育的特殊问题，尤其是国内战争中工农群众教育的特殊问题，都实在没有相当的智识，甚至普通常识都不够！

近年来感觉到这一切种种，很愿意“回过去再生活一遍”。

雾里看花的隔膜的感觉，使人觉得异常的苦闷、寂寞和孤独，很想仔细的亲切的尝试一下实际生活的味道。譬如“中央苏区”的土地革命已经有三四年，农民的私人日常生活究竟有了怎样的具体变化，他们究竟是怎样的感觉。我曾经去考察过一两次。一开口就没有“共同的言语”，而且自己也懒惰得很，所以终于一无所得。

可是，自然而然的，我学着比较精细的考察人物，领会一切“现象”。我近年来重新来读一些中国和西欧的文学名著，觉得有些新的印象。你从这些著作中间，可以相当亲切地了解人生和社会，了解各种不同的个性，而不是笼统的“好人”、“坏人”，或是“官僚”、“平民”、“工人”、“富农”等等。摆在你面前的是有血有肉有个性的人，虽则这些人都在一定的生产关系、一定的阶级之中。

我想，这也许是从“文人”进到真正了解文艺的初步了。

是不是太迟了呢？太迟了！

徒然抱着对文艺的爱好和怀念，起先是自己的头脑，和身体被“外物”所占领了，后来是非常的疲乏笼罩了我三四年，始终没有在文艺方面认真的用力。书是乱七八糟着〔看〕了一些，也许走进了现代文艺水平线以上

的境界，不致于辨别不出趣味的高低。我曾经发表的一些文艺方面的意见，都驳杂得很，也是一知半解的。

时候过得很快。一切都荒疏了。眼高手低是这必然的结果。自己写的东西——类似于文艺的东西是不能使自己满意的，我至多不过是一个“读者”。

讲到我仅有的一点具体智识，那就只有俄国文罢。假使能够仔细而郑重的，极忠实的翻译几本俄国文学名著，在汉文方面每字每句的斟酌着也许不会“误人子弟”的。这一个最愉快的梦想，也比在创作和评论方面再来开始求得什么成就，要实际得多。可惜，恐怕现在这个可能已经“过时”了。

告　别

一出滑稽剧就此闭幕了！

我家乡有句俗话，叫做“捉住了老鸦在树上做窠”。这窠是始终做不成的。一个平凡甚至无聊的“文人”，却要他担负几年的“政治领袖”的职务。这虽然可笑，却是事实。这期间，一切好事都不是由于他的功劳——实在是由于当时几位负责同志的实际工作，他的空谈不过是表面的点缀，甚至早就埋伏了后来的祸害。这历史的功罪，现在到了最终结算的时候了。

你们去算账罢，你们在斗争中勇猛精进着，我可以羡慕你们，祝贺你们，但是已经不能够跟随你们了。我不觉得可惜，同样我也不觉得后悔，虽然我枉费一生心力在我所不感兴味的政治上。过去的是已经过去了，懊悔徒然增加现在的烦恼。应当清洗出队伍的。终究应当清洗出去，而且愈好〔快〕愈好，更用不着可惜。

我已经退出了无产阶级的革命先锋的队伍，已经停止了政治斗争，放下了武器，假使你们——共产党的同志们——能够早些听到我这里写的一切，那我想早就应当开除我的党籍。像我这样脆弱的人物，敷衍、消极、怠惰的分子，尤其重要的是空洞的承认自己错误而根本不能够转变自己的阶级意识和情绪，而且，因为“历史的偶然”，这并不是一个普通党员，而

是曾经当过政治局委员的——这样的人，如何还不要开除呢！

现在，我已经是国民党的俘虏，再来说起这些似乎多余的了。但是，其实不是一样吗？我自由不自由，同样是不能够继续斗争的了。虽然我现在才快要结束我的生命，可是我早已结束了我的政治生活。严格的讲，不论我自由不自由，你们早就有权利认为我也是叛徒的一种。如果不幸而我没有机会告诉你们我的坦白最真实的态度而骤然死了，那你们也许还把我当做一个共产主义的烈士。记得一九三二年讹传我死的时候，有地方替我开了追悼会，当然还念起我的“好处”，我到苏区听到这个消息，真叫我不寒而栗，以叛徒而冒充烈士，实在太那么个了。因此，虽然我现在已经囚禁在监狱里，虽然我现在很容易装腔做势慷慨激昂而死，可是我不敢这样做。历史是不能够，也不应当欺骗的。我骗着我一个人的身后不要紧，叫革命同志误认叛徒为烈士却是大大不应该的。所以虽然反正是一死，同样是结束我的生命，而我决不愿意冒充烈士而死。

永别了，亲爱的同志们！——这是我最后叫你们“同志”的一次。我是不配再叫你们“同志”的了，告诉你们：我实质上离开了你们的队伍很久了。

唉！历史的误会叫我这“文人”勉强在革命的政治舞台上混了好些年。我的脱离队伍，不简单的因为我要结束我的生命，结束这一出滑稽剧，也不简单的因为我的痼疾和衰惫，而是因为我始终不能够克服自己的绅士意识，我终究不能成为无声阶级的战士。

永别了，亲爱的朋友们！七八年来，我早已感觉到万分的厌倦。这种疲乏的感觉，有时候例如一九三〇年初或是一九三四年八九月间，简直厉害到无可形容，无可忍受的地步。我当时觉着，不管全宇宙的毁灭不毁灭，不管革命还是反革命等，我只要休息，休息，休息!! 好了，现在已经有了“永久休息”的机会。

我留下这几页给你们——我的最后的最坦白的老实话，永别了！判断一切的，当然是你们，而不是我。我只要休息。

一生没有什么朋友，亲爱的人是很少的几个。而且除开我的之华以外，我对你们也始终不是完全坦白的。就是对于之华，我也只露一点口风。我始终戴着假面具。我早已说过：揭穿假面具是最痛快的事情，不但对于动

手去揭穿别人的痛快，就是对于被揭穿的也很痛快，尤其是自己能够揭穿。现在我丢掉了最后一层假面具。你们应当祝贺我。我去休息了，永久休息了，你们更应当祝贺我。

我时常说：感觉到十年二十年没有睡觉似的疲劳，现在可以得到永久的“伟大的”可爱的睡眠了。

从我的一生，也许可以得到一个教训：要磨炼自己，要有非常巨大的毅力，去克服一切种种“异己的”意识以至最微细的“异己的”情感，然后才能从“异己的”阶级里完全跳出来，而在无产阶级的革命队伍里站稳自己的脚步。否则，不免是“捉住了老鸦在树上做窠”，不免是一出滑稽剧。

我这滑稽剧是要闭幕了。

我留恋什么？我最亲爱的人，我曾经依傍着她度过了这十年的生命。是的，我不能没有依傍。不但在政治生活里，我其实从没有做过一切斗争的先锋，每次总要先找着某种依傍。不但如此，就是在私生活里，我也没有“生存竞争”的勇气，我不会组织自己的生活，我不会做极简单极平常的琐事。我一直是依傍着我的亲人，我惟一的亲人。我如何不留恋？我只觉得十分的难受，因为我许多次对不起我这个亲人，尤其是我的精神上的懦怯，使我对于她也终究没有彻底的坦白，但愿她从此厌恶我，忘记我，使我心安罢。

我还留恋什么？这美丽世界的欣欣向荣的儿童。“我的”女儿，以及一切幸福的孩子们。我替他们祝福。

这世界对于我仍然是非常美丽。一切新的，斗争的，勇敢的都在前进。那么好的花朵，果子，那么清秀的山和水，那么雄伟的工厂和烟囱，月亮的光似乎也比从前更光明了。

但是，永别了，美丽的世界！

一生的精力已经用尽。剩下的一个躯壳。

如果我还有可能支配我的躯壳，我愿意把它交给医学校的解剖宣〔室〕。听说中国的医学校和医院的实习室很缺乏这种科学实验用具。而且我是多年的肺结核者（从1919年到现在），时好时坏，也曾经到〔照〕过几次X光的照片，1931年春的那一次，我看见我的肺部有许多瘢痕，可是

医生也说不出精确的判断。假定先照过一张，然后把这躯壳解剖出来，对着照片研究肺部的状态那一定可以发见一些什么。这对于肺结核的诊断也许有些帮助。虽然，我对医学是完全外行。这话说得或许是很可笑的。

总之，滑稽剧始终是闭幕了。舞台上空空洞洞的。有什么留恋也是枉然的了。好在得到的是“伟大的”休息。至于躯壳，也许不由我自己做主了。

告别了，这世界的一切。

最后……

俄国高尔基的《四十年》、《克里摩·萨摩京的生活》，屠格涅夫的《鲁定》，托尔斯泰的《安娜·卡里安娜》，中国鲁迅的《阿Q正传》，茅盾的《动摇》，曹雪芹的《红楼梦》，都很可以再读一读。

中国的豆腐也是很好吃的东西，世界第一。

永别了！

一九三五，五，二二。

［说明］

本篇选自人民出版社出版的《瞿秋白文集》（政治理论编）第七卷。在本文标题下，文集编者加有按语一段，现照录如下：

《多余的话》是瞿秋白就义前在福建汀州狱中所作。这里根据中央档案馆保存的国民政府档案手抄本刊。其中明显的错字漏字都在〔〕内标明。

一九三五年八、九月，国民党“中统”主办的《社会新闻》部分刊载了这篇《多余的话》，1937年《逸经》半月刊第二十五、二十六、二十七期发表了全文；与手抄本比较，《逸经》发表的文本有不少遗漏，这里都逐一注明。

《多余的话》至今未见到作者手稿。从文章的内容、所述事实和文风看，是瞿秋白所写；但其中是否有被国民党当局篡改之处，仍难以断定，故作为“附录”收入本卷，供研究者参考。

最低问题

——狗彘食人之中国

秋白离中国两年，回来本急急想把在俄研究所得以及俄国现状，与国人一谈，不料到京三天，接触的中国现实状况，令我受异常的激刺，不得不先对中国说几句“逆耳之言”。

万里之外时时惦念着故乡，音信阻隔，也只隐隐约约听见国内“红白面打架的把戏”。一进北京才有人告诉我，去年亡海金银业罢工工人竟遭“洋狗”噬啮，唐山罢工工人又受印度兵的蹂躏。中国政府原来是“率兽食人”的政府，谄媚欧美帝国主义，以屠杀中国平民劳动者为己任。

我再想不到，两年之后回来见着一狗彘食人的中国！

我两年不读的中国报上，却只见什么“最高问题”，什么“阁员问题”，“巡阅使问题”，制宪问题……都是高高在上的中国，高等人物的大心事。我不知道，威海卫的问题，片马问题，英国派兵唐山，殴辱重庆学生以至于纵犬食人等问题，究竟值得衮衮诸公的一顾否？难道这些问题太“低”？这是以为“最高问题”不解决，阁员问题不解决，就可以断送片马，断送威海卫，任命苏皖赣巡阅使就是为着巡犬起见，白纸黑字的宪法草案就足以保证中国平民不受外人强力的剥夺其生命自由劳动权利呢？可怜的五四运动竟成历史的古事，可怜的中国“民意”竟如此之消沉。唉！

这几天报上又见汉口的工人风潮，英商禁止工人结社，武装巡捕任意殴击逮捕工人，随便放枪。地方官对于此种丧权辱国的事情，只知道戒严，请问他防范的是谁，保护的又是谁？大概一般下等的苦力被捕挨打，算得什么事！真正只是“最低问题”，不值一顾。可是……

中国的平民呵，你们不配谈最高问题，也得谈一谈最低问题呵。当年“五四”运动的精神哪里去了！处于如此严酷的帝国主义的压迫之下，还只顾坐着静听人家谈最高问题制宪问题，真是死无葬身之地呵。我恐怕就是最高问题解决了，制定了一万万条的好宪法也没有用处。群众的平民，爱国的学生，有志的青年，也可以醒醒，不要再做华盛顿会议的黄粱梦了。

中国真正的平民的民主主义，假使不推倒世界列强的压迫，永无实现之日。世界人类的文化，被这一班“列强”弄得濒于死灭且不必说起，中国平民若还有点血气，无论如何总得保持我们汗血换来的吃饭权。全国平民应当亟亟兴起，——只有群众的热烈的奋斗，能取得真正的民主主义，只有真正的民主主义能保证中国民族不成亡国奴，切记切记！不然呢，我恐怕四万万“人”的地方，过两年就快变成英国猎狗的游猎场了。

一九二三年一月一七日。

世纪末的悲哀

时代也是有主人的：对于有些人这是世纪末；对于另外一些人这也许是世纪初——黄金时代的开始呢。然而，黄金时代虽然不远，却不是这么容易达到的。这要经过血污池，奈河桥，刀山，油锅，以及……一切种种这类的东西。这条路上——到黄金时代的路上，究竟是悲哀，是痛苦，是兴奋，是快乐，是痛快？这都是又当别论，不在乱谈之列。

只说世纪末的人们的确充满着悲哀，实在“可怜”！

世纪末的人原本是都有“怕血症”的，一见着这么几点儿血渍，他就战栗着，痉挛着……吓得个半死不活。呵！神经衰弱的时代呵！但是，神经衰弱的人之中，有些因为得病的病根来得特别，他们会一跳起来“放下屠刀立地成佛”，突然变成空前的，而且一定绝后的勇敢。怕血症会变成渴血症。天在旋转着，地在震荡着，洪水泛滥着，火山爆裂着，牛马怒吼着……这是什么？是世界的末日到了？驾驭这个世界的上帝，就雇用那些神经衰弱而又勇敢得空前绝后的人，来支持这个世界。也许正因为受着上帝的雇用，所以变得这么勇敢。他们张大了吃人的血口，他们实在口渴得很，他们专门要吃奴隶牛马的血，他们想把黄河扬子江似的血都喝干净。他们正在哼哈着，叱咤着，叫喊着，要叫出古代的英雄，要叫出三代的道统，要叫出民族的精魂，来救命，来……叫着的是：“天下孰能一之？曰：

惟有嗜杀人者能一之!”这样的叫喊，真像黑夜时小孩子的叫喊，越是叫得响，越是因为他们的胆怯，这是自欺欺人的叫喊，不过想要掩饰自己的害怕，盖住内心的悲哀，世纪末的悲哀。这是悲哀得发狂了。

同时，世纪末的人们之中，有些却很忠实于自己的怕血症。他们像兔子一样的“聪明”：把自己的头和美丽的血红的眼睛，躲在自己的脚爪底下，就自以为别人不看见它了，因为它看不见别人了。他们死也不肯走出“象牙之塔”，也许“走出了象牙之塔”，又走进了“水晶之宫”。象牙塔和水晶宫还不是一样的建筑在血肉模糊的骷髅场上?但是你不知道，在象牙塔和水晶宫的里面，始终是别有天地非人间的。这里有肉感，有爱神，有……这里是多么清闲，又多么孤寂，这里多么潇洒，又多么怅惘!即使不幸谪出了象牙塔和水晶宫，也还会吹箫吴市，做个风雅乞丐。一样可以有牢骚，有落拓……等等的诗境和灵感。所有这些上帝御选的人们，总不免要口中念念有词，哼哼唧唧。这是些什么神秘的咒语，还是白天说梦话?不是的。这是仙人传授的口诀，念着可以解救世界末日的劫数。如果奴隶牛马也会这样高尚，也会学着哼哼唧唧，那么，天下的一切怨气都可以宣泄净尽，再也不会有什么天崩地陷的灾祸。是的，这并不是无病的呻吟。病就在于世纪末，病就在于世纪末的悲哀，那是衷心不可救药的无穷无尽的悲哀。这也是悲哀得发狂了。

发狂的病是有好些种，上面讲的，就是武痴和文痴的分别。如果豺狼猫狗的万牲园看厌了的话，那么，不妨看看这文痴武痴的病人院，倒也怪有趣的。

九，十。

画狗罢

张天翼的《鬼土日记》，替我们画了一顿鬼神世界。天翼的小说，例如《二十一个》之类，的确有他自己的作风，他能够在短篇的创作里面，很紧张的表现人生，能够抓住斗争的焦点。他的言语，也的确是“人话”，很少文言的搀杂。不过魄力是比较的不大。如果他尽力于活的现实的反映，那么，一定能够胜任愉快的发展他的才力。可是，最近出版的《鬼土日记》却有点使我们失望。这是因为我们不能够没有“苛求责备”的心。

第一讲到题材方面，这是鬼神世界。问题不仅仅在于“鬼神”，而主要的还在于“世界”。你想：你的题材是六分之五的地球，这未免太大了吧？六分之五的世界，是小说所不能够写的。结果，只能够把世界缩小，放在科学试验室里去。而科学试验室里，陈列着小飞机，小潜艇，小电车……外加活鬼若干，是终究不真切的，免不了所谓“图式化”（Schema）的。这种题材，它本身是很不适宜于文艺的表现。六分之五的世界虽然有共同的社会公律和历史过程，可是，这里的现实生活是复杂到万分，发展上是有许多方面的不平衡的。这些共同规律的意义，正在于适应着最繁杂最变动的现象，而能够给我们一个了解社会现象的线索。如果把这些公律机械的表演在文艺的形象里，那么，自然要走到庸俗的简单化方面去。作者的《鬼土日记》恰好走上了这条路。自然，当做社会科学的参考材料看，这未

始不是一本“发松的”好书。而当做文艺创作来看，那就不能够不说是失败的了。

第二，这篇小说的名称已经告诉我们：这里面是“鬼话连篇”的。这并没有什么。这是无可奈何的鬼话！与其说了人话去做鬼，倒不如说着鬼话做人。但是，这里可暴露了一个很大的弱点，就是作者自己给自己的自由太大了。“鬼土”里面没有一个真鬼。幻想的可能没有任何范围。这固然是偷巧的办法，然而也是常常容易吃力不讨好的。古话说得好：“画鬼容易画狗难”。如果是画狗，随便什么人一看就知道像不像。现在画的是鬼，那就只有鬼知道了。

其实，鬼并不是不可以画的，大家不要以为鬼没有作用。法国人有句俗话，叫做：“Le mort saisit le vif”——“死人抓住了活人。”中国的情形，现在特别来得凑巧——简直是完全应了这句话。袁世凯的鬼，梁启超的鬼，……的鬼，一切种种的鬼，都还统治着中国。尤其是孔夫子的鬼，他还梦想统治全世界。礼拜六的鬼统治着真正国货的文艺界。……这样说下去，简直说不尽。我们要画鬼，为什么不画这些鬼呢？

说到画狗，那是更好了。说广泛些：与其画鬼神世界，不如画禽兽世界。本来，中国自然也在六分之五的地球之内。而中国有的只是走狗和牛马。可是《鬼土日记》里面只见人的鬼，而没有见狗的鬼，没有见牛马的鬼；即使有牛马的鬼，也只是影子。

所以我说：还是画狗吧！

八，十。

狗样的英雄

中国的绅商，中国“孔孙道统”的忠实信徒，不是说和平是中国的民族性么?!然而社会斗争太剧烈了，短兵相接的阵势太紧张了。这种和平主义的假面具是不能够不揭穿的了。因此，战争变成了民族性。看是什么样的战争?

现在，帝国主义的列强和中国各地方各派各系的绅商需要战争，需要势力范围，也就是抢夺民众膏血的剧烈斗争。现在，中国的红白战争一天天的剧烈，所谓剿匪更是中国天字第一号的要紧事情。而剿杀世界的匪头——尤其是中国绅商的太上皇的意旨。这就更需要杀人放火，更需要战争。“凡是必需的，都是合理的”，这是哲学家的话头。文学家就要说：“凡是必需的，都是神圣的。”这样的神圣战争就要有狗样的英雄。

因此，中国绅商就定做一批鼓吹战争的小说，定做一种鼓吹杀人放火的文学。这叫做民族主义的文学。读者先生听见我这句话，也许会怀疑：“怎么！杀人放火……?”哼！绅商所要杀的并不是“人”，而是奴隶，牛马，并不是“中国民族”，而是别一个民族。请你放心好了。

每天晚上站在那闪铄的群星之下，手里执着马枪，耳中听着虫鸣，四周飞动着无数的蚊子，样样都使人想到法国“客军”在非洲沙漠里与阿拉伯人斗争流血的生活。

(《前锋》第五期：《陇海线上》。)

这真是神来之笔！中国“中央”政府的军队驻扎在陇海线上，居然和法国殖民家（Colonisateur）的“客军”驻扎在非洲——有如此之相同的情调。这是不打自招的供状。他们自己认为是“客军”，而把民众当做野蛮的阿拉伯人看待。这是的确的事实。他要杀的正是这些“阿拉伯人”。他们所以和冯玉祥阎锡山打仗的缘故，也在于争这一口气：“究竟是你们来杀，还是我们来杀。”因此，打胜了冯阎之后，这支民族主义的军队立刻就去打猎了。打什么猎呢？——就是把战场附近的小百姓当做野兽，而去打他们了。于是乎“人”和“野兽”这两种民族之间的战争就开始了。请看民族主义文学家自己的描写：

一方面是所谓阿拉伯人，“这里老百姓们的脸上都罩着一层阴恶的表示，屡次杀气腾腾地偷望着我，他们这些人真可怜，什么都不晓得……老百姓对于屠杀焚烧奸淫掳掠的故事，都已经看得不要看，一望见穿上制服的人，就发生同仇敌忾之心，马上想动手收拾掉他。……他们对于国家没有丝毫的了解，尤其是看见了中央军也发生厌恶之心。”

这是一个民族。

别方面是所谓中央军，雇用着德国的凶哥儿（Junker）顾问，豢养着白俄的哥什哈（Cossack）。这样的七个人驻扎在村落里：“这自命为英雄的七个人就是（一）巴格罗夫（前两天吃醉酒跛了腿），（二）任林（拿一把无用的好刀，据他说可以威吓），（三）庄克明，（四）张维新，（五）罗敏（十七岁的孩子）。（六）驾雀罗夫，（七）我自己。”

这是另外一个民族，——中国的“黄埔少年”，保镖世家，俄国的哥什哈，德国的凶哥儿混合组成的一种民族——所谓国族。

这两个民族之间发生战争了；说得清楚些，是国族的猎狗去巡逻“野兽”了：

> 七人的远征队全副武装的到四围的村落里去巡逻一周……走到一个很好的村落之前，我发了“散开”的口令，大家马上构成一条散兵线，向村落搜索进去。这天晚上七点钟的时候，我们才狼狈不堪地回来。罗敏已经战死了。张维新的屁股上中了枪，我的帽子丢在一个坟场里。……失败本是意中之事，世界上又安有

以七人的实力继续去搜索三个村落的豪举？况且这三个村落的老
百姓又是久欲得我等而甘心的土匪呢。

读者先生不要奇怪：七个良民和三村土匪——这土匪似乎太多了！其实，土匪的匪字已经不是康熙字典上那样的解释。现在的匪字是一个“民族”的名称。总之，这是七个人的中华国族和三个村落的“土匪民族”之间的战争。

这只是民族主义的战争文学里面的一个小小的插话。不过插话虽然小，却把民族主义文学的原身完全显露了出来。

至于民族主义的战争文学的正面题材，却是陇海线上的“为民族而战的尚武精神”。军阀混战之中，两方面都要自己说是“为民族而战”。民族主义的文学，不过在那些四六电报宣言布告之外，替军阀添一种欧化文艺的宣传品，去歌颂这种中世纪式的战争，叫几声“亲爱的同志”，唱几句“咨尔多士，为民前锋”，哼几声：

可是，朋方们——
你可闻过号筒的雄音？
你可闻过战马的悲壮？
在朔风凛烈的天然里，
你可听见前进的步代声？
呜呼，先驱者呵！先驱者的心！

一点不错！你们是绅商地主高利贷资产阶级的杀人的号筒，你们的声音是多么雄壮，多么壮烈！中世纪式的战争是多么浪漫谛克呵！你们这些号筒想号召民众来帮助军阀混战，但是，他们却“久欲得你们而甘心”。因此，你们不能不狼狈不堪的逃回去了。

自然，民族主义的文学更加注重的是：鼓吹屠杀民众的剿匪战争了。首先出现的是剿杀“苏联红匪”的小说，叫做什么国门之战。这里，假造一些谣言，描写民族主义者杀老婆的本领。那又是多么英雄气概！神话化了的岳飞也拉进了剿匪战争，大声叫喊着“壮志饥餐胡虏肉，笑谈渴饮匈

奴血”。这种吃人肉喝人血的精神，的确值得帝国主义者称赞：“好狗子，勇敢得很!”请看：

> 大家围着这六个间谍，旅副瞪大了眼睛望着，旁边还有几个高而且大的兵，手里拿着巨斧，旅副停了半天说：——我看再找一把刺刀来切切他们看，……不大工夫，两个老兵抬着一把俄国的喂马切刀放在地下，旅副下令将他们眼睛上的蒙布拿下来，叫他们也认识认识我们中国的手段怎样。我一看那几个间谍：三个俄国人，三个不知国籍的人，嘴里塞满了东西，眼睛露出很凶的神气，似乎他们很欢迎死。旅副叫我先收拾一个，我那时吃了点高粱酒，并且看见了仇人是很喜欢杀掉他们，我用了一把大斧，抡起来照着绑在屋里左边那个长黑头发的人太阳穴上就是一下，差不多砍到鼻梁上了。那个人的头上着了这一斧，太阳穴立刻陷落下去，斧刃的周围都成了白色，我把斧子拿下来，紫黑的血跟着就飞射出来，那个临死的哀鸣也就很小而短促的一叫就完了。不大工夫，我们这几个屠夫弄得血肉狼藉，一股血腥的气味，要不叫吃酒也就呕出来了。

不错，残杀俘虏，他们是会的。这里描写多么“动人”！杀的艺术实在高明。他们还会什么？还会涨着通红的脸，嘴里冒着白沫，慷慨激昂的口中念念有词道：“你们不要懦怯，不要顾惜！……你们打倒了赤俄，你们到了莫斯科，前进！……前进!”

记得“五四”前一年鲁迅有一篇狂人日记发表。那狂人为什么发狂？只不过为着中国的礼教吃人。足见得那时候的人神经多么衰弱，为这点“小事”就气得发狂了。现在呢？现在吃人的不止是礼教，而老实不客气是真把人肉放在刀砧板上细细的剁，还要唱着新诗，歌颂一番这样英雄的事绩。可是，现在的“狂人”，他们也不是当年那么狂法了，他们不但“在脸上杀气腾腾的表示了”，而且……读者先生，请你等着新的狂人日记吧。

猫样的诗人

诗人！吓！诗人，还了得！

据说现在中国的文坛是太撒野了。有一些诗人在报纸上大登其广告，告诉我们这个“真理”。还说，他们要出一种有声有色的声色杂志，来做勒住这野马的缰绳。

我们并非诗人，不懂得为什么中国文坛是撒野的野马。也许，那些“该杀的”就因为撒野的缘故所以被杀了的吧？剩下来的撒野的野种，在等着杀的时光，还应当在嘴上套起勒口，扣上缰绳。好吧，我们且看一看这有声有多的声色。

原来这声是歌声，这色是色情。这是另外一种的缰绳，并非牵着战马去上战场的那一条。因为马和美人固然同样是英雄的配角，不过美人在英雄的怀里，马却是英雄的坐骑，它的死所是战场，不是红绡帐里，英雄要为民族而战，要沥血沙场，固然要用牵马的缰绳。但是，丰功伟烈的报酬，还要有美人，有声色，有这另外一种的缰绳，把一切野马羁縻住了，让咱们的英雄享清福。温文尔雅不撒野的猫，唯美主义的声色就是这另外一种的缰绳了。

声色上有些什么？最大的就是一只猫。这猫大得可以！

她蹲在她的后腿上，两只前腿静穆的站着，像古希腊高楹前的石柱。（声色创刊号第十五页，徐志摩：一个诗人。）

咱们的大诗人化身为小小的虱子，在这雌猫的四腿两股之间欣赏着，出神的看着。他们是在鉴赏那希腊石柱的雕刻艺术吗？也不完全如此。鉴赏的是有许多，这是：

你的乳，我的痛嚼的胭脂，我的乱吞的铅粉，我的狂饮的香水……

还有——

人的说不出的什么心事也会被引起两片蚌肉一般……

张开你的皓臂和银腿，让你的浑圆，肥满，丰润，柔嫩，奢华的壮健，猥亵的洁白，淫欲的伶俐，来喂饲我因饥饿那不知道的事物，因相思那无名的事物，而憔悴得快要垂萎的灵魂。（同上，第二十三页。）

还有——

是女人半松的裤带在等待着男性颤抖的勇敢。（同上，第三页。）

好了，够了！

猫——不撒野的温文尔雅的猫，捉老鼠是很凶狠的猫，见着主人很驯服的猫。据说，这样的猫“是一个诗人，纯粹的诗人。”（同上，第十五页。）

凶狠的吃老鼠的猫，“叫春”时候的音调，倒也的确很浪的。但是，老实说句撒野的话：它是一个清客，它的主人是“吃租阶级”（rentiers）。“文学青年们”，假如你们有租可吃的话，不管是田租，房租，还是地皮租……只要有得吃的话，那么，你们抚摸这只温文尔雅不撒野的猫吧。

八，一八。

吉诃德的时代

据说中国识字的人很少。然而咱们没有统计过，如果说中国的识字人只有一万，或者两万，大概你总要摇头罢？可是，事实上所谓新文学——以及“五四式”的一切种种新体白话书，至多的充其量的销路只有两万。例外是很少的。

其余的“读者社会”在读些什么？如果这一两万人的小团体——在这四万万的人海之中，还把其余的人当人看待的话，我们就不能够不说中国还在吉诃德的时代。“中国”！我是说那极大的大多数人的中国，与欧化的“文学青年”无关。

欧洲的中世纪，充满了西洋武士道的文学。中国的中世纪，也就充满着国术的武侠小说。中国人的脑筋里的剑仙在统治着。西班牙中世纪末的西万谛斯（今译塞万提斯，西班牙作家。小说《董吉诃德传》，今译《堂吉诃德》。）写了一部《董吉诃德传》，把西洋武士道笑尽了。中国的西万谛斯难道还在摇篮里?！或者没有进娘胎?！

不错，中国的《水浒》是一部名贵的文学典籍。但是，恐怕就一部罢。模仿《水浒》的可以有一万部，然而模仿到什么地方去了呢？草泽的英雄，结果不是做皇帝，至多也不过劫富济贫罢了。梦想着青天大老爷的青天白日主义者，甚至于把这种强盗当做青天大老爷，当做救苦救难观世音菩萨。

我们可以想得到：是有那种“过屠门而大嚼”的人！——这个年头，这个世界，不但贪官污吏豪强绅商要多少有多少，而且，怨恨的对象又新添了贪工头，污那摩温，大小买办，党国新贵。——恨得真正切齿，你可以看见他们眼睛的凶光，可以看见他们紧张的神经在那里抖动，你可以看见他们吃烧饼的时候咬得特别起劲，这时他们在咬“仇人”的心肝，刚刚他们脑筋里的剑仙替他们杀死了挖出来的。然而，既然这样恨那些贪官污吏，以及新式的贪什么，污什么的，那么，他们要干什么，他们打算怎么干？他们吗？相信武侠的他们是各不相问的，各不相顾的。虽然他们是很多，可是多得像沙尘一样，每一粒都是分离的，这不仅是一盘的散沙，而且是一片戈壁沙漠似的散沙。他们各自等待着英雄，他们各自坐着，垂下了一双手。为什么？因为：“济贫自有飞仙剑，尔且安心做奴才。”“欲知后事如何”？那么“请听来生分解”罢。

至于那些十五六岁的小孩子，偷偷的跑到峨嵋山五台山去学道修仙炼剑，——这样的事，最近一年来单是报纸上登出来的，就有六七次，——这已经算是有志气的好汉，总算不在等待英雄，而是自己想做英雄。究竟想做的和等待的是些什么样的英雄？那你不用问，请自己去想一想：这些英雄所侍候的主人，例如包公，彭公，施公之类，是些什么样的人物，——那么英雄的本身也就可想而知的了。英雄所侍候的主人，充其量只是一个青天大老爷，英雄的本身又会高明到什么地方去呢？

武侠小说连环图画满天飞的中国里面，那中国的西万谛斯……还是在摇篮里呢，还是没有进娘胎?！不是的，这些西万谛斯根本就不把几万万“欧化之外的读者”当人看待。你或者要说：这几万万人差不多都不读书。那么，我反问你一句：你看不看见小茶馆里有人在听书？

水陆道场

讣　告

绝肖罪孽深重，祸延笔名陈笑峰（瞿秋白笔名之一），于中华民国1931年除夕横死歪寝。为此特建水陆道场超度众生，继续乱弹。该道场之欧化名称系风雷水火三教九流鬼神人物鸟兽鱼虫展览会——A Universal Gallery。谨此讣闻。

并非子司马今泣血稽颡（瞿秋白笔名之一）

民族的灵魂

黄昏之后。新月已经上来了，连无限好的夕阳都已经落山了。只有阴森森的鬼气。大门口的石狮子都皱着眉头，它们的真正厚到万分的脸皮上淌着冰冷的眼泪。

昏暗的黑魆魆的大门口，先发现两星红火，——这是两枝香；跟着，一盏

灯笼出现了，灯笼的火光是那么摇荡着，禁不起风似的缩头缩脑，可是，因为周围是乌黑的，所以还勉强看得出那油纸灯笼上印着的三个字：“×国府”。

听罢：那些打着灯笼捧着香的人一递一声的叫应着：

“阿狗！回来罢！阿狗……快快儿的回来……罢！”

“回来了！回……来了！”

这是读者先生家乡的一种……一种什么呢？——一种“宗教仪式”。据说，人病了，是他的灵魂儿落掉了，落在街上．甚至于落在荒山野地。所以要这样叫他，而且还要有一个人装着病人的灵魂答应着。又据说，这样一叫一应，病人的病就会好的。这种宗教仪式，叫做叫魂。自然，这种叫魂的公式，不一定是阿狗可以用，阿猫也可以用，阿牛阿马都可以用。

听说所谓民族也有灵魂。因此很自然的，这位民族先生生病了，也非得实行叫魂不可。

民族先生的病的确不轻。读者先生的贵处有一种传说，说阴间有刀山，有油锅，有奈河桥，有血污池；甚至于人的“生魂”也会到这种精致而巧妙的地狱里去受罪。譬如说，阴间的阎王把你用一只钩子吊住脊骨挂在梁上，那你在阳间就要“疽发背死”。现在这位民族先生的“生魂”，大概是被某一殿的阎王割掉了一只手臂。他在哀求着其他的九殿阎王救命；可是，这些阎王也正在准备着刀锯斧钺，油锅炮烙，大家商量着怎样来瓜分脔割。因此，民族先生的病状就来得个格外奇特。

于是乎叫魂也就不能够不格外奇特的去叫。听着：“七张八嘴一声叫两声应的，把千年百代的十八代祖宗的魂都叫了出来，把半死不活的行尸走肉的魂也叫了出来，甚至于把洪水以前的猢狲精的魂也叫了出来。什么曾国藩，吴大澂，邓世昌……这些千奇百怪的魂。据说，都是民族的灵魂；又据说，这些灵魂叫回来之后，民族的病就会好的。

看罢：这是些什么灵魂？——第一批，是从汤山双龙庵式的特别改良的监狱里叫出姓李的姓胡的姓居的……等类的郁郁幽魂；是从通缉令之下叫出姓阎的姓冯的……等类的耿耿忠魂。第二批，是从北洋小站叫出孙传芳，张宗昌，段祺瑞……等类的在野军魂；是从苏杭天堂叫出庄蕴宽，李根源，董康……等类的耆老绅魂。第三批，是从中日之战的战场上叫出吴大澂，邓世昌……等类的鬼魂。第四批，是从明朝倭寇骚乱的义冢地上叫

出王某李某……等类的聻魂。第五批，是从西湖的精忠，岳庙里叫出岳武穆的神魂。第六批，是从《三国演义》里叫出诸葛亮的穿着八卦道袍拿着鹅毛羽扇的仙魂。第七批，是要请地质学家在发见殷周甲骨文字的地层再往下掘，掘出所谓黄帝的精魂。哈哈，这位“炎黄胄裔”的民族，真不愧为五千年的老寿星，它居然有这么许多灵魂！

可是，这位老寿星病得个要死要活，还在这里叫魂，究竟它叫些什么？叫了来干吗？原来民族先生最痛心的，并不是日本阎王割掉了它的一只手臂，而是它自己没有出息，做不成功十殿阎王的一只手臂，替他们去抓赤化的活泼泼的一万七千万人的生魂。如果它能够做到这种大功德的话，它相信自己就一定不会到地狱里去受罪的。因此，它特别哀痛的叫着梁忠甲韩光第的冤魂。自然，还要加上张辉瓒等类的孤魂。

这样说来，叫了这些忠魂，幽魂，军魂，绅魂，鬼魂，聻魂，仙魂，精魂，冤魂，孤魂来，为的是要发扬民族的灵魂。——就是民族的意识。这民族的意识是什么？民族先生的生魂马占山回答得最清楚：

> 奴耕婢织各称其职，
> 为国杀贼职在军人。

换句话说，叫醒民族的灵魂是为着巩固奴婢制度。的的确确不错，如果我们把上面所叫的那些灵魂查一下，那一批不是为着拥护奴婢制度而斗争的!？好个“伟大的”岳武穆，他死了还会显圣，叫牛皋等不准抵抗秦桧，不泠犯上作乱，他自己宁可遵守无抵抗主义的十二道金牌，把中国的领土让给金国. 而不肯违背奴隶主的命令（见《岳传》）。现在抵抗不抵抗日本阎王的问题，不过是一个“把中国小百姓送给日本做奴婢，还是留着他们做自己的奴婢”的问题。其实，中国小百姓做“自己人”的奴婢，也还是英美法德日等等的奴婢的奴婢，因为这一流的“自己人”原本是那么奴隶性的。他们的灵魂和精神就在于要想保持他们的“一人之下，万人之上”的地位。这种灵魂和精神，必须叫回来：

“一切种种的鬼魂，回来罢！”

“回来了！”

流氓尼德

(本篇发表时，作者在文末加“注”、“疏”如下：

“(注) 流氓尼德——是 Liumanité 的译音。欧洲 hu-man 这个字根是“人”的意思，加上一个 ité 的字尾，变成 humanté——虞芒尼德，就是“人类，人道，人性”等等的意思。这个字尾表示一种抽象的集合的属性的……意义，的确来得巧妙。依照这个办法，新仓颉就造成了这一个新的字眼“流氓尼德”，意思是流氓性，流氓精神，流氓手段，流氓主义，流氓党，流氓学说，流氓制度，还有流氓路数，——a type of liuman 都包括得了。”

“(疏) 据国故学的说法却不是这样。郑康成的丫头曰：“流氓尼德”明明四字，并非一个字眼。流氓尼德之尼，仲尼之尼也；德，德行之德也。是犹曰，氓虽流而有仲尼之德也。故流氓——继承尧舜禹汤文武周公孔子……之道统者也。”)

欧洲资产阶级的老祖宗是海盗出身。那时候他们的所谓做生意，老实说，实在是很浪漫谛克的：一只手拿着算盘，一只手拿着宝剑，做生意做到那里，也就是抢到那里。东印度公司……鸦片战争等等已经是大规模的海盗队了。后来，他们一天天的肥胖起来，大家要搭绅士架子，于是乎有所谓市场道德。这也许是他们的福气。因为当时世界还没有瓜分完结，所以抢劫的地方，范围很大，在自己家里尽可以装着斯斯文文的样子，据说要每个人拿出“真本事”来，在市场上“自由竞争”。十分露骨的霸占，撞骗，投机……是不行的。这所谓“真本事”，当然是剥削剩余价值的本事，要拿出来的东西，老老实实是成本轻，价钱便宜，货色道地。跟着，政治上也有所谓立宪人权……国会制度。道地的国会制度——现在帝国主义的时代差不多已经完全消灭，——可是，在当初，这却是个“最高的理想”，这就是所谓“自由竞争”的市场的照片：也是要拿出“真本事”来制造民意，取得所谓大多数的选举票的。现在，这自然已经是老古董，早就不时髦的了。

资本主义发展到殖民地的时候，那就有点儿变种。大概是从海盗种变成了流氓种。请看中国的资产阶级，他们的根性就脱离不了封建式的地主绅士的混乱的血统关系，他们不能够当海盗，他们只能够当海盗的奴才。

中国这个地方，说起来也有点儿奇怪，固然自己也几次三番想当强盗，然而始终做了众人的奴才。这地方的市场上，还能够有什么“道地的自由竞争”吗？不能够。海盗把什么都霸占了去。市场是来得个狭小。于是乎中国的商人资本家，除出剥削剩余价值，榨取农民群众的汗血以外，还必须有点儿特殊的本事。这点儿特殊本事就是流氓精神。谁要是没有这种流氓精神，凭他剥削工农的“真本事”多么大，他在市场上还是要失败的。凡是现在“成家立业”，站得住的大资本家，差不多个个都有一套流氓手段。

流氓的精神差不多全部包含在赌博主义里面。做生意，以至于办实业的，首先要会赌。成千成万的空头生意，放大了胆做去罢。撞它一下，撞得好可以变成头等的绅商，撞不好，还是一个“马路巡阅使”的小瘪三。这叫做“困得落，立起起”. 其次就要会打。三刀六洞，白刀子进去，红刀子出来。所谓码头是打出来的。凭你货真价实，我管不了许多。其三是要会骗会吓，还要会抵赖。我们只要看看流氓在茶馆里“讲道理”的神气，就可以看见这种讹诈撞骗的本事。而这正是所谓生意经。其四是要会罚咒。自然，一面嘴里在罚咒，一面脚在底下写着“不”字。嘴里尽管罚着恶咒，一转身，立刻就干得出“天诛地灭男盗女娼”的事情。其五是要会十二万分的没有廉耻。流氓的小辫子要是给人家抓住了，他立刻会磕头下跪。人家说“你是昏蛋”，他一定答应“是，是!”——但是他也会摇着破蒲扇，翘起一个大拇指说：你看我是在提倡国货，多么爱国。……够了！区区并不是流氓，流氓主义的讲演集，还是让流氓党的领袖去出版（指蒋介石）罢。

读者先生只要稍为留心些中国最近几十年工商业界的具体现象，就可以知道这种流氓性的流氓路数的人物，的确是中国新文学的很别致的题材。

经济上是这样，政治上难道不是这样？最近两三个月以来，各种各式的流氓把戏更是多得不得了。自然，问题不仅仅是这两三个月里的情形。

这种流氓制度的政治，是有流氓学说做根据的。欧洲资产阶级的伪善的假道学的思想家，在资本主义的黎明时期，至多还不过有客观的无意之中的虚伪和欺骗，他们主观上也许真有些唯心主义，他们讲“民约”，讲“自由博爱平等”，讲“主权属于人民”，他们甚至还要把“人民”理想化，把这个字眼变成一种了不得的，神秘的象征。至于中国可不同。中国假使也会有资产阶级思想家的话，那他们可是老老实实的“唯物主义者”（注意——并非唯物论者）。他们的脸皮真是厚到十二万分，他们不客气的说：人民蠢如鹿豕笨如牛马，人民是阿斗——昏庸无用不知不觉的昏君，只有他们自己才是精明强干大权独握的诸葛亮。他们这套戏法，不但是万分的无耻，而且是个太巧妙的骗术，他们说：“不错，主权是属于阿斗的，因为阿斗是皇帝，然而阿斗有自知之明，自己知道昏庸无用，所以就把全权交给诸葛亮，由他去治理国家。”这个“权”属于人民，又交出去给党国，——这样一出一进，一套戏法就变完了。多么巧妙！如果阿斗不肯有“自知之明”，而要动手动脚的来干涉，甚至于自己来治理国家呢？那是现成的“白刀子进去，红刀子出来”—— 一套打的手段拿出来！这一副全套的流氓学说，就是流氓制度的政治的根据。你不信？——有书为证！

根据这种整个的学说和制度，自然发生最近两三个月的许多流氓把戏。似乎用不着详细说了。举几个例罢。

“三年之后我如果不能够废除不平等条约，请杀我以谢天下。”（指蒋介石）——这一个恶咒赌得结实。三年的期限过去了，这班人还会有脸皮跑到人跟前来，拍拍胸膛的叫喊：“为什么不相信我们，应当相信我们！相信！相信！谁不相信，就是反动！”八个月以前，早就有“根据人民职业团体选举的国民会议”，还有议决的“约法”。这会议和约法的结果，小百姓亲身尝着它们的滋味。过了八个月，另外又有一帮流氓出来说什么：职业团体代表选举……国民救国会，国民代表会等等。花样是多得很！说嘴郎中说得天花乱坠，他们葫芦里其实还是卖的那一套假药，比砒霜还毒！小百姓气愤不过，抓住一两个流氓，打他们一顿；立刻，就会有人出来打拱作揖的说；“赔罪．赔罪，对不起！我要是再献国，诸位尽管抓我的胡须，打我一个半死不活。”他说着，还真的用手揪揪自己一把有名的大胡子。真做得出来！可是一转身，立刻就去恭请国联的列国联军来共管瓜分。同时，

立刻转动机关枪，盒子炮，刺刀，木棍，麻绳……把小百姓大大的教训一顿。这算是诸葛亮用兵如神，杀敌救国。只不过并非救小百姓的国；而且为着实行无抵抗主义，杀无抵抗主义的敌人，保全海盗的奴才的国。……

所有这些——叫做流氓尼德！

一九三一，一二，二五。

沉　默

世界上有那种“听得见历史的脚步”的耳朵。他们要像猎狗一样，把耳朵贴伏在土地上，然后他们的耳朵才听得见深山里的狼叫和狮吼。可是，这种耳朵有时候也会生病的；生了病的耳朵就觉得什么都是沉默了。

何况这世界上的声音并非都是中听的。不中听的声音，还有人故意把它掩没住了。于是乎更觉得什么都是沉默的了。

远一些：譬如大西洋的英国舰队里，据说曾经发出革命歌的歌声，——那些英国水兵反对麦克唐纳的国民政府减少兵士的饷银，一致罢操，把舰队开到了伦敦，违抗国民政府的命令（《申报》）。过不了多少时候，这些革命歌的歌声听不见了。难道就这么沉默了?！近一些：在中国的满洲，“日兵中有受日本全国劳动协会暨共产党……各机关报之感触者，——该机关报刊载反对侵略满洲之论文，并谓出兵为进攻苏俄之前阶——以为抛妻别子为谁战争，为谁侵占满洲，故一部分兵士，于进攻马占山时，主张怠战……旋日军于下令进攻大兴时，驱此二三百名日兵为最前线，而白川大将竟密令亲信兵士，在后用机关枪扫射，可怜此二三百名日兵，均遭残杀。”（上海《社会日报》）这些主张怠战的呼声和机关枪扫射的响声，我们也没有所见。这些声音难道也都是沉默的吗？

当然不是的！不过这一类的声音对于民族主义者，都是不中听的。民族主义者之中的“最左派”尚且认为“工人无祖国”；对于日本欧美的劳动者，至多是“或许要有一部分的理由。”因此，所有这些不中听的声音，一概都掩没起来。

关于我们中国自己人的声音，那就更不必说了。

中国的平民小百姓还沉默吗？据那些生着“听得见历史脚步的耳朵”的人说——是的。事实上可不是的。

那些呼吼着的反抗的声音，虽然已经震动着山谷，然而绅商只要还有一分的力量，他们也必定竭力去掩没的。至于对付将要呼吼起来的声音，那就有一切种种的武器，可以用来堵住民众的嘴和鼻子，割断那些会呼吼的喉管。于是乎对人说：这些小百姓沉默了！

但是，总有那一天——这些不中听的声音终究要掩没不住的。

暂时，并不是平民小百姓沉默，而且绅商大人还在临死挣扎的大呼小叫；因此，大人老爷们的救命的叫喊，在一些地方盖过了平民小百姓的反抗的呼吼。这或许也是一种沉默。

这种“沉默”都是气象测验术里的一个术语。读者先生想一想：夏天，暴风雨之前，霹雳的雷声正要响出来可还没有响的那几秒钟，宇宙间的一切都像静止了，——好比猫要扑到老鼠身上去的时候一样，它是特别的沉默，—— 一根绣花针落到地板上去都可以听得见的。这种静止和沉默之后，跟着就要有真正震动世界的霹雳！

一九三一，一二，二六。

暴风雨之前

宇宙都变态了！

一阵阵的浓云；天色是奇怪的黑暗，如果它还是青的，那简直是鬼脸似的靛青的颜色。是烟雾，是灰沙，还是云翳把太阳蒙住了？为什么太阳会是这么惨白的脸色？还露出了恶鬼似的雪白的十几根牙齿？

这青面獠牙的天日是多么鬼气阴森，多么凄惨，多么凶狠！

山上的岩石渐渐的蒙上一层面罩，沙滩上的沙泥簌簌的响着。远远近近的树林呼啸着，一忽儿低些，一忽儿高些，互相唱和着，呼啦呼啦……嘁嘁喳喳……——宇宙的呼吸都急促起来了。

一阵一阵的成群的水鸟，不知道在什么地方受着了惊吓，慌慌张张的

飞过来。它们想往哪儿去躲？躲不了的！起初是偶然的，后来简直是时时刻刻发见在海面上的铄亮的，真所谓飞剑似的，一道道的毫光闪过去。这是飞鱼。它们生着翅膀，现在是在抱怨自己的爷娘没有给它们再生几只腿。它们往高处跳。跳到哪儿去？始终还是落在海里的！

海水快沸腾了。宇宙在颠簸着。

一股腥气扑到鼻子里来。据说是龙的腥气。极大的暴风雨和霹雳已经在天空里盘旋着，这是要“挂龙”了。隐隐的雷声一阵紧一阵松的滚着，雪亮的电闪扫着。一切都低下了头，闭住了呼吸，很慌乱的躲藏起来。只有成千成万的蜻蜓，一群群的哄动着，随着风飞来飞去。它们是奇形怪状的，各种颜色都有：有青白紫黑的，像人身上的伤痕，也有鲜丽的通红的，像人的鲜血。它们都很年轻，勇敢，居然反抗着青面獠牙的天日。

据说蜻蜓是“龙的苍蝇”。将要“挂龙”——就是暴风雨之前，这些“苍蝇”闻着了龙的腥气，就成群结队的出现。

暴风雨快要来了。暴风雨之中的雷霆，将要辟开黑幕重重韵靛青色的天。海翻了个身似的泼天的大雨，将要洗干净太阳上的白翳。没有暴风雨的发动，不经过暴风雨的冲洗，是不会重见光明的。暴风雨呵，只有你能够把光华灿烂的宇宙还给我们！只有你！

但是，暂时还只在暴风雨之前。“龙的苍蝇”始终只是些苍蝇，还并不是龙的本身。龙固然已经出现了，可是，还没有扫清整个的天空呢。

一九三一，一二，二七。

新鲜活死人的诗

诗人就是死也死得“高人一等”。这固然不错。但是，诗. 始终是给活人读的。为什么诗人爱用活死人的文字和腔调来做诗呢?!

中国古文和时文（作者原注：例如《申报》上电报，时评、广告、新闻，公文等，就是时文的文言。）的文言，据刘大白说，是鬼话。仿佛周朝或者秦汉……的人曾经用这种腔调说过话。其实这是荒谬不通的。

中国的社会分做两个等级：一是活死人等级，二是活人等级。活死人等级统治着。他们有特别的一种念文章念诗词的腔调，和活人嘴里讲话的腔调不同的。这就是所谓文言。现在的所谓白话诗，仍旧是用这种活死人的腔调来做的。自然，有点儿小差别。因为暂时还只有活死人能够有福气读着欧美日本的诗，所以他们就把外国诗的格律，节奏，韵脚的方法，和自己的活死人的腔调生吞活剥的混合起来，结果，成了一种不成腔调的腔调，新鲜活死人的腔调。为什么是不成腔调的腔调？因为读都读不出来！为什么是新鲜活死人的腔调？因为比活死人都不如！陈旧的活死人已经只剩得枯骨，而新鲜的活死人就一定要放出腐烂的臭气。

活死人的韵文，甚至于“诗样的散文”，读起来都是“声调铿锵的”，例如：

赤焰熏天，疮痍遍地，国无宁岁，民不聊生。

——《上海大学教授宣言》

武将戎臣，统率三军队，
结阵交锋，锣鼓喧天地，
北战南征，失陷沙场内，
为国捐躯，来受甘露味。

——《瑜伽焰口》

这种活死人的诗，原本是不要活人懂的；用它来放焰口——“一心召请”什么什么的耿耿忠魂，也许还有点儿用处。死鬼听见这样抑扬顿挫的音调，或者会很感动的跑出来救国呢。

至于新鲜活死人的诗，那真是连鬼都不懂。

这是因为什么？因为中国现在的诗人，大半是学着活死人的腔调，又学不像。活死人的诗文，本来只是他们这些巫师自己唱着玩的。艺术上的“条件主义”是十足的，所讲究的都是些士大夫的平仄和对子。新鲜活死人学着了：

只因为四邻强敌，虎视眈眈，
只因为无耻国贼，求荣谄媚，
把我们底宝藏，拱手赠送他人，
把我们底权利，轻轻让于外国……

——《理想之光》

这实在是一篇很拙劣的变相四六文，读着它肉麻得要呕呢！这种活死人的影响非常之大。最低级的旧式大众文艺，算是白话的了；可是，一描写到影致，一叙述到复杂的情形，也往往用起韵文，而且一定要用这种活死人的腔调。例如：“一壁厢柳暗花明，一壁厢山清水秀”等等。那篇所谓诗剧的《理想之光》的程度，大概至多也不过如此罢了。

再则，这些诗人学欧美的诗，其实又不去学它的根本。欧美近代的诗已经是运用活人的白话里的自然的节奏来做的。而中国诗人却在所谓欧化的诗里面，用着很多的文言的字眼和句法。欧美近代的诗，读起来可以像说话似的腔调，而且可以懂得，中国现在的欧化诗，可大半读不出来，说不出来。即使读得出来，也不像话，更不能够懂。例如当代诗人有这么一句：“美人螓首变成狞猛的髑髅”。读者听着，这是：“美人遵守变成柠檬的猪猡”！

难道平民小百姓的活人的话，就不能够做诗么？固然，因为中国的艺术的言语几千年来被活死人垄断着，所以俗话里的字眼是十分单调，十分缺乏。然而平民小百姓的真正活的言语正在一天天的丰富起来。如果平民自己能够相信自己的力量。脱离一切种种活死人的影响，打破一切种种活死人的艺术上的束缚，那么，我们一定能够创造出平民的诗的言语。

至于陈旧的和新鲜的活死人：

他们爱呢？又要害羞；
思想也要赶走。
出卖着自己的自由，
对着偶像磕头；
讨那一点儿钱，
还带一根锁链！

一九三一，一二，二八。

财神还是反财神？

财神的神通

“谁的胳膊粗，拳头大，谁是主子。”有人这样说。

这句话仿佛是对的。自从状元老爷倒了运，轮着军官大人出风头了。军官大人不但胳膊粗拳头大，而且还有洋枪洋炮，飞机毒瓦斯，坦克车……

然而，武侠小说上的飞剑和拳术，始终只能够在梦里安慰安慰穷人。而洋枪洋炮，也不过是财神菩萨的法宝。没有财神菩萨的保佑，不但胳膊粗拳头大的武士只配当个把保镖的，就是该拖着洋枪洋炮的英雄也还做不成主子。

中国的国货财神，向来就分做五路——所谓五路财神是也。可是，现在世界，样样欧化；固然化不彻底，然而至少财神也变成了半吊子的欧化财神了。因此，中国现在的财神是五代同堂多子孙，至少总有十七八路。这都是些英国种，美国种，法国种，日本种的……杂种财神。他们各霸一方，做着真正的主子。现在读者诸君的贵国，早就是：“谁的洋钱多，神通大，谁是主子”了！

不过还要添一句话，就是这些主子还有自己的主子。中国主子的主子就是美法日的大财神，此其一。其二，中国的许多财神主子，三四路一帮，八九路一帮，互相勾结着，——为着要互相吵架打仗，抢码头，夺地盘。中国的各帮小财神的打架，也是听着外国的各帮大财神的指使的。

这样，一切种种中外大小的财神菩萨才是中国的主子。财神菩萨保佑谁，谁就可以雇用指挥洋枪洋炮的军官大人，谁就可以喂养吹吹打打的状元老爷，——从会写四六文章的书启起，一直到会做印象主义的欧化文艺为止。

话已经说明白了。现在的状元老爷，就是一切种种新式的旧式的政客。军官大人，就是那些坐飞机吃大菜，以至于穿青布棉大氅的军阀。而财神菩萨是一切种种帮口的绅商。

绅商之中，首先要说到的就是地主，他们是当然的绅士，同时，他们一定要做生意；中国农民的汗和血，中国的米麦豆和棉花，丝和茶叶，中国手工工人的一切种种生产品，逃不了地主绅士的商行；中国一切穷人的生命都在地主绅士的掌握里面：那许多当铺钱庄……以至于税收机关，收租法庭，像天罗地网似的布满了全中国。其次，就是那些绅士化的资本家，他们花绿绿的商店里，贩卖着乱七八糟的西洋货和东洋货，他们的乌烟瘴气的堆栈里，收罗着许多外国大财神需要的货色。这些资本家中，固然也有些开着工厂，和外国财神“竞争”。你知道他们竞争些什么？他们和外国财神竞争的是：谁剥削工人剥削得凶些。自然哪！他们是在“提倡国货”，更加有理由叫工人“增加生产效能”！于是乎男男女女大大小小的工人，从五六十岁到五六岁，从天亮六点钟到天黑六点钟，甚至于从鸡叫到三更，都在天天挤出自己的血汗来，替中外财神“造产”。

可是，因为世界上的大财神——国际的帝国主义的资产阶级，垄断着中国的市场，支配着中国的经济命脉，所以中国的小财神无论怎样压榨，自己总还不能够满足。他们因此十分谦虚，对人说：我们并不是财神，不过是“小贫”而已。他们也就非常之驯服，对着外国大财神总是“镇静而无抵抗”，想多得几个赏钱。可是，他们还很勇敢——时时刻刻要互相决斗，为的是要抢赏钱。

为着抢赏钱的缘故，中国的绅商领袖在上海就分成两大帮：江浙帮（又叫做阿拉帮）和广东帮。至于其余的小码头，每一省，甚至于每一县，

都分成许多小帮口。你抢我夺，白刀子进去红刀子出来。军阀制度的基础就在这里。

最近，一九三二年一月，江浙帮和广东帮又大大的斗了一阵法宝。虽然还没有动刀动枪，这出滑稽戏也就够好看的了。结果暂时仿佛是讲和了。于是乎长着翅膀会飞的皇帝又飞回了金銮宝殿；于是乎梦想正位的太子仍旧只能够稍微委屈一些。飞行皇帝为什么腰把硬？因为江浙帮的财神保佑他。太子为什么不能够得意？因为他的财神要想“接收”上海市商会而没有成功。

谁说“胳膊粗拳头大的就是主子”？

自然，中国的财神没有洋枪洋炮也是做不成功的。但是，单有洋枪洋炮的，单有青龙偃月刀丈八蛇矛的，单有粗胳膊大拳头的，——始终只配做大大小小的保镖的。这些保镖的用处，就是打架抢码头，就是屠杀反抗财神的一切人。看罢。现在各帮的财神联合着屠杀，屠杀一切反抗财神的群众，屠杀一切反抗日本大财神的群众。看罢：现在各帮的财神又正在互相勾结，互相排挤，这些讲和，那些又吵嘴——不久又要自伙儿里大大的打起来！

狗道主义

最近有人说：“只有人道主义的文学，没有狗道主义的文学。”

然而，我想：中国只有狗道主义的文学，而没有人道主义的文学。中国文人最爱讲究国粹，而国粹之中又是越古越好。因此，要问读者诸君贵国的文学是什么，最好请最古的太史公来回答。他说，这是“主上所戏弄，倡优所畜，流俗之所轻也”！

人道主义的文学，据是说“被压迫者苦难者的朋友”。可是，请问中国现在除了“被压迫者苦难者”自己之外，还有什么“朋友”？“苦难者”的文学和“苦难者朋友”的文学，现在差不多都在万重的压迫之下。这种文学不能够是人道主义的，因为“被压迫者”自己没有资格对自己讲仁爱，没有可能也没有理由对压迫者去讲什么仁爱的人道主义。

于是乎狗道主义的文学就耀武扬威了。

固然，十八世纪的革命的资产阶级文学之中，曾经有过人道主义。然而二十世纪的中国资产阶级，尤其是1927年之后，根本不能够有那种人道主义。中国资产阶级始终和封建地主联系着，最近更和他们混合生长着。帝国主义支配之下的“关余万能”主义，外国资本的垄断市场，租田制度和高利贷商业资本的畸形发展……使榨取民众血汗所形成的最初积累的资本，总在流转到一种特殊的“货币银行资本”里去，而且从所谓民族工业里逃出来。中国资产阶级之中的领导阶层，现在难道不是那些中国式的大大小小的银行银号钱庄吗？这些“货币银行资本”的最主要的投资，除出做进出口生意的垫款和高利贷的放账以外，就是公债生意。而在公债等类的生意里面，利率比那种破产衰落的工业至少要高二三十倍。这种资产阶级会有什么人道主义?！他们要戴起民族的大帽子，不是诓骗民众去争什么自由平等。不是的，远东第一大“伟人”，比卢梭等类要直爽而公开得多。这大约是因为中国有一座万里长城做他的脸皮。他就爽爽快快的说：不准要什么自由平等，国民应该牺牲自由维持不平等，而去争“国家的自由和平等”。所以这顶民族的大帽子，是用来诓骗民众安心做奴隶的。欧洲十八世纪的资产阶级要诓骗民众去争自由平等，为的是多多少少要利用民众反对贵族地主，要叫民众“自由平等的”来做自己的奴隶，而不再做贵族僧侣的奴隶。中国现在的资产阶级可要诓骗民众“为着民族和国家”安心些，更加镇静些做绅士地主和自己的共同奴隶。

所以很自然的只会有狗道主义的文学。这是猎狗，这是走狗的文学，因为这些地主资产阶级的走狗的主人，本身又是帝国主义的走狗。这种走狗的走狗，自然是狗气十足，狗有狗道，此之谓狗道主义。

狗道主义的精义：第一是狗的英雄主义，第二是羊的奴才主义，第三是动物的吞噬主义。

英雄主义的用处是很明显的：一切都有英雄，例如诸葛亮等类人物，来包办，省得阿斗群众操心！英雄的鼓吹总算是“独一无二的”诓骗手段了。这是独一无二的，因为另外还有些诓骗的西洋景，早已拆穿了；只有那狗似的英勇，见着叫化子拼命的咬，见着财神老爷忠顺的摇尾巴——仿佛还可以叫主人称赞一句“好狗子！”至于羊的奴才主义，那就是说：对着主人，以及主人的主人要驯服得像小绵羊一样。

说话元朝时候，汉族的绅商做了蒙古王公的走狗和奴才，其中有一位将军叫做宋大西，他对于元朝皇帝十分忠顺。他跟着蒙古军队去打俄罗斯，居然是个“勇士”。元朝的帝国主义打平了中国，又去打俄国，——他是到处都很出力的，到处都要开锣喝道的喊着：“万岁哟，马上的鞑靼！永久哟，神武的大元！”有一天，他忽然间诗兴勃发，念出一道诗来：

外表赛过勇士，心里已如失望的小羊。
无家可归的小羊哟，何处是你的故乡？

这首诗的确高明，尤其是那“赛过”两个字用得“奇妙不堪言喻”。真是天才的诗人呀！“赛过”！一只驯服的亡国奴的小羊，居然赛过勇士和英雄！

这些狗呀羊呀的动物，有什么用处？嘿，你不要看轻了这些动物！天神还借用它们来惩罚不安分的罪孽深重的人类呢。

原来某年月日，外国的天父上帝和中国的财神菩萨开了一个方桌会议，决定叫这些动物，张开吃人的血口，大大的吞噬一番，为的是要征服那些不肯安分的人，那些敢于反抗的人，那些不愿意被“主人所戏弄，倡优所畜”的人。

有诗为证：

天父和菩萨在神国开会相逢，
选定了沙漠的动物拿来借用；
于是米加勒高举火剑，爱普鲁拉着银弓：
一刹那便刀光血影，青天白日满地红！

红萝卜

最近我方才发见了一本小小说，题目是《被当做消遣品的男子》。单是这个题目就够了！

十二年前的五四运动前后，反对宗法社会的运动还是大逆不道的。不

论当时的运动是多么混沌，多么幼稚，可是，战斗的激烈的对于一切腐败龌龊东西的痛恨，始终是值得敬重的。当时是女子要求解放。而现在，是男子甘心做消遣品了。十二三年来的“进步”真是大得不得了。这至少在城市的资产阶级里面有这种情形。消遣品！这是多么高贵的头衔。高贵的人自然要格外的有礼貌，格外顾到绅士的身份，因此，咬牙切齿的“粗暴”的反抗精神应当排斥。一切颓废感伤，歇斯迭里的摩登态度，尤其是性神经衰弱等类的时髦病，应当“发扬而广大之”。至于宗法社会的毒菌，还在毒死成千成万的武侠神怪小说的读者群众，那可不关他们贵人的鸟事。这一类的黄金少年，自然是财神菩萨的子弟，至少也是梦想要做财神菩萨的小老板。对于这种寄生虫的攻击，暴露，讥刺……只嫌太温和了，太仁爱了，太“人道主义”了。这种文艺现在是太没有力量了。常常不是攻击，而是可怜这些可怜的寄生虫；而可怜往往会变成羡慕的。

对于这些“消遣品”，以及一切封建余孽和资产阶级的意识，应当要暴露，攻击……这是文化革命的许多重要任务之中的一个。在这个意义上说，五四运动的确有“没有完成的事业”，要在新的基础上去继续去彻底的完成。

然而是谁来完成呢？难道只是一种所谓“自由的知识阶级”？

当然不是的！这是“被压迫者苦难者”群众自己的文化革命。固然群众是有朋友的。这些“朋友”是离开财神菩萨的小资产阶级，这是真正反对一切财神菩萨的“知识阶级”。这是真正肯替群众服务的分子。

至于红萝卜，那可多谢多谢！红萝卜是什么？红萝卜是一种植物，外面的皮是红的，里面的肉是白的。它的皮的红，正是为着肉的白而红的。这就是说：表面做你的朋友，实际是你的敌人，这种敌人自然更加危险。

现在，“自由的知识阶级”自己出来报名，说要来继续完成“五四”之遗业。

好极了，欢迎之至。但是，第一，假使他们摆出“科学的”尊严面目，说无所谓有意识的替群众服务，而只有“客观的科学的独立的真理”，说“文学的最高目的，就在于消灭人类间一切的阶级隔阂”；第二，假使他们表现自己的“超然的清高的无党无偏的”态度，居然要做压迫者和被压迫者之间的“第三者”，说压迫者固然不准侵犯别人的言论出版自由，而被压

迫者也不应当“侵犯”别人在思想上意识上来实行压迫的自由；第三，假使他们并不是来帮助群众斗争，并不在群众的立场上来检查种种可能的缺点和错误，来共同努力的纠正，在斗争的过程之中去锻炼出文化上的更锐利的武器，而是自己认为是群众之上的一个“阶级”，把群众的文化斗争一笔勾消，说这和封建余孽资产阶级的文化现象同样也是些乌烟瘴气，说只有他们自己才能够开辟光明的道路；——那么，他们究竟是群众的朋友，或是群众的老师，还是群众的敌人？究竟是不是红萝卜?！这的确要且听下回分解了！

“忏　悔”

听说有些财神菩萨的少爷忏悔起来了。忏悔了似乎也有这么三四个月。可是，日本帝国主义的几声大炮，就把这些忏悔的少爷耳朵都震聋了。现在，他们不再忏悔自己的罪过了，他们来要求工人和劳动者忏悔了。这些“下等人”有什么可忏悔的？据说：这些人的罪过是在于不懂得民族主义，是在于听了什么“邪说”忘记了祖国，所以应当忏悔。

财神少爷的耳朵，听不见非民族主义的反帝国主义的呼号和战斗。一则是因为他们听不进，二则是因为他们的老子，财神菩萨的法宝镇压着那些呼号和战斗。

固然，“下等”穷人的斗争还没有赶走日本帝国主义的军队，以及……然而，穷人用不着忏悔，穷人用得着的是挖心——挖掉“奴隶的心”，越挖得干净。斗争的胜利越有把握。

把自己的幸福完全抛弃，去给别人谋幸福。为了别人，甘愿把自己的生命牺牲掉，一点也不悔恨，这就是所谓奴隶的心吧。这颗心，我的祖先传给我的祖父，祖父传给我的父亲，父亲如今又传给我了，并不管我是不是愿意要它。……这奴隶的心，我不要它。要到什么时候，我才可以去掉这奴隶的心呵！

——《小说月报》一九三一年十二月号，巴金：《奴隶底心》

一九三一年发见了这种“挖心文学”的萌芽，张天翼的《二十一个》，《面包钱》，黑炎的《战线》……这些作品里面反映着“下等的”小丘八儿的改造，反映着他们的转变。自然，这都还不过是初步尝试的作品，都还是太片面的，非第亚力克谛的（non-dialectic）。可是这已经是很大的进步。这至少已经不是空中楼阁，这能够反映一些现实的生活，——反映着“反财神”的斗争的某一方面。

不过，“奴隶的心”其实比圣人的心还复杂得多。如果圣人的心有七窍，那么，奴隶的心至少也有七十个窍。为什么？因为这又是财神的神通，财神的政治法律宗法教育风俗……以至于文艺的法宝，把穷人的心拗过来，弯过去，扯得长，拉得紧，四方八面戳了许许多多的洞，真正是“千锤百炼”，弄得个奇形怪状。事实上，没有巴金写的小说里那个主人翁说的那么简单。当你晓得要为自己“谋幸福”的时候，财神爷还会叫你的心变成另外一种的奴隶的心。

譬如说罢：“自由的”小资产阶级分子的心，也是一种奴隶的心。而小资产阶级分子的心不但在一切种种穷人的肚子里有，就是在工人的肚子里也会有。小资产阶级分子要算是会自己谋自己个人的幸福的了。如果你着重在个人方面想，财神爷的仙法立刻又起作用：他马上念起咒来——“管你自己，管你自己。”这种咒语往往很灵验的。它叫你的奴隶的心，形式上变换一个样子，而奴隶的根性仍旧保存着。

现在实际生活里面，正在进行着极复杂的“奴隶的心”的消灭过程，这种小资产阶级的传染病菌，也在剧烈的斗争之中受着消毒剂的攻击和扑灭。

假使要说穷人也有什么罪过可以“忏悔”的话，那么，不是忏悔听了什么“邪说”忘记了祖国，而是忏悔挖奴隶的心挖得不干净。现在醒悟得多了，现在还要努力的去挖，挖掉一切种种奇形怪状的奴隶的心。

黑炎的《战线》里，描写一些兵士，也奉着北伐军政治部的命令，组织宣传队，特别去演说打倒军阀，这些兵的演说是：“军阀就是×××，×××……其他就没有别的军阀了！”这固然是奴隶的心，固然值得“忏悔”，——如果这些兵现在还在人世间，他们一定正在忏悔。但是，譬如有一个兵说：

“我现在是当着二等兵，是怎样苦，我都告诉她了；并且她还倒在我身上哭！……她要爱我一百年！”……她希望他早些出发，将来打到上海的时候，这种没有饷发的丘八不要干了，最好到厂里去做工，不然拖黄包车也可以，那么，以后她便和母亲同到上海去

……

这是什么？落拓的学生青年，常常会做着这样甜蜜的幻梦：将来找到相当的职业，不一定太阔，甚至于很清苦的，可是有一个爱人在怀里，有一个温暖的家庭……这种“理想”，比较当工人当车夫的“理想”似乎不同些，似乎要细腻些，也许“将来的家庭”的书房里还要挂一盏古雅的画着花的电灯罩。可是实际上，这两个“理想”同样是小资产阶级分子的市侩式的理想。这其实也是一种奴隶的心。

奴隶的心的变化和消灭，是极端复杂的景象和过程。群众所需要的文艺，还应当更深刻些去反映，更紧张些去影响“挖心”的斗争。

反财神

财神菩萨统治着中国，他们说：“谁的洋钱多，神通大，谁是主子。”

但是，反抗着这些中外大小一切种种的财神，——可早就有了个反财神出现。反财神说：谁团结得紧干得彻底，谁是主子！

财神的神通大，财神指挥着洋枪洋炮，指使着种种式式的走狗，摆布着乱七八糟的白萝卜，红萝卜，蒙蔽着奴隶的心。

反财神难道就不会夺到那些洋枪洋炮，难道就不会打死那些阿猫阿狗，剖开那些白萝卜，红萝卜，挖掉那种奴隶的心?!

反财神是要冲破万重的压迫，喷出万丈的火焰，烧掉一切种种腐败龌龊的东西，肃清全宇宙的垃圾堆。这种火焰现在已经烧到了中国。这将要是几万万群众的火焰。

自然，从万重的压迫之下刚才抬起头来的人，也许力量还薄弱，也许

支持不住而又倒下去。说这种反抗运动是“盛极而衰”，那只有脂油蒙着心的人。谁要是把脂油刮掉，真正把自己的心拿出来，交给中国的几万万群众，那他就知道新的文化革命的火焰不是“盛极而衰”，而是从地心里喷出来的火山。

地底下放射出来的光明，暂时虽然还很微弱，然而它的来源是没有穷尽的，它的将来是要完全改变地面上的景象的。这种光芒和火焰从地心里钻出来的时候，难免要经过好几次的尝试，试探自己的道路，锻炼自己的力量。

财神统治之下的上海，最近也居然发生了些新奇的“怪现象”：就是杨树浦，小沙渡的蓝衫团。听说苏州也有了这类的东西。这些“怪现象”自然还是小焉者也。比起夺到了洋枪洋炮，赶跑财神菩萨的地方，这当然是小焉者也。可是这些蓝衫团是新式的草台班。中国内地本来有一种草台班戏子，逢年逢节，他们赶到财神庙去唱戏，——或者灵官庙土地庙，反正都是一样的变相财神，——这算是给一般农民群众的安慰。安慰农民群众一年做到头，弯腰驼背的榨出许多血汗，双手捧着奉送给地主绅士。绅士说：你们太辛苦了，我叫草台班来唱几天戏，给你们玩玩。这些草台班总是替财神做戏，恭维财神的。现在，那些蓝衫团的草台班，可不替财神唱戏，而且还要唱戏来反对财神。所以说是“怪现象”了。这些新式戏子到上海工人里去唱戏，将来还要到全国民众里去唱戏，而且一定要唱反财神的戏。

反财神的戏，当然不是一唱就好的。这些戏，例如《工场夜景》（袁殊），《活路》（适夷），都是真正要想指出一条活路来的，这条“活路”的开头，难免只是诉说没有活路的苦处。然而，至少这种诉苦是有前途的。这里因为诉苦而哭，也将要是学会不哭的第一步。而且还有一件事值得指出来的：就是这些新式草台班的戏子，因为要唱戏给“下等人”听，而不是写小说给上等人看，所以开辟了“下等人国”的“国语”运动。这是中国文学革命（以及革命文学）的新纪元。可是，他们自己对于这一点，还没有有意识的去努力，因此，他们用的言语还难免混杂一些“上等人国”的“国语”。

照财神菩萨说起来，“下等人”自然就是强盗土匪，只会抢东西。下等人自己如果还抱着一颗奴隶的心，他也会说：

“他妈的，拼上一拼吧，左不过是一死！现成的放在那里，为什么不抢呢?”

可是，下等人的长工，例如李塌鼻，王大保之类，真正挖掉了奴隶的心，真正知道要创造下等人自己的国家，他们说：

> 蠢东西！真是杂种！你们要抢些什么！老子是不抢的，老子们又不是叫化，不是流氓……不是抢，是拿回我们的心血，告诉你，杂种，只要是谷子，都是我们的血汗换来的。我们只要我们自己的东西，那是我们自己的呀！

——丁玲：《水》

小白龙

财神菩萨对于真正的强盗土匪并不怕，对于叫化流氓更不怕。真正“可怕”的是反财神——是知道拿回自己心血的群众。

至于对付强盗土匪叫化流氓，——财神菩萨的法宝多着呢。

自从日本财神的洋枪洋炮在满洲乒乒乓乓大干起来之后，自从中国的五路财神，互相竞争着表现镇静不抵抗的神通以来，强盗土匪就大交其运。原来中国的财神借着强盗土匪的声名，还可以更加巧妙的宣传不抵抗主义。

东三省的著名胡匪头子小白龙，于是乎也和马占山一样的出风头了：

小白龙道：

> 我们是安分良民，不知道的总说我们是强盗土匪。我们给官军打败了还好，万一官军给我们打败，被那些鬼子听了去，说中国的土匪如此厉害，中国的官兵如此没用，——岂不成了笑话！所以我不愿意打败仗，也不愿意打胜仗，只好马上就走。……

——《关东豪侠传》——震华书局出版

小白龙等类的土匪，可以被这些礼拜六派的武侠小说大家描写得如此之“深明大义”，如此之民族主义，如此之爱国主义，如此之国家主义，如此之马鹿……如此之对内不抵抗主义，——而对内不抵抗始终要变成对外不抵抗的。这并不是小说家的罪恶。这是小白龙等类，根本就不反对财神主义和财神制度。因此，财神和土匪之间，虽然有许多表面上的抢夺，骨子里是有一个共同之点的：就是保护财神主义的基础。所以武侠小说家能够这样描写，而且描写得这样巧妙。

现在对于小白龙，老北风，盖三省……的崇拜，很自然很顺便的和最近几年流行的武侠小说联贯起来。这些小说和连环图画，很广泛的传播到大街小巷轮船火车上。那些没有“高贵的”知识而稍微认识一些字的“普通人”，只有这种小说可以看，只有这种戏可以听，这就是他们的“文艺生活”。平常这一类的小说的题材虽然单调，可是种类和份数都很多的，什么武侠，什么神怪，什么侦探，什么言情，什么历史，什么家庭。……这些东西在各方面去“形成”普通人的宇宙观和人生观。现在满洲事变之后，所谓“抗日文艺”，也还是这一类的小说家做得又多又快。这些所谓小说家……一切种种的艺术家，也是财神菩萨的走狗。千万不要看轻它们。它们虽然土头土脑，没有洋狗的排场，不一定吃牛肉，不一定到跑狗场去赛跑。它们就算是吃屎的癞皮黄狗，可是到处都在钻来钻去，穷乡僻壤没有一处不见它们的狗脚爪的。它们很忠心的保护着财神菩萨。

而且在文字技术上，它们往往比较的高明，它们会运用下等人容易懂得的话。它们虽然不用下等人自己的话，它们可会用草台班上说白的腔调，来勾引下等人，使下等人抛弃自己的言语，而相信只有那种恶劣的清朝测字先生的死鬼的掉文腔调方才可以“做文章”。它们利用这种几百万人习惯的惰性，能够广泛的散布财神菩萨的迷魂汤。这决不是第二等的问题！

先进的资本主义国家里，也有这一类的东西，所谓“马路文学”(Litérature des boulevards)。不过，那里的马路文学已经没有文字上的优越的武器。中国的民众，可在一般的文化上，在最具体的文字言语问题上，也受着封建余孽，——古文言和新文言的压迫。“不入虎穴，焉得虎子，”——这是现在对付中国的马路文学的方针。

我们必须承认：在反对文学上的阶级敌人的斗争里面，我们主要的注意只集中在“好的”作品。这没有疑问的是一个错误，因为那些无名的反动意识的代表所出版的几百万本的群众读物，实际上却是最危险的毒菌，散布着毒害和蒙蔽群众意识的传染病。在这个战线上，必须要最紧张的工作。

——德国文学家皮哈的演说

二十世纪的初年，欧美就发生过“Christ（基督）还是Anti－Christ（反基督）”的斗争。

现在的中国，是个“财神（Tsaishen）还是反财神（Anti－Tsaishen）”的斗争。

一九三二，一一，一五。

青年的九月

九月的第一个星期日，这是青年的纪念日。

这当然不是黄金少年的纪念日，他们已在歌颂着战争，赞美着“马鹿爱国主义”。他们说：平常时候，欧洲的德国法国英国奥国意大利……一切种种国的工人说什么国际主义，一切种种国的青年，当然是下等人的青年，说什么反军国主义，可是到了一九一四年八月，欧洲大战爆发了，炮声响了，号鼓动了，这些人的阶级意识，始终敌不住民族意识，都慷慨激昂的背起枪来，往沙场上去了，去杀他们同阶级的劳动同胞了，他们虽然同阶级，始终互相残杀了；这证明民族意识是至高无上的。这证明帝国主义始终是尚武精神所寄托的。法国巴比塞的“Ie Feu”（火线下）——这最早一部反对战争的小说——不久就出世了，在这班人眼光里面应当是卖国文学，而若莱斯，果真在这种黄金少年的铁蹄下，当做卖国贼而践踏死了。中国的黄金少年——五皮少年（国民党军官和政工人员，大抵手拿皮鞭，肩挂皮带，肘挟皮包，腿护皮套，脚蹬皮鞋，故被称为“五皮”。）要是果真有勇气的话，应当拍拍胸膛承认自己万分同情于杀死若莱斯的凶手，自己承认衷心私淑的是“克列曼梭的吾师”（克列曼梭为第一次欧战时法国的“老虎总理”。）自己承认的确恨不得杀尽一切种种的若莱斯，的确认为巴比塞的火线下是卖国文学。为什么不呢！

不然，不然！他们有点儿害羞，他们一方面翻译着，谈论着，称颂着雷马克，别方面写着战争小说，刚刚和雷马克绝对相反的战争小说。雷马克等的非战争文学出风头，他们的主战文学就想借这风头混到人丛里来。这是中国资产阶级的丑态。中国有个特别名词，叫做奸商，其实中国的富商很少不是奸商。他们的本事是在善于蒙混，巧于影射。中国的黄金少年就是这些奸商的嫡亲骨肉，所以他们的蒙混影射的手段，出之于生物学的遗传，真正是狗有狗种！

青年的国际纪念日当然不是这些狗种的纪念了！青年的国际纪念日是世界上劳动青年的纪念。

一九一五年，炮声，枪声，飞机像鹰鸟似的，坦克像穿山甲似的，轰轰轰隆，嘘嘘嘘，搭搭搭……像毒龙，像虺蛇，像豺狼，像一切种种穷凶极恶的野兽，正在张牙舞爪的吞食几万，几十万人的生命。正在这种时候，德国的青年——李卜克内西等等首先敢于起来叫醒自己的弟兄们：我们，劳动者的子弟，为什么帮着资本家使用这些毒蛇猛兽，互相的残杀，为什么不叫他们去杀资本家；资本家并没有祖国，他们是“有奶便是娘”。那里有钱那里就是故乡，不是故乡，也要叫它就成故乡，所以要打仗；我们工人在这里替他们当炮灰，这是为的什么？我们德国的劳动青年快些伸手给法国的弟兄们，握手，握手吧！这样，少年共产国际的基础建立起来。列宁写信给他们，和他们谈话。“把帝国主义的战争，变成国内战争！”这个伟大的，推动历史的，开辟一个新天地的口号，从此渐渐的，固然不是一下子，可是，不停止的，坚决的，刻苦的，像高山上的泉流似的，始终流到了大海，到了欧美各国，以至于古旧的亚洲的劳动群众的心灵里。一九一七年的十月，光芒射着整个太阳系，贯穿着上下五千年的黑暗世界。俄国的工人阶级解放了。世界各国觉悟的工人联合起来。共产国际。少年共产国际。反对军阀主义，反对帝国主义战争的呼声，成了几百万人的觉悟，还要前进，前进，争取几千万人的心。这个九月的第一个星期日就是纪念着这个，纪念着反对军阀主义的第一炮，纪念着少年共产国际的源头。

现在，欧战之后的第十四年了。世界的资本主义毒龙又在张牙舞爪的跃跃欲试的准备着战争，尤其是他们像小偷一样的贼眼，都射在世界第一个劳动国家身上，想刺一刀，放一枪，中伤它。资本主义的“文明”正在

日落西山的时候，“夕阳无限好（？）只是近黄昏”了。所谓黄金的美国，这次坐了经济恐慌的首席。失业的全世界三千万，没有统计的中国苦力，印度穷人……不算在内。但是，六分之一的地球上，那劳动国家里面，热烈的伟大的社会主义的建设，已经快要完成他的五年计划。他们——劳动国家的主人，固然十分辛苦，忍受着牺牲，可是“将来”的光荣照耀着他们。只有劳动国家是繁荣的。世界上的其余一切的国家都是恐慌的。这劳动国家，就是十四年前首先脱离帝国主义的战争，首先实行扫荡地主资本家的国内战争的国家呵。所以，现在那些资本主义的毒龙，恨极，妒极，要想消灭它。他们准备战争。不但互相吞食，而且最要紧的是吞食这个眼中钉的苏联！

总之，现在又是资本家要叫劳动青年去当炮灰的时候了，又是无耻的所谓社会民主党，所谓劳动，替资本家宣传“保卫祖国”的时候了，又是他们出卖劳动群众，指使他们去自相残杀的时候了，所以，现在的九月第一星期日的纪念，格外惊心动魄的震憾全世界的劳动者，全世界劳动青年的心！

正因为这个缘故，中国的黄金少年要出来弄个什么民族主义文艺的把戏。中国的肥头胖脑的绅士，大肚皮的豪商，沐猴而冠的穿着西洋大礼服，戴着西洋白手套的资本家，本来是帝国主义的走狗。他们的狗种——黄金少年，黄埔少年，五皮主义的少年——自然要汪汪汪的大咬起来，替他们的主人做“战鼓”，鼓吹战争了。这些狗种，居然这样不要脸，公开的称赞德法劳动者的自相残杀，拿来“证明”民族意识的至高无上（见胡秋原做的民族主义文艺论文——民族主义文艺论文集）。这个自相残杀使欧美资本主义延长了一二十年的寿命，使帝国主义巩固了对于印度……中国的统治。中国黄金少年称赞这种自相残杀，就是称颂帝国主义的统治，露出他们的狗相。

是的。中国的绅商，民族主义文学家的所谓“民族”，做完了帝国主义的走狗。帝国主义要打劳动国家，中国的绅商不是马上自告奋勇，心甘情愿的当他们的马弁，去冲一个头锋，演了一次所谓“国门之战”（中东路事件）的滑稽把戏吗？帝国主义的列强要互相争夺地盘，中国的绅商不是马上分成蒋派冯派闫派等等替他们互争在华势力范围，打了好几年的恶仗，什么陇海线上，什么……之战……之战吗？民族义的文学家就高唱吃人肉喝人血的诗词：“壮志饥餐胡虏肉，笑谈渴饮匈奴血”；马上念着符咒似的二十世纪的书经：“三民主义，吾党所宗。咨尔多士，为民前锋”；歌颂这些残杀劳动民众的战争，歌颂着这些企图侵略劳动国家的战争！中国的绅商，为着保存自己的狗命，为着保持榨取汗血的地主制度资本剥削，为着保卫帝国主义的宝座，现在拼命的在打中国劳动民众的红军，在打中国的工农兵会议（苏维埃）。民族主义的文艺家对于这种“神圣战争”，又不知道要怎样的歌颂。固然，中国的绅商已经发了好些四六电报，哀悼着张辉瓒，等等等等，已经选了好些文选体的诗，赞，吟，赋，歌咏着“剿赤”。但是，黄金少年不能够满足的。他们的狗鼻子，闻得到革命青年心灵之中的火气，觉得到劳动群众的震怒的神经，他们知道：这四六诗赞迷惑不了人心，鼓舞不起杀人的精神。他们要弄新文学来卖弄，想这才可以麻醉民众，鼓起自相残杀的浊气，消弭得阶级斗争的勇敢，在血汗榨尽的乾涸的心灵上建筑起“民族的神明”！

但是，这始终只是梦想罢了。中国的战争，已经像世界大战的流影一样，比世界大战的本身，先行爆发了。这里有军阀的混战——帝国主义的互相战争，这里有侵略劳动国家的战争——帝国主义进攻苏联的战争，这里已经有进攻红军的战争——大资产阶级大地主企图镇压革命的阶级的国内战争。战争已经是这样巨大的事变，它教育着群众，它锻练着阶级意识。中国的革命青年，中国的劳动青年，中国的一般劳动群众，早已开始知道应当为着什么而战，应当为着劳动的解放而战，应当而且必须经过阶级战争而去解救中国于帝国主义铁蹄之下。纪念九月第一星期日，已经不仅仅用笔，用舌头，用抗议，用示威，而且用着枪弹，用着梭枪。中国的革命的劳动青年反对军阀帝国主义的战争，反对进攻革命而实行战争了。原来，“军”也有“民族性”的。资本主义的欧美“军”国；而封建残余统治的中国是“军”阀。中国的黄金少年企图变军阀为军国，这是枉然的。中国的劳动群众不但反对军阀，并且反对军国，不但反对军国，并且要求“军”劳动，“军”阶级！你们想用“民族的神明”的牌位，要劳动青年朝它跪拜，想念着吃人肉喝人血的符咒，受人家疯狂似的浊气一冲往炮口里送，想……用一切种种花言巧语鼓舞人家去替你们当炮灰，去侵略劳动国家，

去残杀劳动群众，去摧残革命，现在没有这样容易的了！

不过中国的九月纪念里，记清着这件“新鲜”的事实，倒也不是无益的：就是中国现在也发见了一种狗把戏，虽然他们玩着些蒙混影射的手段，可是，老老实实的狗相已经露出，——文艺上的所谓民族主义，只是企图圆化异同的国族主义，只是绅商阶级的国家主义，只是马鹿爱国主义，只是法西斯主义的表现，企图制造捍卫帝国主义统治的所谓“民族”的“无上命令”，企图制造服从绅商的奴才性的“潜意识”，企图制造甘心替阶级仇敌当炮灰的“情绪”——劳动者安心自相残杀的杀气腾腾的“情绪”。这件事记清楚了，的确是有些益处的，而且是必要的，因为看清楚敌人的行动，是战斗胜利的必要条件。

问题是在于：他们——民族主义的黄金少年，正在号召着“投笔从容”，正在勉励“新朝遗少”去当“少爷兵”，为的是不但去亲手砍动起来的奴隶的头颅，并且要去握紧“牛马”嘴上的勒口，监视白军之中的“丘八”。“布施”许多许多新式的蒙汗药，而劳动青年的“九月”，国际无产阶级的“九月”，就是要惊醒中了蒙汗药的人们，它用惊天动地巨人的声音，像洪钟似的，叫出震动全世界的口令：

“向后……转，掉枪……头!!!”

蒙汗药是多得很，现在在《施公案》，《彭公案》，《说岳》……等等之外，鼓吹精忠保主，鼓吹讨“逆”锄“奸”，鼓吹挖心剖腹祭大帅的“英雄”文学又新加了《陇海线上》《国门之战》，……“丘八”以前当定了炮灰的；许多，许多，数不清的劳动青年，以前在升官发财的梦想和讨“逆”剿“匪”的号令之下，变成了枯骨。他们的父母妻儿的血泪都已经流满了东西的长江大河。但是，现在呢？自从国际的“九月”到了中国，中国的“丘八”是在醒过来，中国的痛苦民众，中国的工人已经屡次举起这面列宁树起的“九月旗”——反对帝国主义战争的红旗。现在，我们已经有许多鲜红的旗帜插满的地方，那地方早已就把“向后转，掉枪头”的口令变成了行动。他们现在真是在“袭击着高天”。斗争的艰苦，绅商白军的残酷……一切一切锻炼着他们。这才是真正的反对战争，不是什么雷马克式的哼哼哈哈的和平主义。他们渴望着：“国际的九月”所发出的口令正深切的再传播，再广泛的传播到“丘八”群众之中去。没有疑问的，他们有这

样权利责问我们！在这“少爷兵”企图玩要新把戏的呼声中，在敌人后方的你们，暂时不拿枪杆儿而还拿着笔杆儿的你们，正在做什么？你们的代替彭公案施公案的东西，什么时候到“丘八”之中去，——在这《陇海线上)《国门之战》正在黄金少年之中出风头的年头？啊？

说到这里，似乎“青年的九月”给予革命文学的任务是很清楚的了，不用多说了，啊？

一九三一年九月第一星期日。

美国的真正悲剧

德莱赛（Theodore Dreiser）现在是美国资产阶级的文坛所公认的大文学家了。但是，德莱赛的成名是很晚的。美国的资产阶级一向自以为“荣华富贵”，了不得的文明国家。对于德莱赛这类揭穿他们的黑幕的文学家，老实说是有点讨厌。但是，德莱赛自己虽然从不去追求什么声望，然而他的天才，像太白金星似的放射着无穷的光彩，始终不是美国式的市侩手段所掩没得了的了。现在，大家都不能够不承让德莱赛是描写美国生活的极伟大的作家。他的一部伟大的著作美国悲剧新近已经摄制了电影片子，甚至于中国的上海都已经开演过。自然，美国的资产阶级的电影界会把这种作品糟蹋得不成样子，以至于德莱赛不能够不提出抗议。可是，美国资产阶级对付德莱赛的手段，这还算是最客气的了。今年七月间光景，他到美国的煤矿区里去了一趟，他在那里所遇到的事情，所看见的情形，简直是一段很有趣的故事。

他去的煤矿区是美国宾息尔法尼亚省（Pennsylvania）和沃海欧省（O-hio）。那地方四万多矿工宣布了罢工，已经有几个月了。美国的几个煤业公司联合了起来反对罢工工人，斗争正在紧张的时候。在这煤炭大王的王国里，德莱赛住了几个礼拜，住在那种山谷中间的小房子里，亲眼看见矿工的痛苦生活，听见了许多矿工和他们的老婆儿女的诉苦；和工头，警察，

兵士，审判官谈过许多次话。他回来的时候，有新闻记者去问他，他的手都发着抖写了几句话：

“我观察了美国几十年，我自己以为很知道美国。可是，我错了——我并不知道美国！……”

这是多么惨痛的愤怒的呼声！中国的留美博士，像胡适之，罗隆基，梁实秋之类的人物在《新月》上常常的写什么美国差不多人人都有汽车，什么中国人的生活比不上英美的家畜猫狗。他们自以为很知道美国了！可是，现在美国生活描写的极伟大的作家德莱赛告诉我们，他尚且错了。自然，宁可做英美家畜的人，是不会像德莱赛这样认错的。

德莱赛还没有把他在宾息尔法尼亚煤矿区看见的听见的写出来。他正在写着。他已经对美国资产阶级严厉的申明：“我不能够不做声。”他现在要写的正是第二部的美国悲剧，真正的美国悲剧。德莱赛始终看见了懂得了这个美国的真正悲剧。德莱赛亲眼看见所谓不偏袒的美国式的民权主义的官厅，他们的宪兵的铁蹄是怎样蹂躏面黄肌瘦的一群群的女人，他看见这些女人手里抱着的小孩是多么畸形，多么瘦得可怕。德莱赛对一个新闻记者诺尔茨说：

“要看见这样的情形，方才能够写第二部的美国悲剧。”

德莱赛看见了很多的事情。他看见了那些对着没有武装的工人群众扫射的机关枪，他看见了全副武装的警察宪兵，他看见了穿得破破烂烂的工人纠察队防备那些破坏罢工的人闯进矿坑去开工；这些破坏罢工的人，是资本家到别的地方去招来的。他还亲自受到所谓偏袒的宪兵的威吓和教训。

在亚列克森州的一个小城市，叫做霍尔宁的地方，德莱赛去问一个宪兵：全国矿工总会的领袖菲列普史到什么地方去了，为什么忽然失踪，为什么一点儿消息也打听不出来。——这个菲列普史是工人群众很敬重的一个领袖。那个宪兵足足有六尺高，腰里带着很大的一枝手枪，他看都没有看德莱赛，只当不听见。德莱赛又问了一遍。

那宪兵吐了一口口沫，眼睛朝着天就骂起来了：

“滚你的蛋。你要知道他干什么?!”

“看看你们这些专制魔王的蠢相！还是矿工的经费养活这班东西呢。”

那宪兵没有懂得德莱赛的话，可是，他大概觉得这总是讥笑他的，他

就大声的嚷着：

“你再不闭起你的鸟嘴，我立刻送你到铁笼子里去。”

那枝很大的手枪已经对准了德莱赛的鼻头。

“把我送进铁笼子里去？为什么？为了我问了你一句？”

那宪兵把德莱赛仔细的看了一下。他的眼界倒也不小，到处都去过，什么都见过。虽然德莱赛穿的衣服普通到极点，而且满身是煤屑和灰尘，可是德莱赛的外表始终有点儿和“灰色畜生”的矿工不同，所以那个宪兵觉得这一次不大对劲。要是一个普通的矿工，那就可以随便的逮捕，拷打，践踏。那个宪兵大概想了一下：“知道这家伙是谁！也许是官厅或是公司里派来的。”

“你是什么人？”他已经比较的客气一点的问了一句。

德莱赛就说了自己的姓名。那宪兵的脸上，一点儿也没什么别的表示，他只是很高兴的说了一句：“也许那个混蛋菲列普史坐在亚列克森的监狱里呢。”

德莱赛又碰见了亚列克森的典狱官詹姆士·康。这位康先生是欧战时候的军官。他听见大文学家德莱赛到他办公室来见他，简直发慌得不得了，表示许多假意的殷勤。

殷勤的康先生露着两个门牙，像狗似的嘻着嘴，油光满面的笑着。他否认矿工的一切痛苦和艰难。他否认警察的一切暴行。他一切都否认。

“德莱赛先生，你相信我的话，这都是没有的事。我自己也是个矿工的儿子，我知道他们的脾气。他们总是唉声叹气的。他们这样惯了。现在更加放纵了。德莱赛先生，法律总是法律。法律是要尊重的。他们这里的人可不肯尊重法律。这样，就有的时候要出一点儿小事情。……你说起矿工有组织纠察队的权利……让他们在矿坑边逛好了。可是，德莱赛先生，等到他们要破坏私有财产的时候，那就只能够剥夺他们的这种权利。没有办法。他们自己不好。”

那个典狱官的秘书，很起劲的要想帮助康先生说服这个危险的文学家，证明警察没有什么暴行，他拿了一枝旧枪放在德莱赛的面前。

“德莱赛先生，你看：我们只不过用这种没有用处的枪朝天放放罢了！”

“可是，用这种‘没有危险的枪’，居然打死了那个矿工齐迦里克，”德

莱赛反驳他们。

典狱官在自己的脸上装出一副真挚的生气的神气：

“这是访员造谣。”他很坚决的声明：“我们方面的人，谁也没有打死齐迦里克。也许是他的同志之中有人把他打死的。”

这句话实在说得太做作，太虚伪了，所以他的秘书马上加了一句：

“我们特别检查了一次，先生，我们方面的人，谁也没有罪过。他们都是很正直很直爽的人，先生。”

德莱赛只有向他们鞠躬告辞了。

典狱官还特别加了几句话：

“你在你的将来的小说里面，一定要描写我了。你相信我的话，我不但是一个保卫法律的人，而且很喜欢艺术和书籍。你看这幅画，”他用手指着墙壁上挂的一幅很大的画。

那幅画据典狱官说，是画的基督劝告一个有钱的青年把自己的财产舍施给穷人。

“我每个礼拜天都到学校里去给小学生讲圣经。这是我买了要送给他们的礼物。”

德莱赛给他们说：所有这些事情，他都记在心上。我们大概可以在德莱赛的将来的小说里，看见这一位典狱官的尊容。他真是一只假道学的野兽，煤炭大王的走狗，他手里掌握着几万工人的性命。这几万工人的血汗差不多已经榨尽了，穷苦绝望到极点了。

德莱赛看见了这些工人。他住在他们的家里，吃了他们吃的东西。他们吃的面包，不知道是用什么草掺在面里做的，一半是面，一半是草屑。他亲自看见警察对着工人群众开枪。工人是去阻挡破坏罢工的人到矿坑里去。警察开枪的时候，打死了两个工人，十九个工人受了重伤躺在路上。还有警察放着流眼泪的毒气炸弹。他亲眼看见宪兵的马队践踏女人和小孩子。他在一个矿坑的口子边，看见女人身上的马蹄的印子。

工人都被公司里的人赶了出来，不准再住公司的工房，他们住在山窠里的洋铁篷里，住在马厩里，住在木棚里。他们留德莱赛住在他们家里，给他讲他们的生活。

德莱赛问一个工人：

“你在矿里做了几年了?”

“二十三年。我是美国矿工工人联合会的会员。”

“这是黄色工会呀，你知道吗?”

“那又有什么办法呢，别种工会在这个区域里又没有。”

“从来也没有这种时候！我有四个小孩子。我总是不够的。”

“罢工以前，你的工钱是多少?”

“二十四块美金一礼拜。可是一分现洋也拿不到手的。十三元七角扣了做房钱，自来水和电灯的钱。其实工房并没有电灯。其余的钱，都是发的一种票子，只能够到公司办的商店里去买东西。”

“这种票子是不是和现钱一样值钱呢?”

“没有这么一回事。把这些票子打了八折卖出去，换了现钱到别的店里去买东西，还可以比煤矿公司商店里多买得多呢。”

“你们组织纠察队的权利，常常被破坏吗?”

“警察差不多天天开枪打我们，用马冲散我们，还要放毒气炸弹。”

“你们罢工已经有多少时候了?”

“两个半月。”

“还有多少时候可以支持呢?”

“如果外面有帮助来，准备坚持到底，坚持到胜利。”

德莱赛自己说这一类的谈话给了他很大的力量，对于他的小说可以有极大的帮助。这部小说将要是美国整个资产阶级的罪状。

德莱赛已经和资产阶级的美国决裂了。美国的资产阶级已经不能够有他这样的艺术家，也不需要他这样的文学家。

但德莱赛，却像一只老象，它在树林里走着，“一直向前，踏倒它路上的一切东西，随便什么也不能够引诱它走到旁边去。”（辛克莱说的）现在的德莱赛是个六十岁的婴儿，他的斗争已经不是孤立的了，已经是在一个新的立场上了，他的勇往直前的勇气应当比以前更加坚强了。

世界上有许多人等着要看他的第二部的真正的美国悲剧，当然，也就有些人听见这个消息头痛呢。

一九三一，一一，二五。

非政治主义

每一个文学家其实都是政治家。艺术——不论是哪一个时代，不论是哪一个阶级，不论是哪一个派别的——都是意识形态的得力的武器，它反映着现实，同时影响着现实。客观上，某一个阶级的艺术，必定是在组织着自己的情绪，自己的意志，而表现一定的宇宙观和社会观；这个阶级，经过艺术去影响它所领导的阶级（或者，它所要想领导的阶级），并且去捣乱它所反对的阶级。问题只在于艺术和政治之间的联系的方式：有些阶级利于把这种联系隐蔽起来，有些阶级却是相反的。

自然，有些作家的作品，表面上看起来，似乎是没有丝毫的“政治臭味”。这种作家其实也是政治家。有时候他们自己也明明知道的。他们认为必须叫“读者社会”有点儿特殊的消遣，使得他们的心思避开严重的政治问题，避开对于社会问题的答复。——这可以用“为艺术的艺术”的假招牌，也可以是虚伪的旁观主义。这难道不是政治？诱惑群众使他们不问政治——这常常是统治阶级的一种手段。有些艺术家是有意的去做这种手段的工具，有些却是无意的。

无意之中做政治手段的工具，做维持剥削制度的工具，——这在一般小资产阶级的文学家，艺术家，是常有的事。我们揭穿这种事实，无非是要他们自己清醒一下，谨慎一些，认真的挑选自己的道路：究竟同着群众

走，还是同着统治阶级走。他们之中有些回头过来，有些一直往死路上走，这是他们的自由，谁也干涉不了。

至于反动阶级的艺术家，口头上否认着政治，实际上正在实行着自己的政策，那是因为他们认为这样更方便些，更巧妙些，更可以达到自己的目的。他们以为那些公开的叫喊着“祖国，民族”的反动的文艺政策的人，未免太蠢笨了些。这两种反动政策的互相竞争，只是反动阶级内部的纠纷，——中国最近三四年来这种纠纷是在表演着，然而他们两方面的目的是一致的。新月派之类和民族派之类的“争论”就是这么一回事。现在表面上是“非政治主义派”占了上风：谁都要学着说几句风凉话，其实是战术更加精密了。

无论什么阶级都在拥护自己的利益。但是，并不是个个阶级都利于公开的承认这个事实。甚至于需要自己骗骗自己。自己的利益和大多数群众冲突的阶级，总在竭力找寻一些假面具。而艺术对于他们往往是很有用的武器，他们正需要能够掩蔽自己的政治手段的艺术。这就是那种“精密的战术”了。

十八世纪时代的西欧资产阶级，总之，那些还在反对封建的旧统治的资产阶级，在当时，往往喜欢自命为劳动群众的先锋，所以它们的艺术还是公开的主张战斗的。那时候，艺术家的理想是要号召“维新”，“改革”，“启蒙”，他们认为自己的作品能够充满着这些号召是光荣的。后来，情形自然不同了。资产阶级开始想尽各种方法，来束缚群众，阻碍群众的前进，维持经济上政治上文化上的奴隶制度。反革命之后的中国资产阶级，同着地主买办和帝国主义，正在进行这种文化上束缚政策。这年头，已经早就不是“五四时代”了！他们至少也要说艺术应当是非政治的。

而现代的人类的领袖阶级——无产阶级，国际的和中国的工人阶级却是绝对不同的，他们的最后目的不能够不是完全消灭剥削制度，他们不怕承认自己的意识形态是阶级性的，是党派性的。他们要创造新的艺术，他们的艺术要公开的号召斗争，要揭穿一切种种的假面具，要提出自己的理想和目的；他们要不怕现实，要认识现实，要强大的艺术力量去反映事实，同时要知道这都是为着改造现实的。资产阶级的作家，惯于偷偷摸摸的灌输资产阶级的“目的意识”，而表面上戴着雪白的“纯艺术”的假面具；他们冷笑着指摘无产阶级的作家，说“政治家，政治家，你算得什么艺术家呵！你的艺术是目的意识的！”

自然，有些艺术家主观上甚至于是革命的，但是，他们还没有了解这种理论和倾向的内容。他们也许只看见文学技术方面的问题，他们也许相信定命主义的社会发展。他们以为只要客观的描写出社会的现象，艺术家的任务就完结了。至于社会的发展，那自然而然是光明的势力将要占优势的，艺术家何必有什么“目的意识”呢！自然，单有革命的“目的意识”是不能够写出革命的文学的，还必须有艺术的力量。然而运用艺术的力量，又必须要有一定的宇宙观和社会观。如果宇宙观和社会观是资产阶级的，那么，那所谓“客观的描写”，所谓“艺术的价值”就将要间接的替现存制度服务。同样，那种替“纯艺术”辩护的态度，恰好被反动阶级所利用。

一九三二，一一。

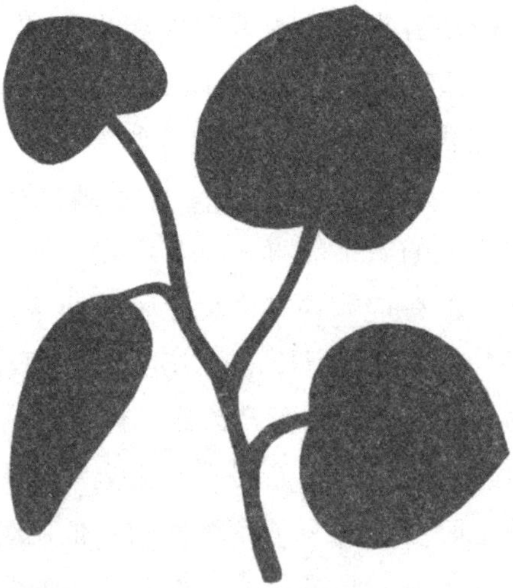

萧伯纳并非西洋唐伯虎

萧伯纳在上海——不过半天多功夫。但是，满城传遍了萧的“幽默”，“讽刺”，“名言”，“轶事”。仿佛他是西洋唐伯虎似的。他说真话，一定要传做笑话。他正正经经的回答你的问题，却又说他“只会讽刺而已”。中国的低能儿们连笑话都不会自己说，定要装点在唐伯虎徐文长之类的名人身上。而萧的不幸，就是几乎在上海被人家弄成这么一个“戏台上的老头儿”。

但是，真正欢迎他的，不是这些低能儿。事前的“欢迎者”，各自怀着鬼胎，大家都想他说几句于自己有益而刺着别人的话。而事后一些“欢送者”，就大半瘟头瘟脑——大失所望。“和平老翁”，变成了“借主义成大名……挂羊头卖狗肉的”了。

可是，又舍不得他这个“老头儿”，偏偏还要借重他。于是乎关于他的记载，就在中英俄日各报上，互相参差矛盾得出奇。原本是大家都想把他当做凹凸镜，在他之中，看一看自己的“伟大”而粗壮，歪曲而圆转的影子；而事实上，各人自己做了凹凸镜，把萧的影子，按照各人自己的模型，拗捩得像一副脸谱似的：村的俏的样样俱备。

然而萧的伟大并没有受着损失，倒是那些人自己现了原形。萧伯纳是个激进的文学家，戏剧家。他反对那些干文字游戏的虚伪“作家”，他把大

人先生圣贤豪杰都剥掉了衣装，赤裸裸的搬上舞台。他从资产阶级社会里出来，而揭穿这个社会的内幕。他真正为着光明奋斗。他战胜着自己身上的旧社会的玷辱和污点。他并不吊住在自己的迷误的“主义”和“思想”上，而昧着良心来诅咒新社会的产生。他只见到过“改良”，而事实却是“革命”，他没有因此就恼羞成怒；相反的，他立刻向着“革命”开步走。于是乎那些卖人头的，都嘘嘘嘘的“欢送”他。

所以真正欢迎他的，只有中国的民众，以及站在民众方面的文艺界。中国的民众并不当他是什么“革命的领袖”，“完全的社会主义作家”，更不会当他是偶像。他们认识他现在是世界的和中国的被压迫民众的忠实朋友。

我们收集《萧伯纳在上海》的文件，并不要代表什么全中国来对他“致敬”——“代表”全中国和全上海的，自有那些九四老人，白俄公主，洋文和汉文的当局机关报；我们只不过要把萧的真话，和欢迎真正的萧或者欢迎西洋唐伯虎的萧，以及借重或者歪曲这个“萧伯虎”的种种文件，收罗一些在这里，当做一面平面的镜子，在这里，可以看看真的萧伯纳和各种人物自己的原形。

一九三三，二，二二。

“美”

普洛廷，新柏拉图派的哲学家说：

> “美”的观念是人的精神所具有的，它不能够在真实世界里找着自己的表现和满足，就使人造出艺术来，在艺术里它——“美的观念”——就找到了自己的完全的实现。
>
> 对于那些轻视艺术而认为艺术在自己的作品里不过在模仿自然界的人，首先可以这样反驳他们：自然界产物的本身也是模仿，而且，艺术并不满足于现象的简单模仿，而在使得现象高升到那些产生自然界的理想，最后，艺术使得许多东西联结着自己，因为它本身占有着“美”，所以它在补充着自然界的缺陷。

康德说：“艺术家从自然界里取得了材料，他的想像在改造着它，这是为着完全不同的另外一种东西的，这东西已经站在自然界之上（比自然界更高尚了）。”黑格尔说：美“属于精神界，但是它并不同经验以及最终精神的行为有什么关涉，‘美术’的世界是绝对精神的世界”。

这是“美”的“最后的”（？）宗教式的唯心论的解释。

然而所谓“美”——“理想”对于各种各式的人是很不同的，非常之不同的。

对于施蛰存，“美”——是丰富的字汇，文选式的修养，以及颜氏家训

式的道德，这最后一位是用佛家报应之说补充孔孟之不足的。

对于文素臣（《野叟暴言》），“美的理想”是：上马杀贼，下马万言，房中耍奇“术”，房外讲理学……以至于麟凤龟龙咸来呈端，万邦夷锹莫不归朝。

对于西门庆，“美的理想”只有五个字：潘驴邓小闲。

对于“三笑”，是状元和美婢的团圆，以及其他一切种种福禄寿。

对于……

究竟“美”是什么，啊？

照上面的说来，仿佛这是“一厢情愿”，补充一下自然界的缺陷。乡下姑娘为的要吃饱几顿麻花油条，她就设想自己做了皇后，在“正宫”里，摆着“那么那么大的柜子，满柜子都是麻花油条呵！”这其实也是艺术。

然而“现实生活，对于 drama（戏剧）是太 dramatic（戏剧化）了，对于 poetry（诗）是太 poetic（诗化）了。”“艺术是自然现象和人生现象的再现。”艺术的范围不止是“美”，“高尚”和“comic”（喜剧），这是人生和自然之中对于人有兴趣的一切。不要神学，上帝，“绝对精神”的“补充”，而要改造现实的现实。

欧洲人的“绝对精神”，理想之中的“美”——以及中国的 caricature（讽刺画）：“潘驴邓小闲”之类，或是隐逸山林之类，都是艺术的桎梏。可叹的是欧洲还有“宗教的，神秘的”理想和它的艺术，而中国的韩退之和文素臣，袁子才和“礼拜六”似乎已经尽了文人之能事了。

“如果很多艺术作品只有一种意义——再现人生之中对于人有兴趣的现象，那么，很多其他的作品，除此之外，除开这基本意义之外，还有更高的意义——就是解释那再现的现象。最后，如果艺术家是个有思想的人，那么，他不会没有对于那再现的现象的意见——这种意见，不由自主的，明显的或是暗藏的，有意的或是无意的，要反映在作品里，这就使得作品得到第三种的意义：对于所再现的现象的思想上的判决……”

这“再现”并非模仿，并非底稿，并非抄袭。

“在这方面，艺术对于科学有非常之大的帮助——非常能够传播科学所求得的概念到极大的群众之中去，因为读艺术作品比科学的公式和分析要容易得多，有趣得多。”（Tchermy－shevsky：Polnoe Cobranie Sotcheneniy，X，2，157－158.）

王道诗话

“人权论”是从鹦鹉开头的。据说古时候有一只高飞远走的鹦哥儿，偶然又经过自己的山林，看见那里大火，它就用翅膀蘸着些水洒在这山上；人家说它那一点儿水怎么救得熄这样的大火，它说：“我总算在这里住过的，现在不得不尽点儿心。”（事出栎圆书影，见胡适人权论集序所引。）鹦鹉会救火，人权可以粉饰一下反动的统治。这大概就叫做“实验主义”。

但是，这火怎么救，在“人权论”时期（一九二九—— 一九三〇年），还不十分明白。五千元一次的零卖价格做出来之后，就不同了。最近（今年二月二十一日）字林西报登载胡博士的谈话说：

> 任何一个政府都应当有保护自己而镇压那些危害自己的运动的权利，固然，政治犯也和其他罪犯一样，应当得着法律的保障和合法的审判……

这就清楚得多了！这不是在说“政府权”了吗？自然，博士的头脑并不简单，他不至于只说“一只手拿着宝剑，一只手拿着经典”！如什么主义之类。他是说，还应当拿着法律。

中国的帮忙文人，总有这一套祖传秘诀，说什么王道仁政。你看孟夫

子多么幽默，他教你离得杀猪地方远远的，嘴里吃得着肉，心里还保持着不忍人之心，又有了仁义道德的名目。不但骗人！还骗了自己，真所谓心安理得，实惠无穷。诗曰：

文化班头博士衔，人权抛却说王权，朝廷自古多屠戮，此理今凭实验传。

人权王道两翻新，为感君恩奏圣明，虐政何妨援律例，杀人如草不闻声。

先生熟读圣贤书，君子由来道不孤，千古同心有孟轲，也教肉食远庖厨。

能言鹦鹉毒于蛇，滴水微功漫自夸，好向侯门卖廉耻，五千一掷未为奢。

一九三三，三，五。

苦闷的答复

李顿报告书采用了中国“孙逸仙博士的国际合作开发中国的计划”，这是值得感谢的，——最近南京市各界的电报已经“谨代表京市七十万民众敬致慰念之忱”，称他“不仅为中国好友，且为世界和平及人道正义的保障者”。（三月一日南京中央社电）

然而李顿也应当感谢中国才好：第一，假使中国没有“孙逸仙博士的国际合作学说”，李顿爵士就很难找着适当的措辞来表示他的意思，岂非共管没有了学理上的根据？第二，李顿爵士自己说的：“南京本可欢迎日本之扶助以拒共产潮流”，他就更应当对于中国当局的这种苦心孤诣表示诚恳的敬意。

但是事实上，李顿爵士最近在巴黎的演说（路透社二月二十日巴黎电），却提出了两个问题：一个是：“中国前途，似系于如何，何时及何人对于如此伟大人力予以国家意识的统一力量，日内瓦乎？莫斯科乎？”还有一个是：“中国现在倾向日内瓦，但若日本坚持其现行政策，而日内瓦失败，则中国纵非所愿，亦将变更其倾向矣。”这两个问题都有点儿侮辱中国的国家人格。国家者政府也。李顿说中国还没有“国家意识的统一力量”，甚至于还会变更其对于日内瓦之倾向！这岂不是相信中国国家对于国联的忠心，对于日本的苦心？

为着中国国家的尊严和民族的光荣起见，我们要想答复李顿爵士已经好多天了，只是没有相当的文件。这使人苦闷得很。今天突然在报上发见了一件宝贝，可以拿来答复李大人：——这就是“汉口警部三月一日的布告”。这里可以找着“铁一样的事实”，来反驳李大人的怀疑。

例如这布告（原文见《申报》三月一日汉口专电）说：“在外资下劳力之劳工，如劳资间有未解决之正当问题，应禀请我主管机关代为交涉或救济，绝对不得直接交涉，违者拿办，或受人利用，故意以此种手段构成严重事态者，处死刑。”这是说，外国资本家遇见“劳资间有未解决之正当问题”，可以直接任意办理，而劳工方面如此这般者……处死刑。我们中国的劳工，这样一来，就都变成了“用国家意识统一了的”劳工。因为凡是违背这“意识”的，都要请他离开中国的国家——到阴间去。李大人难道还能够说中国当局不是“国家意识的统一力量”吗？

再则，统一这个“统一力量”的当然是日内瓦，不是莫斯科。“中国现在倾向日内瓦”——这是李顿大人自己说的。例如那布告上也说：“如有奸民流痞受人诱买勾串，或直受驱使，或假托名义，以图破坏秩序安宁，与构成其他不利于我国家社会之重大犯行者，杀无赦。”这是保障“日内瓦倾向”的坚决手段，所谓“虽流血亦所不辞”。而且“日内瓦”是讲世界和平的，所以中国两年以来都没有抵抗，因为抵抗就要和日本打仗，就破坏和平。直到“一二八”，中国不过装做挡挡炸弹枪炮的姿势，最近的热河事变，中国方面也同样的尽在“缩短阵线”。同时，中国方面埋头剿匪，已经宣誓在一两个月内肃清匪共，暂时不管热河。这是要证明“日本……见中国南方共产潮流渐起，为之焦虑”是不必的，日本很可以无须亲自出马。中国方面这样辛苦的忍耐的工作着，无非是为着要感动日本，使它悔悟，使得远东永久和平，国际资本可以在这里分工合作。而李顿爵士还要怀疑中国会“变更其倾向”，这就未免太冤枉了。

总之，“处死刑，杀无赦”是回答李顿爵士的怀疑的历史文件。请放心罢。请扶助罢。

一九三三，三，七。

迎头经

中国的现代圣经曰：“我们……要迎头赶上去，不要向后跟着。”

传曰：追赶总只有“向后跟着”，普通是不能够“迎头”追赶的。然而圣经当然不会错，况且这个年头一切都是反常的呢。所以说赶上偏偏是迎头，说在后跟着，那就不行。

民国二十二年春×三月某日，当局谈话曰：“日军所至，抵抗随之……至收复失地及反攻承德，须视军事进展如何而定，余非军事专家，详细计划，不得而知”。(申报三月十二日第三版) 不错呀，“日军所至，抵抗随之，”这不是迎头赶上是什么？日军到沈阳，迎头赶上北平；日军到闸北，迎头赶上真茹；日军到山海关，迎头赶上塘沽；日军到承德，迎头赶上古北口……以前有过行都洛阳，现在已经有了陪都西安，将来还有“汉族发源地”昆仑山——西方极乐世界。至于收复失地云云，则虽非军事专家亦得而知焉，经有之——“不要向后跟着”也。证之以往的上海战事，每到日军退守租界的时候，就要“严饬所部切勿越租界一步”。这样，所谓迎头赶上和勿向后跟，都是不但见于经传，而且证诸实验的真理了。

右传之一章。

传又曰：迎头赶和勿后跟，还有第二种的解释。

民国二十二年春×三月，报载热河实况曰：“义军皆极勇敢，认扰乱和

杀戮日军为兴奋之事……唯张作相接收义军之消息发表后，张作相既不亲往抚慰，热汤又停止供给义军汽油。运输中断，义军大都失望，甚至有认替张作相立功为无谓者。”“日军既至凌源，其时张作相已不在，吾人闻讯出走，热汤扣车运物已成目击之事实，证以日军从未派飞机轰炸承德……可知承德实为妥协之放弃。”（同上见张慧冲君在上海东北难民救济会席上所谈）虽然据张慧冲君所说：“享名最盛之义军领袖，其忠勇之精神未能悉如我人之意想，”然而义勇军之兵士却都是极勇敢的小百姓。正因为这些小百姓不懂得圣经，所以也不知道迎头式的抵抗策略。于是小百姓自己，就碰见了迎头的抵抗。——前几天热汤放弃承德之后，北平军委分会就命令“固守古北口，如义军有欲入口者，即开枪迎击之。”这是说，我的“抵抗”只是随日军之所至，你要换个样子抵抗我就抵抗你；我的退后是预先约好了的，你既不肯妥协，我就不准你“向后跟着”，只能够把你“迎头赶上”梁山了。

右传之二章。

传云：惶惶大军，迎头而奔，“嗤嗤”小民，勿向后跟。赋也。

一九三三，三，一四。

出卖灵魂的秘诀

几年前，胡适博士曾经玩过一套“五鬼闹中华”的把戏，那是说：这世界上并无所谓帝国主义之类在侵略中国，倒是中国自己该着“贫穷”，“愚昧”……等等五个鬼，闹得大家不安宁。现在胡适博士又发明了第六个鬼——叫做“仇恨”。这个鬼不但闹中华，而且祸延友邦，闹到东京去了。因此，胡博士对症发药——预备向日本帝国主义上条陈。（见报载最近胡适博士的谈话）

据胡博士说：“日本军阀在中国暴行所造成之仇恨，到今日已颇难消除，”“而日本决不能用暴力征服中国。”这是值得忧虑的：难道真的没有方法征服中国么？不，照实验主义的哲学说，还是有法子的。这就是：“日本只有一个方法可以征服中国，即悬崖勒马，彻底停止侵略中国，反过来征服中国民族的心。”

这据说是“征服中国的惟一方法”。不错，古代的儒教军师总说“以德服人者王”。胡适博士不愧为日本帝国主义的军师。但是，从中国小百姓方面来说，这却是出卖灵魂的惟一秘诀。中国小百姓原不懂得自己的“民族性”，所以他们一向会仇恨。如果日本陛下大发慈悲，居然采用胡博士的条陈，那么，所谓“忠考仁爱信义和平”的中国固有文化，就可以恢复，因为日本不用暴力，中国民族就没有了仇恨，因为没有仇恨心，自然更不抵抗，因为不抵抗，自然更和平更忠孝……中国的肉体固然出卖了，中国的心灵也被征服了！可惜的是这“唯一方法”的实行，完全要靠日本陛下的觉悟。如果不觉悟，那又怎么办？胡适博士说：“到无可奈何之时，真接受一种耻辱的城下之盟”好了。那真是无可夺何的——因为那时候“仇恨鬼”是不肯走的，这始终是中国民族性的污点。

为着要洗刷这个污点，所以胡适博士准备出席太平洋会议，再去“忠告”一次他们的日本朋友：征服中国并不是没有方法的，请接受我们出卖的魂灵吧！何况这并不难，只要实行李顿的“公平”报告，那就是“彻底停止侵略”——仇恨自然就消除了。

一九三三，三，二二。

最艺术的国家

我们中国的最伟大最永久，而且最普遍的“艺术”是男人扮女人。这艺术的可贵，是在于两面光，或谓之“中庸”：——男人看见“扮女人”，而女人看见“男人扮”。表面上是中性，骨子里当然还是男性。然而如果不扮，还成艺术吗？

譬如说，中国民族的固有文化是科举制度，外加捐班之类。当初说这太不像民权，不合时代潮流，于是扮成了中华民国。然而这民国年久失修，仿佛花旦脸上的脂粉，连招牌都已经剥落殆尽，同时，老实的民众，想要革掉一切科甲出身和捐班出身的参政权，以便实现反动的民权。这对于民族是不忠，对于祖宗是不孝。现在早已回到固有文化的“时代潮流”，哪能放任这种不忠不孝！因此，又得重新扮过一次。草案如下：第一，谁有代表国民的资格，须由考试决定。第二，考出了举人之后，然后再挑选一下，此之谓选（动词）举人；而被挑选的举人，就作为被选举人。照文法说，这样的国民大会的选举人，应称为“选举人者”，而被选举人，应称为“被选之举人”。然而如果不扮，还成艺术么？因此，他们扮成宪政国家的选举人和被选举人，虽则实质上还是秀才和举人。这草案的深意正在这里：叫民众看见是民权，而民族祖宗看见是忠孝——忠于固有科举的民族，孝于制定科举之祖宗。此外，像上海已经实行的民权，是纳税的就有权选举和

被选，使偌大上海只剩四千四百六十五个大市民。这虽是捐班——有钱的为主，然而他们一定会考中举人，甚至不补考也会赐同进士出身的，因为洋大人膝下的榜样，理应遵照，何况这也是一面并不违背固有文化，一面扮得很像宪政民权呢。此其一。

其二，一面交涉，一面抵抗：从这一面看过去是抵抗，从那一面看过来是交涉。其三，一面做实业家银行家，一面自称“小贫而已”。其四，一面是日货销路复旺，一面对人说是“国货年”……诸如此类不胜枚举，而大都是扮演得十分巧妙两面光滑的。

中国真是最艺术的国家，最中庸的民族。

而小百姓还要不满意，呜呼，君子之中庸，小人之反中庸也！

一九三三，三，三〇。

真假董吉诃德

西洋中古时期的武士道的没落，产生了董吉诃德那样的戆大。他其实是个十分老实的书呆子。看他在黑夜里仗着宝剑和风车开仗，的确傻相可掬，也只觉得他可怜可笑。

然而这是真吉诃德。中国的江湖派和流氓种子，却会愚弄吉诃德式的老实人，而自己又假装着吉诃德的姿态。《儒林外史》上的几位公子，慕游侠剑仙之为人，结果是被这种假吉诃德骗去了几百两银子，换来了一颗血淋的猪头，——那猪算是侠客的“君父之仇”了。

真吉诃德的做傻相是由于自己的愚蠢，而假吉诃德是故意做些傻相给别人看，想要剥削别人的愚蠢。

可是，中国的老百姓未必都是这么蠢笨，连这点儿手法也看不出来。

现在的假吉诃德们何尝不知道大刀不能救国，他们却偏要舞弄着，每天“杀敌几百几千”乱嚷，还有人“特制钢刀九十九柄赠送前敌将士”。可是为着要杀“猪”起见，又舍不得飞机捐。于是乎“武器不精良”的宣传，一面变成了节节退却或者“诱敌深入”的注解，一面又借此搜括一些杀猪经费。可惜前有慈禧太后，后有袁世凯！——清末的兴复海军捐变成了颐和园，民四的“反日”爱国储金变成了征讨当时的革命军的军需。现在这套把戏实在太欠新鲜，谁不知道。——不然的话，还可以算是新发明。

现在的假吉诃德们，何尝不知道“国货运动”振兴不了什么民族工业，国际的财神老爷扼住了中国的喉咙，连气也透不出，什么“国货”都跳不出这些财神的手掌心。然而“国货年”是宣布了，国货商场是成立了，像煞有介事的，仿佛抗日救国全靠一些戴着假面具的买办多赚几个钱。这钱还是牛马猪狗身上去剥削来的。不听见增加生产力，劳资合作，共赴国难的呼声么？原来是不把小百姓当人看待，而小百姓做了牛马猪狗仍旧要负“救国”责任。结果自然应当拼命供给自己身上的肉给假吉诃德们吃，而猪头还是要斫下了（挂出去）示众，以为“捣乱后方”者戒。

现在的假吉诃德们，何尝不知道什么“中国固有文化”咒不死帝国主义，无论念几万遍“不仁不义”或是金光明咒，也不会触发日本（三岛）的地震，使它陆沉大海。然而他们偏要高喊“民族精神”，仿佛得了什么秘诀。意思其实很明白，是要小百姓埋头治心，多读修身教科书。这固有文化本来毫无疑义：是岳飞式的奉旨不抵抗的忠，是朗诵“唤起民众”而杀之的孝，是斫猪头吃猪肉而又远庖厨的仁爱，是遵守卖身契的信义，是“诱敌深入”的和平。其实“固有文化”之外又提倡什么“学术救国”，引证西哲菲希德之言等类的居心，又何尝不是如此。

假吉诃德的这些傻相，真教人笑不出哭不出；你要认真和他辩驳，当真认为可笑可怜，那就未免傻到不可救药了。

一九三三，四，一一。

透 底

凡事彻底都好，而“透底”就不见得高明。因为连续的向左转，结果却碰见了向右转的朋友，那时候彼此点头会意，脸上会要辣辣的。就像要自由的人，忽然要保障复辟的自由，或者屠杀大众的自由——透底是透底的了，却连自由的本身都漏掉了，原来只剩了通体透明一丝不挂。

反对八股是应该的。八股原是蠢笨的产物。最初是考官嫌麻烦，——他们的头脑大半是用阴沉木做的——什么代圣贤立言，什么起承转合，文章气韵，都没有一定的标准，难以捉摸，因此，一股一股地定出来，算是格式；拿这格式来“衡文”，一眼就看得出多少轻重。随后应试的人也觉得又省力又不费事。这样的八股，无论新旧，都应当扫荡。但是这原是为着要聪明，不是要更蠢笨些。

不过要保存蠢笨的人，却有一种策略。他们说：“我不行，而他和我一样。”——大家活不成，拉倒大吉！而等“他”拉倒之后，旧的蠢笨的“我”却总是偷偷地又站起来，实惠是属于蠢笨的。好比要打倒偶像，偶像急了，就指着一切活人说：“他们都像我，”于是你跑去把貌似偶像的人统统打倒；回来，偶像还奖励你，说打倒“打倒偶像”者，透底之至。这样，世界上就剩得偶像和打倒“打倒”者。

开口诗云子曰，算老八股；而有人把“达尔文说，蒲力汗诺夫曰”也

算做新八股。于是要知道地球是圆的，就要人人都要自己去环游地球一周；要制造汽机的，也要先坐在开水壶前格一通物。……这自然透底之至。其实，从前说反对卫道文学，原是反对那道，说那样吃人的“道”不应当卫，而有人要透底，就说什么道也不卫；这“什么道也不卫”难道不也是一种“道”吗？所以，真正最透底的，还有下列一个故事：

古时候，有一个国度里革命了，旧的政府倒下去，新的站上来。旁人说，你这革命党，原先是反对有政府的，怎么自己又来做政府?！那革命党立刻拔出剑来，割下了自己的头，但是，他的僵尸直立着，喉管透出一股气来，仿佛是在说：这主义的实现原本要等三千年之后。

一九三三年四月十一日。

人才易得

前几年，大观园里的压轴戏是刘姥姥骂山门。那是要老旦出场的，老气横秋的大“放”一通，直到裤子后穿而后止。当时指着手无寸铁或者已经缴械的小百姓，大喊“杀，杀，杀!”那呼声是多么雄壮呵。所以它——男角扮的老婆婆，也可以算是一个人才。

现在时世大不同了，手里杀杀杀，而嘴里却需要“自由，自由，自由”，“开放政权”云云。压轴戏要换了。

于是人才辈出，各有巧妙不同。出场的不是老旦，而是花旦了；而且这不是平常的花旦，而是海派戏广告上所说的“玩笑旦”。这是一种特殊的人物，他（她）要会媚笑，又要会撒泼，要会打情骂俏，又要会油腔滑调。总之，这是花旦而兼小丑的角色。不知道是时势造英雄（还是说“美人”妥当些），还是美人儿多年阅历的结果，练出了这一套拿手好戏？

美人儿而说“多年”，自然是阅人多矣的徐娘了，她早已从窑姐儿升任了老鸨婆；然而她丰韵犹存，虽在卖人，还兼自卖。自卖容易，卖人就难些。现在不但有手无寸铁的小百姓，不但！况且又遇见了太露骨的强奸……要会应付这种非常之变，就非有非常之才不可。你想想：现在压轴戏是要似战似和，又战又和，不降不守，亦降亦守——这是多么难做的戏。没有半推半就，假作娇痴的手段是做不好的。孟夫子说：“以天下与人易。”

其实，能够简单地双手捧着“天下”去“与人”，倒不为难了。问题就在于不能如此。所以就要一把眼泪一把鼻涕，哭哭啼啼而又刁声浪气的诉苦说：“我不入火坑，谁入火坑?”

然而娼妓说她落在火坑里，还是想人家去救她出来；老鸨婆哭火坑，就没有人相信她，何况她已经申明：她是敞开了怀抱，准备把一切人都拖进火坑去的。虽然，这玩笑却开得不差，不是非常之才，就使挖空了心思也想不出的。

老旦进场，玩笑旦出场，大观园的人才着实不少！

呜呼，以天下与人虽然大不易，而为天下得人，却似乎不难。

一九三三，四，二四。

择　吉

中国的算命先生最善于替人家“看日子”。讨老婆，出殡，安葬，开工等等都要挑选吉日。这叫做择吉。中国的什么纪念日，大概也是用了择吉的法子挑选出来的。

一九一五年五月七日，日本对中国提出了“二十一条”的最后通碟，限四十八小时内答覆，所以五月九日袁世凯政府就答应了日本的要求，“签订了辱国条约”。于是乎就为难了，纪念“五七”呢还是“五九”？挑选的结果，北方是纪念“五七”，这是说日本不顾“国际公理”，而南方纪念“五九”，这是说袁世凯卖国，勾结日本。当时是北方代表反动，南方代表革命，北方的吉日是“五七”，因为这似乎可以开脱一些袁世凯的罪名；而南方的吉日是“五九”，因为要着重的指出卖国贼的罪状。现在“南北统一”了，究竟那一个是吉日呢？今年索性都不准纪念了，而日本正在用枪炮实行二十一条，而且超过了十倍还不止。大概就因为二十一条反正已经实现了吧，所以只有“华租两界加紧防范反动分子利用‘五七’‘五九’，施行捣乱，故宣布特别戒严”云云。这样，似乎“五七”“五九”，都不是吉日了。虽然“国耻”的官样文章还在做着。

现在新的择吉问题上却是“五五”。“五五”是马克思的生日，又是去年上海停战协定签字的日期，又是十二年前（一九二一年）孙中山先生就

任非常大总统的纪念日。究竟纪念什么呢？最近的纪念自然是去年的上海协定，但是现在是只能够纪念“一二八”日本向闸北开炮的日子，不能够纪念“五五”签订缓冲区协定的盛典。这理由很明显，就是这“并非辱国条约”！至于马克思生日，那不用说，中国比马克思自己的祖国还“先进”：我们这里早就禁止纪念了，而德国直到今年才由法西斯蒂政府宣布禁阅马克思的书籍。最后，当然是非常大总统就任的“五五”是值得纪念的吉日了。然而我们觉得很怀疑，最近一位“在野的”要人说：“民众无政治知识，致政权为少数人所操纵，以前之选举，即其明证，故必须……训政”。十二年前选举非常大总统的时候，当然还没有经过训政，那时的非常国会，选举非常大总统的，不是由“无政治知识的民众”选出来的吗？当时的选举不是“为少数人所操纵”的吗？少数人所操纵的无政治知识的民众选举非常大总统的日期，似乎不见得“吉”。那真是为难极了。幸而好，“五五”除开上述三个纪念之外，还有第四个纪念，这就是一九三一年南京召集的国民会议开幕日，那次国民会议议决了“训政约法”，选举了国民政府主席，宣布了中国的“完完全全的统一”，“建设时期”的开始，大举剿匪的誓师……懿欤盛哉！虽然那年就有了“不凑巧”的“九一八”，似乎有点“不祥”，但是，其实也在“建国”纲领之内的，要知道“九一八”是大亚细亚主义实现的开始呵。

一九三三年。

“儿　时”

狂胪文献耗中年，亦是今生后起缘；
猛忆儿时心力异：一灯红接混茫前。

——定盦诗

生命没有寄托的人，青年时代和“儿时”对他格外宝贵。这种浪漫谛克的回忆其实并不是发见了“儿时”的真正了不得，而是感觉到“中年”以后的衰退。本来，生命只有一次，对于谁都是宝贵的。但是，假使他的生命溶化在大众的里面，假使他天天在为这世界干些什么，那末，他总在生长，虽然衰老病死仍旧是逃避不了，然而他的事业——大众的事业是不死的，他会领略到“永久的青年”。而“浮生如梦”的人，从这世界里拿去的很多，而给这世界的却很少，——他总有一天会觉得疲乏的死亡：他连拿都没有力量了。衰老和无能的悲哀，像铅一样的沉重，压在他的心头。青春是多么短呵！

“儿时”的可爱是无知。那时候，件件都是“知”，你每天可以做大科学家和大哲学家，每天在发见什么新的现象，新的真理。现在呢？“什么”

都已经知道了，熟悉了，每一个人的脸都已经看厌了。宇宙和社会是那么陈旧，无味，虽则它们其实比“儿时”新鲜得多了。我于是想念“儿时”，祷告“儿时”。

不能够前进的时候，就愿意退后几步，替自己恢复已经走过的前途。请求“无知”回来，给我求知的快乐。可怕呵，这生命的“停止”。

过去的始终过去了，未来的还是未来。究竟感慨些什么——我问自己。

一九三三，九，二八。

中国文与中国人

最近出版了一本很好的书：高本汉著的《中国语和中国文》。高本汉先生是个瑞典人，他的真姓是珂罗倔伦（Karl-gren）。他为什么“贵姓”高？那无疑的是因为中国化了。他的确是个了不得的“支那学家”——中国语文学的权威。

但是，他对于中国人，却似乎也有深刻的研究。

他说：“近来某几种报纸，曾经试用白话，——按高氏这书是一九二三年在伦敦出版的，——可是并没有多大的成功；因此，也许还要触怒了多数定报的人，以为这样，就是讽示着他们不能看懂文言报呢！”

“西洋各国里有许多伶人，在他们表演中，他们几乎随时可以插入许多‘打诨’，也有许多作者，滥引文书；但是大家都认这种是劣等的风味。这在中国恰好相反，正认为高妙文雅而表示绝艺的地方。”

中国文的“含混的地方，中国人不但不因之感受了困难，反而愿意养成它……”

于是这位“支那学专家”就不免要“中国化”起来。他在中国大概受够了侮辱。“本书的著者和亲爱的中国人谈话，所说给他的，很能完全了解；可是，他们彼此谈话的时候，他几乎一句话也不懂。”这自然是那些“亲爱的中国人”在“讽示”他不懂“上流社会的”话。因为“外国人到

了中国去，只要注意一点，他就可以觉得：他自己虽然已经熟悉了普通人的语言，而对于上流社会的谈话，仍是莫名其妙的”。（例如“一个中国的雅人”回答高先生问他多大年纪，就说了一句“而立”。幸而高先生在《论语》上查着这个古典。）

于是“支那学专家”就说：“中国文字好像一个美丽可爱的贵妇，西洋文字好像一个有用而不美的贱婢。”

美丽可爱而无用的贵妇的“绝艺”，就在于“插诨”的含混。这使得西洋第一等的大学者至多也不过抵得上中国的普通人。这样，我们“精神上胜利了”。为要保持这种胜利，必须有高妙文雅的词汇，而且要丰富！五四白话运动的“没有多大成功”，原因大概就在上流社会怕人讽示他们不懂文言了。

虽然，“此亦一是非，彼亦一是非”——我们还是含混些好了，否则反而要感受困难的。

十月二十五日

书信

致胡适

适之先生：

前日寄上两本书《新青年》及《前锋》，想来已经收到了，——先生暇时，还请赐以批评。我从烟霞洞与先生别后，留西湖上还有七八日；虽然这是对于“西子”留恋，而家事牵绊亦是一种原因。自从回国之后，东奔西走，“家里”捉不住我，直到最近回到“故乡”，就不了了。一“家”伯叔婶兄弟姊妹都引颈而望，好像巢中雏燕似的，殊不知道衔泥结草来去飞翔的辛苦。“大家”看着这种“外国回来的人”，不知道当做什么，——宗法社会的旧观念和大家庭真叫我苦死，先生以为这并不是仅仅我个人的事，而是现在社会问题中之一吗？——大家庭崩坏而小家庭的社会基础还没有。

到上海也已有十天，单为着琐事忙碌。商务方面，却因先生之嘱，已经答应我：“容纳（各杂志）稿子并编小百科丛书以及译著。”假使为我个人生活，那正可以借以静心研究翻译，一则养了身体，二则事专而供献于社会的东西可以精密谨慎些。无奈此等入款“远不济近”，又未必够“家”里的用，因此我又就了上海大学的教务，——其实薪俸是极薄的，取其按时可以“伸手”罢了。

虽然如此，既就了上大的事，便要用些精神，负些责任。我有一点意见，已经做了一篇文章寄给平伯。平伯见先生时．想必要谈起的。我们和平伯都希望“上大”能成南方的新文化运动中心。

我以一个青年浅学，又是病体，要担任学术的译著和上大教务两种重任，自己很担心的，请先生常常指教。谨祝康健精进。

瞿秋白　一九二三年七月三十日。

弟弟的信

我带了一本书（《小说月报》）跑到湖滨公园；面着山，靠着水，坐在一张飞来椅上看。头一篇看的是，郑振铎的欢迎泰戈尔。刚读时，马路上一片的“混帐！忘八！”的骂声——或可以说是狗叫声；因为我的耳鼓的听觉，往往听见这类声音是和狗叫一般，今天回头看见是拥有一个狗心（或者竟是狗都不屑为伍的东西，是莫可以名的一颗心）的人形机械。——原来是一个衣冠禽兽，在那里骂工人模样的一个人，后来并且将他的兽掌打工人的面颊。我不禁生了一些感想；感想到泰戈尔来华之后——在郑振铎的欢迎泰戈尔文里有说“……给爱与光与安慰与幸福于我们……”的一点。我以为这爱，光，安慰，幸福，是给“人”的，或者切实些说，是给有人情，人性的——可决不是衣冠禽兽“所可得而与”的。这种人，我们只该驱逐，难为保护。这种人，只可使他消灭，不可使他繁殖。

随后又读了郑振铎译的《微思》（泰戈尔的《飞鸟集》），徐志摩的幻想，徐玉诺的小诗五节，和赵吟声的秋声。觉得这些诗意灌满了全身，西湖上的风光包围了全身；全身遂被“情”和

“景”剥夺了自由，又因之无忧无虑的大乐。——在此一息中，并且是我有生以来难有的事。——天黑了……

真的不错！天黑了……这漫漫的长夜呵。弟弟，景白，你大概渴望那东方，那东方……早升旭日？然而……你既然能听见骂人，想必在马路上。你那时难道不看见湖滨路上万盏电光的灯火，远远看去好像一顶珠冠？那是在西方，西方一重重的楼房，管弦丝竹的淫声，闻得见酒香肉臭。那里的光明固然是光明，可决不是泰戈尔的“光”和“爱”。你应当懂得，那光明是私有，……哼！你竟亦要私占泰戈尔的“光”和“爱”，不给衣冠禽兽。这是你的接触太俗了，激起了你的“我慢”。你为什么不到自然界里去领略泰戈尔？他的哲学是所谓“森林哲学”，应当与自然融洽无间的。

“那西湖还不是最好的自然界？”

“西湖么？哼！……西……那总还不是森林！”

一九二三年十月二十八日。

致杨之华信四封

一九二九年二月二十六日

之华：

今天接到你二月二十四日的信，这封信算是走得很快的了。你的信，是如此了甜蜜，我像饮了醇酒一样，陶醉着。我知道你同着独伊（即瞿独伊，瞿秋白的女儿）去看《青鸟》，我心上非常之高兴。《青鸟》是梅德林的剧作（比利时的文学家），俄国剧院做得很好的。我在这里每星期也有两次电影看，有时也有好片子，不过从我来到现在，只有一次影片是好的，其余不过是消磨时间罢了。独伊看了《青鸟》一定是非常高兴，我的之华，你也要高兴的。

之华，我想如果我不延长在此的休息期，我三月八日就可以到莫斯科，如果我还要延长两星期那就要到三月二十日。我如何是好呢？我又想快些快些见着你，又想依你的话多休息几星期。我如何呢？之华，体力是大有关系的。我最近几天觉得人的兴致好些，我要运动，要滑雪，要打乒乓，想着将来的工作计划，想着如何的同你在莫斯科玩耍，如何的帮你读俄文，教你练习汉文。我自己将来想做的工作，我想是越简单越好，以前总是

“贪多少做。”

可是，我的肺病仍然是不大好，最近两天右部的胸膛痛得利害，医生又叫我用电光照了。

之华，《小说月报》怎么还没有寄来，问问云白（即瞿云白，瞿秋白的弟弟）看！

之华，独伊如此的和我亲热了，我心上极其欢喜，我欢喜她，想着她的有趣齐整的笑容，这是你制造出来的啊！之华，我每天总是梦着你或是独伊。梦中的你是如此之亲热……哈哈。

要睡了，要再梦见你。

秋白　二月二十六日晚。

一九二九年三月十二日

之华：

昨天接到你的三封信，只草草的写了几个字，一是因为邮差正要走了，二是因为兆征死的消息震骇得不堪，钱寄到的时候，我都不知道！（三十元已接到。）

整天的要避开一切人——心中的悲恸似乎不能和周围的笑声相容。面容是呆滞的，孤独的在冷清清的廊上走着。大家的欢笑，对于我都是很可厌的。那厅里送来的歌声，只使我想起：一切人的市侩式的幸福都是可鄙的，天下有什么事是可乐的呢？

一九二二年香港罢工（海员）的领袖，他是党里工人领袖中最直爽最勇敢的，如何我党又有如此之大的损失呢？前月我们和史太林谈话时，他所关心的问题，是如何的切合于群众的斗争的需要；他所教训我的——尤其是八七之后，是如何的深切。

可是他的死状，我丝毫也不知道，之华，你写的信里说得太不明白了。他是如何死的呢？

之华，你自己的病究竟怎样？我昨天因为兆征死的消息和念着你的病，一夜没有安眠，乱梦和恶梦颠倒神魂，今天觉得很不好过。我钱已经寄到了，一准二十一日早晨动身回莫（指莫斯科）。你快通知云，叫他和□□商量，怎样找汽车二十二日早上来接我，在 Ъpяhck 车站——车到的时刻可以去问一问；我这里是二十一日下午五时……分从 ЛигЯов 车站开车。之华，你能来接我更好了!!!

之华，我只是想着你，想着你的心——这是多么甜蜜和陶醉。我的爱是日益的增长着，像火山的喷烈，之华，我要吻你，我俩格外的要保重自己的身体，——我党的老同志凋谢得如此之早啊。仿佛觉得我还没有来得及做着丝毫呢!!

秋　白　三月十二日。

一九二九年三月十八日

之华：

昨天晚上写了一封信，现在已经觉得又和你离别了不知多少时候了，又想写信。

之华，再过四天，我俩可以见面了。我是多么高兴！今天这里的天气非常好，青天白云，太阳光耀着，冷风之中已经含着春意，在那里祝贺我俩的叙首呢。我数了一数你写给我的中俄文信一总有三十封了！我读了又读，只是陶醉在你的爱之中，像醉酒一样的甜蜜，同时，在字里行间我追随着你的忧愁或高兴，我觉得到你的一切一切!! 之华，我吻你。

我最近又常常想起注音字母，常常想起罗马字母的发明是很重要的，我想同你一起研究，你可以帮我做许多工作，这是很有趣味的事。将来有许多人会跟着我们的发端，逐渐的改良，以致于可以通用到实际上去，使中国工农群众不要受汉字的苦。这或许要到五十年一百年之后，但是发端是不能怕难的。之华，我们每人必须找着一件有趣的大部分力量和生活放进去的事，生活就更好有意趣了！之华，我吻你，吻你。

你说，决定暂时不用功而注意身体。这是很好，我原是时时想着的，时时说的。之华，这不好是灰心，而是要觉得自由自在的。自己勉强固然是必须的，但是不是要自己苦自己。我俩虽已到中年了，可是至少还有二十年的生活呢，不要心急，不好焦灼。我一生就是吃这个苦。我是现在听着之华的话，立志要改变我的生活，之华，你自己也要如此，你要如此!!我俩快见面了!!!

秋　白　一九二九年三月十八日。

一九二九年七月十五日

之华：

临走的时候（指一九二九年七月，作者自莫斯科赴德国法兰克福参加国际反帝同盟大会），极想你能送我一站，你竟徘徊着。

海风是如此的飘漾，晴明的天日照着我俩的离怀。相思的滋味又上心头，六年以来，这是第几次呢？空阔的天穹和碧落的海光，令人深深的了解那“天涯”的意义。海鸥绕着桅墙，像是依恋不舍，其实双双栖宿的海欧，有着自由的两翅，还羡慕人间的鞅掌。我俩只是少健康，否则如今正是好时光，像海鸥样的自由，像海天般的空旷，正好准备着我俩的力量，携手上沙场。之华，我梦里也不能离你的印象。

独伊想起我吗？你一定要将地名留下，我在回来之时，要去看她一趟。下年她要能换一个学校，一定是更好了。

你去那里（指杨之华去海参崴参加一九二八年八月召开的太平洋劳动大会），尽心的准备着工作，见着娘家的人，多么好的机会。我追着就来，一定是可以同着回来，不像现在这样寂寞。你的病怎样？我只是牵记着。

可惜，这次不能写信，你不能写信。我要你弄一本小书。将你要写的话，写在书上，等我回来看！好不好？

秋　白　七月十五日。

致郭沫若

沫若：

多年没有通音问了。三四年来只在报纸杂志上偶然得知你的消息，记得前年上海的日本新闻纸上曾经说起西园寺公望去看你，还登载了你和你孩子的照相。新闻记者的好奇是往往有点出奇的，其实还不是为着“哄动”观众。可怜的我们，有点像马戏院里野兽。最近，你也一定会在报纸上读到关于我的新闻，甚至我的小影，想来彼此有点同感吧？

我现在已经是国民党的俘虏了，这在国内阶级战争中当然是意料之中可能的事。从此，我的武装完全被解除，我自身被拉出了队伍，我停止了一切种种斗争。在这等着“生命的结束”。可是这些都没有什么。使我惭愧的倒是另外一种情形，就是远在被俘以前——离现在足足有四年半了——当我退出中央政治局之后，虽然是因为“积劳成疾”病得动不得，然而我自己的心境就已有了很大的变动。我在那时，就感觉到精力的衰退甚至于澌灭，对于政治斗争已经没有丝毫尽力。偶然写些关于文艺问题的小文章，也是半路出家的外行话。我早就“猜到了”我自己毕竟不是一个战士，无论在哪一战线上。

这期间看到了你的甲骨文字研究的一些著作，《创造十年》的上半部。我想下半部一定更加有趣：创造社在五四运动之后，代表着黎明期的浪漫

主义运动，虽然对于“健全的”现实主义的生长给了一些阻碍，然而它确实杀开了一条血路，开辟了新文学的途径。而后来就像触了电流似的分解了，时代的电流使创造社起了化学的定性分析，它因此解体，风化。这段历史写来一定是极有意思的。时代的电流是最强烈的力量，像我这样脆弱的人物也终于经不起了。历史上的功罪，日后自有定论，我也不愿多说。不过我想自己既有自知之明，不妨尽量的披露出来，使得历史档案的书架上，材料更丰富些，也可以免得许多猜测和推想的考证功夫。

只有读着你和许多朋友翻译欧美文学名著，心上觉着有说不出的遗憾。我自己知道虽然一知半解样样都懂得一点，其实样样都是外行，只有俄国文还有相当的把握，而我到如今没有翻译过一部好好的文学书（社会科学的论著现在已经不用我操心了）。这个心愿恐怕没有可能实现的了。

还记得在武汉我们两个人一夜喝了三瓶白兰地吗？当年的豪兴，现在想来不免哑然失笑，留得做温暖的记忆罢。愿你勇猛精进！

瞿秋白 一九三五，五，二八 汀州狱中。

游记

饿乡纪程

——新俄国游记

绪　言

阴沉沉，黑魆魆，寒风刺骨，腥秽污湿的所在，我有生以来，没见一点半点阳光，——我直到如今还不知道阳光是什么样的东西，——我在这样的地方，视觉本能几乎消失了；那里虽有香甜的食物，轻软的被褥，也只值得昏昏酣睡，醒来黑地里摸索着吃喝罢了。苦呢，说不得，乐呢，我向来不曾觉得，依恋着难舍难离，固然不必，赶快的挣扎着起来，可是又往那里去的好呢？——我不依恋，我也不决然舍离……然而心上究竟是个什么样的滋味呵！这才明白了！我住在这里我应该受，我该当。我虽然明白，我虽然知道，我“心头的奇异古怪的滋味”我总说不出来。“他”使我醒，他是一个不可思议的谜儿，他变成了一个“阴影”朝朝暮暮的守着我。我片刻不舍他，他片刻不舍我。这个阴影呵！他总在我眼前晃着——似乎要引起我的视觉。我眼睛早已花了，晕了，我何尝看得清楚。我知我们黑甜乡里的同伴，他们或者和我一样。他们的眼前也许有这同样的“阴影”。我问我的同伴，我希望他们给我解释。谁知道他们不睬我，不理我。我是

可怜的人儿。他们呢，——或者和我一样，或者自以为很有幸福呢。只剩得和我同病相怜的人啊，苦得很哩！——我怎忍抛弃他们。我眼前的“阴影”不容我留恋，我又怎得不决然舍离此地。

同伴们，我亲爱的同伴们呵！请等着，不要慌。阴沉沉，黑魆魆的天地间，忽然放出一线微细的光明来了。同伴们，请等着。这就是所谓阳光，——来了。我们所看见的虽只一线，我想他必渐渐的发扬，快照遍我们的同胞，我们的兄弟。请等着罢。

唉！怎么等了许久，还只有这微微细细的一线光明，——空教我们看着眼眩——摇荡恍惚晞微一缕呢？难道他不愿意来，抑或是我们自己挡着他？我们久久成了半盲的人，虽有光明也领受不着？兄弟们，预备着。倘若你们不因为久处黑暗，怕他眩眼，我去拨开重障，放他进来。兄弟们应当明白了，尽等着是不中用的，须得自己动手。怎么样？难道你们以为我自己说，眼前有个“阴影”，见神见鬼似的，好像是一个疯子，——因此你们竟不信我么？唉！那“阴影”鬼使神差的指使着我，那“阴影”在前面引着我。他引着我，他亦是为你们呵！

灿烂庄严，光明鲜艳，向来没有看见的阳光，居然露出一线，那“阴影”跟随着他，领导着我。一线的光明！一线的光明，血也似的红，就此一线便照遍了大千世界。遍地的红花染着战血，就放出晚霞朝雾似的红光，鲜艳艳地耀着。宇宙虽大，也快要被他笼罩遍了。“红”的色彩，好不使人烦恼！我想比黑暗的“黑”多少总含些生意。并且黑暗久了，骤然遇见光明，难免不眼花缭乱，自然只能先看见红色。光明的究竟，我想决不是纯粹红光。他必定会渐渐的转过来，结果总得恢复我们视觉本能所能见的色彩。——这也许是疯话。

世界上对待疯子，无论怎么样不好，总不算得酷虐。我既挣扎着起来，跟着我的“阴影”，舍弃了黑甜乡里的美食甘寝，想必大家都以为我是疯子了。那还有什么话可说！我知道：乌沉沉甘食美衣的所在——是黑甜乡；红艳艳光明鲜丽的所在——是你们罚疯子住的地方，这就当然是冰天雪窖饥寒交迫的去处（却还不十分酷虐），我且叫他“饿乡”。我没有法想了。“阴影”领我去，我不得不去。你们罚我这个疯子，我不得不受罚。我决不忘记你们，我总想为大家辟一条光明的路。我愿去，我不得不去。我现在

挣扎起来了，我往饿乡去了！

一九二〇年十一月四日。哈尔滨。

一

无　涯

蒙昧也人生！
霎时间浮光掠影。
晓凉凉露凝，
初日熹微已如病。

露消露凝，人生奇秘。
却不见溪流无尽藏意；
却不见大气濛洄有无微。
罅隙里，领会否，个中意味？

“我”无限。“人”无限。
笑怒哀乐未厌，
漫天痛苦谁念，
倒悬待解何年？

知否？知否？倒悬待解，
自解解人也；
彻悟，彻悟，饿乡去也，
饿乡将无涯。

一九二〇，十二，一，哈尔滨。

山东济南大明湖畔，黯黯的灯光，草棚底下，一张小圆桌旁，坐着三个人，残肴剩酒还觑着他们，似乎可惜他们已经兴致索然，不再动箸光顾光顾。……其中一个老者，风尘憔悴的容貌，越显着蔼然可亲，对着一位少年说道："你这一去……随处自去小心，现在世界交通便利，几万里的远路，也不算什么生离死别……只要你自己不要忘记自身的职务。你仔肩很重呵！……"那少年答应着站起来。其时新月初上，照着湖上水云相映，萧萧的芦柳，和着草棚边乱藤蔓葛，都飕飕作响。三人都已走过来，沿着湖边，随意散步，秋凉夜深时，未免有些寒意。对着这种凄凉的境界，又是远别在即，叫人何以为情呢？

我离中国之前，同着云弟垚弟住在北京纯白大哥家里已经三个年头；我既决定要到俄国去，大约预备了些事物，已经大概妥当之后，就到济南拜别我父亲。从我母亲去世之后，一家星散，东飘西零，我兄弟三个住在北京，还有两弟一妹住在杭州四伯父跟前，父亲一人在山东。纯哥在京虽有职务，收入也很少。四伯做官几十年，清风两袖，现时中国官场，更于他不适宜，而在中国大家庭制度之下，又不得不养育全家，因此生活艰难得很。我亲近的支派家境既然如此，我们弟兄还不能独立，窘急的状况也就可想而知。所以我父亲只能一人住在山东知己朋友家里，教书糊口。在中国这样社会之中既没有阔亲戚，又没有钻营的本领，况且中国畸形的社会生活使人失去一切的可能，年纪已近半百，忧煎病迫，社会还要责备他尽什么他所能尽的责任呢？我有能力，还要求发展，四围的环境既然如此，我再追想追想他的缘故，这问题真太复杂了。我要求改变环境：去发展个性，求一个"中国问题"的相当解决，——略尽一分引导中国社会新生路的责任。"将来"里的生命，"生命"里的将来，使我不得不忍耐"现在"的隐痛，含泪暂别我的旧社会。我所以决定到俄国去走一走。我因此到济南辞别我亲爱不忍舍的父亲。

当那夜大明湖畔小酒馆晚膳之后，我父亲的朋友同着我父亲和我，回到他家里去。父亲和我同榻，整整谈了半夜，明天一早就别了他上火车进京。从此不知道什么时候才能相见呢！

济南车站上，那天人不大多，待车室里只有三四个人。待车室外月台

上却有好些苦力，喘息着。推车的穷人，拖男带女的背着大麻布包，破笼破箱里总露着褴褛不堪的裙子衣服。我在窗子里看着他们吸烟谈笑，听来似乎有些是逃荒出去的，——山东那年亦是灾区之一。——有的说，买车票钱短了两毛，幸而一位有良心的老爷赏给我半块钱，不然怎能到天津去找哥哥嫂嫂，难道饿死在济南破屋子里么？又有一个女人嚷着："买票的地方挤得要死，我请巡警老爷替我买了，他却要扣我四毛钱，叫我在车上拿什么买油果子吃呢！"——"怎么回事……"忽听着有人说，火车快来了。我回头看一看，安乐椅上躺着的一位"小老爷"，戴着一副金丝眼镜，上身一件半新不旧的玄色缎马褂，脚上缎鞋头上已经破了两个小窟窿，正跷着两腿在那里看北京《顺天时报》（日本人在北京出版的报纸）上的总统（指徐世昌，曾任北洋政府总统）命令呢。我当时推门走出待车室。远看着火车头里的烟烘烘的冒着，只见一条长龙似的穿林过树的从南边来了。其时是初秋的清早，北地已经天高风紧，和蔼可亲的朝日，虽然含笑安慰我们一班行色匆匆的旅客，我却觉得寒风飕飕有些冷意，看看他们一些难民，身上穿的比我少得多，倒也不觉得怎么样冷。火车来了。我从月台桥上走过，看见有一面旗帜，写着"北京学生联合会灾区调查团"，我想他们来调查灾区，——也算是社会事业的开始。——也许有我们"往民间去"（五四爱国学生运动中提出的口号之一）的相识的同志在内。过去一看，只见几个学生，有背着照相架的，有拿着钞本簿籍的，却一个也没有相熟的。火车快开，也就不及招呼，一走上车了。

我坐的一辆车里，只五六个人。中间躺着两个人：一个是英国工头模样，一个广东女人，他的妻子，两人看来是搭浦口天津通车到天津去的。英国人和他妻子谈着广东话，我一句也不懂。停一忽儿，茶房来向他们说了几句话，意思是说，今天火车到天津了，讨几个酒钱。英国人给他一块钱。茶房嫌少，不肯接。英国人发作起来，打着很好的上海话说道："你们惯欺外国人！你可得明白，我在中国住了三十多年，什么事我不知道！为什么两个人必得给你两块钱？不要就算了。"我听得奇怪——这种现象，于中英两民族交接的实况上很有些价值，因和他攀谈攀谈，原来他也是进京，就那东城三条胡同美国人建筑医院（指协和医院）的豫王府工程处的工头之职，谈起来，他还很会说几句北京话呢。

一个坐在车里，寂寞得很，英国人又躺下睡着了。我呆呆的坐着思前想后，也很乏味，随手翻开一本陶渊明的诗集，看了几页又放下了。觉着无聊，站起来凭窗闲望。半阴半晴的天气，烟云飞舞，一片秋原，草木着霜，已经带了些微黄，田地里禾麦疏疏朗朗，显得很枯瘠似的，想起江南的风物，究竟是地理上文化上得天赋较厚呵。火车的轮机声，打断我的思潮，车里却静悄悄地，只看着窗外凄凉的天色似乎有些雨意，还有那云山草木的“天然”在我的眼前如飞似掠不断的往后退走，心上念念不已，悲凉感慨，不知怎样觉得人生孤寂得很。猛然看见路旁经过一个小村子，隐约看见一家父子母女同在茅舍门口吃早饭呢。不由得想起我与父亲远别，重逢的时节也不知道在何年何月，家道又如此，真正叫人想起我们常州诗人黄仲则（清代诗人）的名句来：“惨惨柴门风雪夜，此时有子不如无。”

这天当夜到天津，第二天就进京，行期快了。其时正是一九二〇年十月初旬光景。

二

生活也好似行程。青山绿水，本来山阴道上，应接不暇。疾风迅雷，清阴暖日，就是平平常常一时一节的心绪，也有几多自然现象的反映。何况自然现象比社会现象简单的多，离人生远得多。社会现象吞没了个性，好一似洪炉大冶，熔化锻炼千万钧的金锡，又好像长江大河，滚滚而下，旁流齐汇，泥沙毕集，任你鱼龙变化，也逃不出这河流域以外。这“生命的大流”虚涵万象，自然流转，其中各流各支，甚至于一波一浪，也在那里努力求突出的生活，因此各相搏击洴涌，转变万千，而他们——各个的分体，整个的总体——都不知道自己，不知道自己的转变在空间时间中生出什么价值。只是蒙昧的“动”，好像随“第三者”的指导，愈走愈远，无尽无穷。——如此的行程已经几千万年了。

人生在这“生命的大流”里，要求个性的自觉（意识），岂不是梦话！然而宇宙间的“活力”，那“第三者”，普遍圆满，暗地里作不动不静的造化者，人类心灵的谐和，环境的应响，证实天地间的真理。况且“他”是“活力”，不流转而流转，自然显露，不着相而着相，自然映照。他在个性之中有，社会之中亦有，非个性有，非社会有，——似乎是“第三者”而非第三者。

“生命大流”的段落，不能见的，如其能见，只有世间生死的妄执，他的流转是不断的；社会现象，仍仍相因，层层衔接，不与我们一明切的对象，人生在他中间，为他所包涵，意识（觉）的广狭不论，总在他之中，猛一看来，好像是完全汩没于他之内。——不能认识他。能认识他的，必定得暂舍个性的本位。——取第三者的地位：“生命大流”本身没有段落，可以横截他一断；社会现象不可认识，有个性的应和响；心灵的动力不可见，有环境为其征象。

在镜子里看影子，虽然不是真实的……可是真实的在那里？……

“人生都是社会现象的痕迹，社会现象都是人生反映的蜃楼。”社会吞没了一切，一切都随他自流自转。我如其以要求“突出生活”的意象想侵犯“社会”的城壁，要刻划社会现象的痕迹，要……人家或者断定我是神经过敏了。

中国社会组织，有几千年惰性化的（历史学上又谓之迟缓律）经济现象做他的基础。家族生产制，及治者阶级的寇盗（帝皇）与半治者阶级的“士”之政治统治包括尽了一部“二十四史”。中国周围的野蛮民族，侵入中国文化，使中国屡次往后退，农业生产制渐渐发达，资本流通状态渐渐迁移，刚有些眉目，必然猛又遇着游牧民族的阻滞。历史的迟缓律因此更增其效力。最近一世纪，已经久入睡乡的中国，才矇矇瞳瞳由海外灯塔上得些微光，汽船上的汽笛唤醒他的痴梦，汽车上的轮机触痛他的心肺。旧的家族生产制快打破了。旧的“士的阶级”尤其不得不破产了。畸形的社会组织，因经济基础的动摇，尤其颠危簸荡紊乱不堪。

我的诞生地，就在这颠危簸荡的社会组织中破产的“士的阶级”之一家族里。这种最畸形的社会地位，濒于破产死灭的一种病的状态，绝对和我心灵的“内的要求”相矛盾。于是痛，苦，愁，惨，与我生以俱来。我家因社会地位的根本动摇，随着时代的潮流，真正的破产了。“穷”不是偶然的，虽然因家族制的维系，亲戚相维持，也只如万丈波涛中的破船，其中名说是同舟共济的人，仅只能有牵衣悲泣的哀情，抱头痛哭的下策，谁救得谁呢？我母亲已经为“穷”所驱逐出宇宙之外，我父亲也只是这“穷”

的遗物。我的心性，在这几几乎类似游民的无产阶级（lumpen proletariat）的社会地位中，融陶铸炼成了什么样子我也不能知道。只是那垂死的家族制之苦痛，在几度的回光返照的时候，映射在我心里，影响于我生活，成一不可灭的影像，洞穿我的心胸，震颤我的肺肝，积一深沉的声浪，在这蜃楼海市的社会里；不久且穿透了万重疑网反射出一心苗的光焰来。

我幼时的环境完全在破产的大家族制度的反映里。大家族制最近的状态，先则震颤动摇，后则渐就模糊澌灭。我单就见闻所及以至于亲自参与的中国垂死的家族制度之一种社会现象而论，只看见这种过程，一天一天走得紧起来。好的呢，人人过一种枯寂无生意的生活。坏的呢，人人——家族中的分子，兄弟，父子，姑嫂，叔伯，——因经济利益的冲突，家庭维系——夫妻情爱关系——的不牢固，都面面相觑戴着孔教的假面具，背地里嫉恨怨悱诅咒毒害，无所不至。“人与人的关系”已在我心中成了一绝大的问题。人生的意义，昏昧极了。我心灵里虽有和谐的弦，弹不出和谐的调。……

我幼时虽有慈母的扶育怜爱；虽有江南风物，清山秀水，松江的鲈鱼，西乡的菘菜，为我营养；虽有豆棚瓜架草虫的天籁，晓风残月诗人的新意，怡悦我的性情；虽亦有耳鬓厮磨哝哝情话，亦即亦离的恋爱，安慰我的心灵；良朋密友，有情意的亲戚，温情厚意的抚恤，——现在都成一梦了。虽然如此呵！惨酷的社会，好像严厉的算术教授给了我一极难的天文学算题，闷闷的不能解决；我牢锁在心灵的监狱里。“内的要求”驱使我，——悲惨的环境，几乎没有把我变成冷酷不仁的“畸零之人”，——我决然忍心舍弃老父及兄弟姊妹亲友而西去了。

三

小小的院落，疏疏的闲花闲草，清早带些微霜，好像一任晓风飐拂摇移，感慨有些别意，仿佛知道，这窗中人快要离他们远去万里了。北京四年枯寂的生涯，这小小的院落容我低徊俯仰，也值得留一纪念，如今眼看别离在即，旧生涯且将告一段落，我也当有以安慰安慰这院落中的旧伴呵。可是呢。……我没离故乡之前，常州红梅阁的翠竹野花，环溪的清流禾稼，

也曾托我的奇思遐想。母亲去世，一家星散，我只身由吴而鄂，由鄂而燕。黄陂铁锁龙潭的清波皓月，也曾使我低徊留恋；以至于北京南湾子头的新柳，丝丝的纤影，几番几次拂拭我的悲怀诗思。我又何独对于这小院落中奄奄的秋花格外深情呢？“自然”向不吝啬他自己的“美”，也未必更须对我卖弄，——我只须能尽量享用，印取他的“美”意，自慰偏枯悲涩的心怀，离别便离别，一切不过“如是而已”。

我离山东回到北京之后，匆匆的整理行装，早夜疲乏，清晨起来没精打采的坐着，不知道辜负了这小院秋花的多少好意。我纯哥的家庭，融融泄泄，安闲恬静的生涯虽说不得，隐隐地森严规律的气象，点缀些花草的闲情雅意，也留我许多感想。我因远别在即，黄昏时归来就同哥嫂家常闲话，在北京整整的住了四年，虽纯哥是按“家庭的旧道德”培植扶助我，我又被“新时代的自由神”移易了心性，不能纯然坐在“旧”的监狱里，或者有和他反背的意见，——纯哥当初竭力反对我到俄国去，以为自趋绝地，我却不是为生乃是为死而走，论点根本不同，也就不肯屈从，——到现在一切都已决定，纯哥亦就不说什么，勉励我到俄国后专门研究学问，不要半途而辍。兄弟的情分，平常时很觉泛泛，如今却又有些难舍。——人生生活的剧烈变更，每每使心理现象，出于常规，向一方面特别发展。我去国未决定以前，理智强烈，已决定后，情感舒展伸长，这一时期中总觉得低徊感慨之不尽。然而走得已决定走的了。我这次“去国”的意义，差不多同“出世”一样，一切琐琐屑屑“世间”的事，都得作一小结束，得略略从头至尾整理一番。哥嫂的谈话，在家事上也帮助我不少。

应整顿的事繁琐得很。母亲死时遗下的债务须得暂时有个交托，——破产的“士的阶级”大半生活筑在债台上，又得保持旧的“体面”，不让说是无赖呵！——旧时诗古文词稿，虽则已经视如敝屣，父亲却要他做个纪念，须得整理出来；幼时的小伴，阔别已经好几年，远在江南，不能握别，须得写封信告辞。总之当时就知道俄国远处万里，交通梗塞，而且我想一去不知道甚时才能回来（生命于我无所重轻），暂时须得像永告诀别似的，完一番“人间的”手续。于是抽出这几天晚上整理整理。

儿时的旧伴，都已星散了，谁还管得谁？然而我写信时，使我忆及我一少寡的表姊。他现在只他一人同一遗腹子孤苦伶仃的住在母家，我姑母

受儿媳的供养已是很为难，何尝能好好周顾到他呢。姑母家是地主，然而生活程度随着渐渐欧化的城市生活增高，农业生产，却因不能把他随着生活程度增高的雇工价值核计，不会处置变态中的农地生产资本，而且新由大家族经济变成个人经济，顿然现出濒于破产的现象。于是我表姊的寄生中之寄生生涯，精神苦痛不可言喻。还有一个表姊，从小没有母亲，和我一处长大的，他家亦是破产的“士的阶级”，丈夫是小学教员，儿女非常的多，非但自己创不起小家庭，还非得遵从家庭经济的原则，所谓仰事俯蓄，艰难得很。我表姊感着“中国妇女的痛苦”，每每对于生活起疑问。他又何尝能解决他呢？

夜深人静，灯光黯黯的笼罩着人的愁思。晚风挟着寒意，时时到窗隙里来探刺。握着笔要写又写不下去：旧话重提有什么意味？生活困难，心绪恶劣，要想得亲近人的慰藉，这也是人情，可是从何说起！亲人的空言虽比仇人的礼物好，究竟无益于事。况且我的亲友各有自己阶级的人生观，照实说来，又恐话不投机，徒然枉费。中国的社会生活，好像朦胧晓梦，模糊得很。人人只知道“时乖命蹇”，那知生活的帐子里有巨大的毒虫以至于蚊蚋，争相吸取他们的精血呢？大千世界生命的疑问不必提起。各人吃饭问题的背后，都有世界经济现象映着——好像一巨大的魔鬼尽着在他们所加上去的正数旁边画负号呢。他们怎能明白！我又怎能一一的与以慰藉！几封诀别的信总算写完了。

我记得，我过天津的时候，到亲戚家去，主人是我世交，又是我表姊丈。他们知道我有远行，开瓶白兰地酒痛饮半宵。我这位表姊，本是家乡的名美人，现在他饱经世变，家庭生活的苦痛已经如狂风骤雨扫净了春意。那天酒酣耳热，大家吃着茶对着烟灯谈话。表姊丈指着烟盘道：“我一月赚着五六十块钱，这东西倒要去掉我六十元。你看怎么过？”表姊道：“他先前行医也还赚几个额外的钱。他却懒得什么似的，爱去不去，生意怎么能好？铁路局里面的事情，还是好容易靠着我们常州‘大好老’（这是常州话，指京里的大官说的）的面子弄着的，他也是一天去，两天不去。事情弄掉了，看怎么样！……”他女儿丰儿忽然插话对我说道：“双舅舅，双舅舅。你同我上北京去罢？去看三姨，三姨上次来我家里，和娘娘谈天，后来不知道怎么还淌眼泪来呢。……”茶已经吃完了，烟也抽了不少了。我

的醉意也渐渐醒了。……那天从他们家里回客栈，不知怎么，天津的街市也似乎格外凄凉似的。……

我记得，北京西城一小公寓，短短的土墙，纸糊的窗格，院子里乱砌着鸡冠凤仙花，一见着就觉得一种极勉强极勉强的城市生活的光景。我那天去看亲戚，进了他的屋子，什物虽收拾得整整齐齐，地方究竟太窄些。我告诉了我这表舅母快要到俄国去的话。他道：“这样亦好。你母亲一世愁穷，可惜等你学好了本事，他再也看不见了。”我道：“这也罢了！我是很爱学的。穷迫得紧，几几乎没有饿死，学不成学得成又是一事。一点希望本只在自己。第一次从常州出门求学，亏得你当了当头借给我川资。这次出去求学，也刚巧借着了钱。究竟穷是什么事，暂且不放他在心上。……”我去国的志愿究竟在什么地方，不能表示出来，现在中国社会思想，截然分了两个世界，新旧的了解是不可能的。——表舅母接着问道：“你在天津看你二表姊去没有？他姑爷还吸鸦片么？”我道：“怎么不吸？”他叹道：“像我们这样丝毫没有的人家也不用说了。他们这般公子少爷，有了财产拼命浪费；——也难怪他，他父亲不会教训，和儿子是一样的货。‘有’的时候，不知道上进。现在‘没’了，看怎么样。他却还吸烟！现今还比得从前吗？……像你表舅，从小没钱求学。现在一家两口，东飘西走，一月进款三四十元，够什么！这个那个小机关上的小官员，如此景况的人成千成万。现在的世界，真不知道是什么世界！……”接着又问道：“三小姐到京了，你去看他没有？”我说我看见过了。他道：“三小姐这桩亲事，真正……小孩子时候就定亲许人家，最坏事。幸而他们夫妻还亲爱。不过姑爷中文都不大好，又不能做什么事，生计是……将来很艰难啊。……”

我记得，我心灵里清纯洁白一点爱性，已经经过悱恻缠绵的一番锻炼。如今好像残秋垂柳，着了严霜，奄奄地没有什么生意了。枯寂的生活，别有安闲的乐趣。然而外界偶然又有感触，即使一片云影，几朵落花，也能震动我的心神。我的心神现在虽已在别一个世界，依旧是……何况，这又和旧时代的精神密切相关，是旧社会生活的遗迹，感动了我别方面的感慨，更深了我的“人与人之关系”的疑问呢？……这一天，我看三妹去，他说：“我刚从南边来，你又要到北边去了！……我一个人离母家这样远，此地好像另一世界似的。满北京只有一两个熟人。西城的你的表舅母，却到我这

里来过了，你近来看见他没有？他是我们家乡旧时的熟人。我总盼望他来谈谈话。……冷静得教人烦闷。家里母亲大姊不知道怎样？他（指他的新婿而言）又懒，我又不会写信，你替我写封信给你姑母和天津的二姊罢。……你几时动身到俄国去，俄国离中国有多远，在什么地方呢？……”我答道：“我大概一两礼拜后就走。你有空到纯哥那里看看，明后天我在家。……信，容易得很，我写就是了。我在天津，看见二姊，丰儿要想到北京来看你呢。呀！时光过得真快，丰儿都这样大了。我们一别，不是四五年了么？现在又得分手，人生还不是驿站似的。……”半晌大家不言语。我无意的说道：“妹婿要能在什么衙门或是银行找个事情才好，三妹，你看怎么样？”他道：“自然呢！不过我也不知道要怎样托托人情才行。我真为难，我还不过是一个小孩子，现在样样事要担些斤量，怎么样好？”我答道：“不要紧，事情慢慢的找就是了，一切不知道的，你可以去问问纯哥纯嫂。”——做新妇的时代，是中国妇女一生一世的紧要关头。——“你的小叔子，小姑娘还算是好的。”他道：“也就这样罢了。想起我们那时在环溪，乡下地方，成天的一块儿玩，什么亦不管……”我这天去看他，本想早些回家，不知不觉谈到黄昏时候。北京城南本来荒僻，我从他那里回家到东城，路却不少。出了他们大门，正是秋夜时分，龙泉寺边的深林丛树时时送出秋声，一阵一阵萧萧的大有雨意，也似催人离别。满天黑云如墨，只听得地上半枯的秋草，飕飕作响。那条街上，人差不多已经静了，只有一星两星洋车上的车灯，远远近近的晃着。远看正阳门畔三四层的高洋房，电光雪亮的耀着……

过去的留恋，心理现象情绪中的自然状态，影响于人的个性却也不少。况且旧社会一幅一幅的画呈显于吾人之前，又是我们所要解决的社会问题的对象。个性的突变没有不受社会环境的反映的。可是呢，“过去的留恋”呵，你究竟和我的将来有什么印象，可以在心灵里占一不上不下的位置呢？我现在是万缘俱寂，一心另有归向了。一挥手，决然就走！

四

二十世纪的开始，是我诞生的时候，正是中国史上的新纪元。中国香甜安逸的春梦渐渐惊醒过来，一看已是日上三竿，还懒懒的朦胧双眼欠伸着不肯起来呢。从我七八岁时，中国社会已经大大的震颠动摇之后，那疾然翻覆变更的倾向，已是猛不可当，非常之时显了。幼年的社会生活受这影响不小，我已不是完全中国文化的产物；更加以经济生活的揉挪，万千变化都在此中融化，我不过此中一份而已。

二十年来思想激变，一九一一年的革命证明中国旧社会的破产。可惜，因中国五十年的殖民地化使中国资产阶级抑压他的内力，游民的无产阶级大显其功能，成就了那革命后中国社会畸形的变态。资产阶级“自由平等”的革命，只赚着一舆台奴婢匪徒寇盗的独裁制。“自由”“平等”“民权”的口头禅，在大多数社会思想里，即使不生复古的反动思潮，也就为人所厌闻，—— 一激而成厌世的人生观：或是有托而逃，寻较远于政治科学的安顿心灵所在，或是竟顺流忘返，成绮语淫话的烂小说生涯。所以当我受欧化的中学教育时候，正值江南文学思想破产的机会。所谓“欧化”——死的科学教育——敌不过现实的政治恶象的激刺，流动的文学思潮的堕落。我江苏第五中学的同学，扬州任氏兄弟及宜兴吴炳文都和我处同样的环境，大家不期然而然同时“名士化”，始而研究诗古文词，继而讨究经籍；大家还以“性灵”相尚，友谊的结合无形之中得一种旁面的训育。然而当时是和社会隔离的。后来我因母亲去世，家庭消灭，跳出去社会里营生，更发见了无量无数的“？”。和我的好友都分散了。来一穷乡僻壤，无锡乡村里，当国民学校校长，精神上判了无期徒刑。所以当时虽然正是袁世凯做皇帝梦的时候，政治思想绝对不动我的心怀。思想复古，人生观只在于“避世”。

唯心的厌世梦是做不长的。经济生活的要求使我寻扬子江而西。旧游的瓜洲，恶化的秦淮，长河的落日，皖赣的江树，和着茫无涯涘的波光，沉着浑噩的波声，渗洗我的心性，舒畅我的郁积，到武昌寻着了纯哥，饥渴似的智识欲又有一线可以充足的希望。——饭碗问题间接的解决法。同时却又到黄陂会见表兄周均量，诗词的研究更深入一层；他能辅助我的，不但在此，政治问题也渐渐由他而入我们的谈资。然而他一方面引起我旧时研究佛学的兴趣，又把那社会问题的政治解决那一点萌芽折了。这三四个月的旅行，经济生活的要求虽丝毫没有满足，而心灵上却渐渐得一安顿

的“境界”。从此别了均量又到北京，抱着入大学研究的目的。当时家庭已经破碎，别无牵挂，——直到如今；——然而东奔西走，像盲蝇乱投要求生活的出路，而不知道自己是破产的“士的阶级”社会中之一社会现象呵！

从入北京到五四运动之前，共三年，是我最枯寂的生涯。友朋的交际可以说绝对的断绝。北京城里新官僚“民国”的生活使我受一重大的痛苦激刺。厌世观的哲学思想随着我这三年研究哲学的程度而增高。然而这“厌世观”已经和我以前的“避世观”不相同。渐渐的心灵现象起了变化。因研究国故感受兴趣，而有就今文学再生而为整理国故的志向；因研究佛学试解人生问题，而有就菩萨行（以佛教思想为准则的行为）而为佛教人间化的愿心。这虽是大言不惭的空愿，然而却足以说明我当时孤独生活中的“二元的人生观”。一部分的生活经营我“世间的”责任，为自立生计的预备；一部分的生活努力于“出世间”的功德，做以文化救中国的功夫。我的进俄文专修馆，而同时为哲学研究不辍，一天工作十一小时以上的刻苦生涯，就是这种人生观的表现。当时一切社会生活都在我心灵之外。学俄文是为吃饭的，然而当时吃的饭是我堂阿哥的，不是我的。这寄生生涯，已经时时重新触动我社会问题的疑问——“人与人之关系的疑问”。

菩萨行的人生观，无常的社会观渐渐指导我一光明的路。五四运动陡然爆发，我于是卷入旋涡。孤寂的生活打破了。最初北京社会服务会的同志：我叔叔瞿菊农，温州郑振铎，上海耿济之，湖州张昭德（后两位是我俄文馆的同学），都和我一样，抱着不可思议的“热烈”参与学生运动。我们处于社会生活之中，还只知道社会中了无名毒症，不知道怎么样医治，——学生运动的意义是如此，——单由自己的体验，那不安的感觉再也藏不住了。有“变”的要求，就突然爆发，暂且先与社会以一震惊的激刺，——克鲁扑德金（今译克鲁泡特金，俄国无政府主义思想家）说：一次暴动胜于数千百万册书报。同时经八九年中国社会现象的反动，《新青年》《新潮》所表现的思潮变动，趁着学生运动中社会心理的倾向，起翻天的巨浪，摇荡全中国。当时爱国运动的意义，绝不能望文生义的去解释他。中国民族几十年受剥削，到今日才感受殖民地化的况味。帝国主义压迫的切骨的痛苦，触醒了空泛的民主主义的噩梦。学生运动的引子，山东问题，本来就包括在这里。工业先进国的现代问题是资本主义，在殖民地上就是

帝国主义，所以学生运动倏然一变而倾向于社会主义，就是这个原因。况且家族农业经济破产，旧社会组织失了他的根据地，于是社会问题更复杂了。从孔教问题，妇女问题一直到劳动问题，社会改造问题；从文字上的文学问题一直到人生观的哲学问题；都在这一时期兴起，萦绕着新时代的中国社会思想。

我和菊农，振铎，济之等同志组织《新社会》旬刊。于是我的思想第一次与社会生活接触。而且学生运动中所受的一番社会的教训，使我更明白“社会”的意义。社会主义的讨论，常常引起我们无限的兴味。然而究竟如俄国十九世纪四十年代的青年思想似的，模糊影响，隔着纱窗看晓雾，社会主义流派，社会主义意义都是纷乱，不十分清晰的。正如久壅的水闸，一旦开放，旁流杂出，虽是喷沫鸣溅，究不曾自定出流的方向。其时一般的社会思想大半都是如此。我以研究哲学的积习，根本疑及当时社会思想的“思想方法”。所以我曾说：“现在大家，你说我主张过激，我说你太不彻底，都是枉然的……究竟每一件东西，既是我们的研究对象，就得认个清楚；主观客观的混淆，使你一百年也不能解决一个小小的问题。……”虽然如此，我们中当时固然没有真正的“社会党”，然而中国政府，旧派的垂死的死神，见着“外国的货色”——“社会”两个字，就吓得头晕眼花，一概认为“过激派”，“布尔塞维克”，“洪水猛兽”——于是我们的《新社会》就被警察厅封闭了。这也是一种奇异现象，社会思想的变态：一方面走得极前，一方面落得极后。

此后北京青年思想，渐渐的转移，趋重于哲学方面，人生观方面。也像俄国新思想运动中的烦闷时代似的，“烦闷究竟是什么？不知道。”于是我们组织一月刊《人道》（Humanité）。《人道》和《新社会》的倾向已经不大相同。——要求社会问题唯心的解决。振铎的倾向最明了，我的辩论也就不足为重；唯物观的意义反正当时大家都不懂得。《人道》的产生不久，我就离中国，入饿乡，秉着刻苦的人生观，求满足我“内的要求”去了。

五

中国社会思想到如今，已是一大变动的时候。一般青年都是栖栖皇皇

寝食不安的样子，究竟为什么？无非是社会生活不安的反动。反动初起的时候，群流并进，集中于“旧”思想学术制度，作勇猛的攻击。等到代表“旧”的势力宣告无战争力的时期，“新”派思想之中，因潜伏的矛盾点——历史上学术思想的渊源，地理上文化交流之法则——渐渐发现出来，于是思潮的趋向就不像当初那样简单了。政治上：虽经过了十年前的一次革命，成立了一个括弧内的“民国”，而德谟克拉西（Ladémocratie）一个字到十年后再发现。西欧已成重新估定价值的问题，中国却还很新鲜，人人乐道，津津有味。这是一方面。另一方面呢，根据于中国历史上的无政府状态的统治之意义，与现存的非集权的暴政之反动，又激起一种思想，迎受“社会主义”的学说，其实带着无政府主义的色彩——如托尔斯泰派之宣传等。或者更进一步，简直声言无政府主义。于是“德谟克拉西”和“社会主义”有时相攻击，有时相调和。实际上这两个字的意义，在现在中国学术界里自有他们特别的解释，并没有与现代术语——欧美思想界之所谓德谟克拉西，所谓社会主义——相同之点。由科学的术语上看来，中国社会思想虽确有进步，还没有免掉模糊影响的弊病。经济上虽已和西欧物质文明接触了五六十年，实际上已遵殖民地化的经济原则成了一变态的经济现象，却还想抄欧洲工业革命的老文章，提倡“振兴实业利用外资”。——这是中了美国资本家新式侵略政策的骗，及听了罗素偶然的一句“中国应当振兴实业”的话，所起的一种很奇怪的“社会主义”的反动。当然又因社会主义渐落实际的运动，稍稍显露一点威权，而起一派调和的论调，崇拜“德国式”妥协的革命，或主张社会政策。——这又是一种所谓“社会主义”。两派于中国经济上最痛切的外国帝国主义，或者是忘记了，或者是简直不能解决而置之不谈，却还尽在经济问题上打磨旋。学术上：二十余年和欧美文化相接，科学早已编入国立学校的教科书内，却直到如今，才有人认真聘请赛先生（陈独秀先生称科学为 Mr. Science）到古旧的东方国来。同时“中国的印度文化”再生，托尔斯泰等崇拜东方文化说盛传，欧美大战后思想破产而向东方呼吁，重新引动了中国人的傲慢心。“西方文化与东方文化”，居然成了中国新思潮中的问题。于是这样两相矛盾的倾向，各自站在不明了的地位上，一会儿相攻击，一会儿相调和，不论政治上，经济上，学术上的思潮都没有明确的意义，只见乱哄哄的报章，杂

志，丛书的广告运动，—— 一步一步前进的现象却不能否认，——而思想紊乱摇荡不定，也无可讳言。

我和诸同志当时也是飘流震荡于这种狂涛骇浪之中。

我呢？以整顿思想方法入手，真诚的去“人我见”以至于“法我见”（“人我见”、“法我见”，皆佛家语。意思指对“我”的执着），当时已经略略领会得唯实的人生观及宇宙观。我成就了我世间的“唯物主义”。决然想探一探险，求实际的结论，在某一范围内的真实智识，——这不是为我的，——智识和思想不是私有权所能限制的。况且我幼时社会生活的环境，使我不期然而然成一“斯笃矣派”（Stoiciste），日常生活刻苦惯的，饮食起居一切都只求简单节欲。这虽或是我个人畸形的发展，却成就了我入俄的志愿——担一份中国再生时代思想发展的责任。

“思想不能尽是这样紊乱下去的。我们对社会虽无责任可负，对我们自己心灵的要求，是负绝对的责任的。唯实的理论在人类生活的各方面安排了几千万年的基础。——用不着我和你们辩论。我们各自照着自己能力的限度，适应自己心灵的要求，破弃一切去着手进行。……清管异之称伯夷叔齐的首阳山为饿乡，——他们实际心理上的要求之实力，胜过他爱吃‘周粟’的经济欲望。——我现在有了我的饿乡了，——苏维埃俄国。俄国怎样没有吃，没有穿……饥，寒……暂且不管……他始终是世界第一个社会革命的国家，世界革命的中心点，东西文化的接触地。我暂且不问手段如何，——不能当《晨报》新闻记者而用新闻记者的名义去，虽没有能力，还要勉强；不可当《晨报》新闻记者，而竟承受新闻记者的责任，虽在不能确定的思潮中《晨报》，而想挽定思潮，也算冒昧极了，——而认定‘思想之无私有’，我已经决定走的了。……现在一切都已预备妥帖，明天就动身……诸位同志各自勉励努力前进呵！”这是一九二〇年十月十五日晚十一二点钟的时候，我刚从北京饭店优林（Urin，远东共和国代表）处签了护照回来，和当日送我的几位同志——耿济之，瞿菊农，郑振铎，郭绍虞，郭梦良，郭叔奇——说的话。

十月十六日一早到北京东车站，我纯哥及几位亲戚兄弟送我，还有几位同志，都来和我作最后的诀别。天气很好，清风朗日，映着我不可思议的情感，触目都成异象。……握手言别，亲友送我，各人对我的感想怎样，我不知道；我对于各人自有一种奇感。……“我三妹，他新嫁到北京，处一奇异危险的环境，将来怎么样？我最亲密最新的知己，郭叔奇，还陷在俄文馆的思想监狱里？——我去后他们不更孤寂了么？……”断断续续的思潮，转辗不已。一声汽笛，忽然吹断了我和中国社会的万种“尘缘”。从此远别了！

天津重过。又到我二表姊处去告别。张昭德及江苏第五中学同学吴炳文，张太来三位同志都在天津，晚间抵足长谈，作我中国社会生活最后的回忆。天津的“欧化的都市文明”：电车汽车的吵闹声，旅馆里酒馆里新官僚挥拳麻雀声，时时引入我们的谈资，留我对于中国社会生活最后的印象。……

十八日早，接到振铎，菊农，济之送别的信和诗：

追寄秋白宗武颂华

民国九年十月十六日同至京奉车站送秋白，颂华，宗武赴俄，归时饮于茶楼，怅然有感，书此追寄三兄。

济之，振铎。

汽笛一声声催着，
车轮慢慢的转着。
你们走了——
走向红光里去了！
新世界的生活，
我们羡慕你们受着。

但是……
笛声把我们的心吹碎了，
我们的心随着车轮转了！

松柏依旧青着，
秋花依旧笑着，
燕都景色，几时再得重游？

冰雪之区——经过，
“自由”之国——到了。
别离——几时？
相隔——万里！
鱼雁呀！
你们能把我们心事带着去么？

汽笛一声声催着，
车轮慢慢的转着。
笛声把我们的心吹碎了，
我们的心随着车轮转了！

九，十，十六，晚十时。

追寄颂华宗武二兄暨秋白侄

菊　农

回头一望；悲惨惨的生活，乌沉沉的社会，
——你们却走了！
走了也好，走了也好。
只是盼望你们多回几次头，
看看在这黑甜乡酣睡的同人，究竟怎样。

要做蜜蜂儿，采花酿蜜。
不要做邮差，只来回送两封信儿。

泰戈尔道：“变易是生活的本质。”
柏格森说，宇宙万物都是创造，
——时时刻刻的创造。

你们回来的时候，
希望你们改变，创造。

我们虽和你们小别，
　只是我信：
我们仍然在宇宙的大调和，
普遍的精神生活中
和谐——合一……

我没有什么牵挂，

不知，你们有牵挂也不？

我因复信，并附以诗，引我许多自然和乐的感想。——他日归来相见，这也是一种纪念。信和诗如下：

“Humanité”鉴：

我们今天晚车赴奉，从此越走越远了。越走越远，面前黑魆魆地里透出一线光明来欢迎我们，我们配受欢迎吗？诸位想想看！我们却只是决心要随“自然”前进。——不创造自创造！不和一自和一！

你们送我们的诗已经接到了，谢谢！……

菊农叔呀！“采得百花成蜜后，为谁辛苦为谁甜???”

我们此行的意义，就在这几个问题号里。

流血的惨剧，歌舞的盛会，我们都将含笑雍容的去参予。你们以如何？……附诗。

秋白。一九二〇年十月十八日。

去国答《人道》

秋　白

来去无牵挂，
来去无牵挂！……
说什么创造，变易？
只不过做邮差。

辛辛苦苦，苦苦辛辛，
几回频转轴轳车。
驱策我，有“宇宙的意志”。
欢迎我，有“自然的和谐”。
若说是——
采花酿蜜：
蜂蜜成时百花谢，
再回头，灿烂云华。

天津倚装作。

当日复信寄出之后，晚上就别了炳文，太来，昭德，上京奉车。同行的有俞颂华，李宗武。当时我们还不知道往俄国去的路通不通。“中华民国”驻莫斯科总领事陈广平，同着副领事刘雯，随习领事郑炎，恰巧也是这时候“启节”，我们因和他们结伴同行。预备先到哈尔滨再看光景。

其时通俄国的道路：一条是恰克图，一条是满洲里。走恰克图须乘张库汽车。直皖战争后，小徐（皖系军阀头目）办的汽车已经分赃分掉了。其余商办的也没有开。至于满洲里方面，谢美诺夫（白俄自卫军头目）与远东革命军正在酣战，我们却不知道，优林的秘书曾告诉我，如其能和总领事同行，专车可以由哈直达赤塔。我们信了他的话，因和领事结伴同走。

当天在天津上车，已是晚上十一二点钟光景。我同宗武和颂华说：“现在离中国了，明天到满洲，不知道究竟什么时候才能到‘赤都’（莫斯科）呢？……我们从今须暂别中国社会，暂离中国思想界了。今天我复菊农的诗，你们看见没有？却可留着为今年今月今日中国思想界一部分的陈迹……”车开了，人亦慢慢的睡静了。瞿秋白渐渐的离中国——出山海关去了。

六

十九日晨醒过来，火车刚走近山海关。远望一角海岸，白沙青浪映着朝日，云烟缭绕，好似拥出一片亚洲大陆的朝气。傍晚时到奉天（今沈阳），车站上一片嘈杂的声音。行李搬出车子之后，却看不见一个中国脚夫。对面望着大和饭店雪亮的电光，传出些丁丁当当的刀叉声，好不热闹。我们等了半天，才来了一个日本人，好容易找着了脚夫，把行李搬到站里。宗武寄在行李车的一件行李却又失了。我赶紧又同了他到外面去找。等到找着，回到大和吃饭，其时颂华已经吃完了，时候也不早了，我们匆匆忙忙吃了些面包，赶去结好行李，来一位日本西崽一手包办，料理我们上了南满车。—— 一路车上职员完全是日本人。此行幸亏颂华懂得日本话，不然又得多许多麻烦。——上车之后已经很疲乏。倒头便睡了。

我现在已入满洲，出中国；仿佛记得中学地理教科书上写着，这满洲三省还是中国领土，为什么一出山海关到了奉天站，——他那繁华壮丽的气象，与北京天津不相上下，——却已经另一世界似的，好像自己已经到了日本国境以内呢？……也许奉天现在已经割给日本了！然而原住奉天的许多中国劳动人民，想必一时还没有来得及死尽，怎么奉天站连中国脚夫都很少很少呢？原来日本铁道车站上的中国苦力，他们劳作也受“日本的”节制的。帝国主义的况味，原来是这样！

二十日一早到长春车站。走出车站一看，已经萧然天地变色，确似严冬气象了。车站前一片大旷场，四围寒林萧瑟，晓霜犹凝，飕飕的西北风

吹着落叶扫地作响，告诉我们“已经到了北国寒乡了”。天色阴沉沉的竟有雪意。车站门外停着好几辆俄国式马车，马夫也有俄国人，头上已戴油腻不堪的皮帽；风吹他帽上丝丝的毛乱动，时时掩拂他的长眉毛，越显得那俄国式的面貌愁惨。我们先又到大和饭店吃了点心。回到车站上，要换车上哈尔滨去。从长春以北就是中东铁路。——其时形式上已经收归中国管理。车上一切职员却还大半是俄国人——西伯利亚的那种所谓中流社会，或是真正的“俄国的乡下人”（Russky mujik）。车站虽然很大，比着日本的奉天车站气象大不相同。污秽杂乱，还不及江苏横林洛社的小车站整齐。

我们一到车站，有一俄国人要替我们买票，不知怎样又多算了几块钱去，好容易弄清楚，买好票上车，中东铁路的车身非常宽大，可是三等车简陋得很。我先走进三等车一看，横七竖八，俄国人也有拖男带女，背着大麻包袋的；满地纸烟头痰沫；还有一股臭味。后来走进二等车——那天只有两辆——里面简直没有人坐，我们一进去，就有一俄国管车的来开了两间车房。——我当时一看，二等车原底子装修得很讲究，而且是单间的，我以为三等车和二等差得太远了。然而进去坐下一细瞧，椅子上灰尘足有半寸厚，窗子，窗帘，小桌子，没一处不是破敝败落的。车子开动了，车里摇晃颠簸得很厉害，两天行旅已觉得疲乏，一晃就睡着了。

将到哈尔滨时，车上又来了一位警察，谈起来才知道，其时中东铁路警察，总算是换了中国人；日本护路警察却还强和中国警察同驻路旁，双方不时起些小冲突，好不麻烦。他又说他是驻哈尔滨的，此次出差到沿路小站走了一趟，又赔了些钱。他说起哈尔滨生活程度怎样高，一个月的薪水也不够浇裹（浇指饮食，裹指衣着），后来我问他哈尔滨离车站近的有什么客栈。他就说了一个福顺栈，并说那栈不错。

车到哈尔滨站，已是晚上八九点光景。趁了一乘马车就往福顺栈来。一出车站，寒风凛冽，竟已是严冬气候。到了客栈一看。糟不可言。其中有两种房间，一种是一大敞门，上上下下横排着许多炕，来往小客商都住在那里，——所以一走进客栈，就闻得一种臭不可当的“北边人”气味。还有一种是单间的，一间可住四个人，三个人不等，每天五角钱宿费。房里就只四张铺一张板桌，凳子都没有，窗子是不能开的，空气坏极。我们要住下，就只能包了他一间房，每天二块钱。颂华当时看了又贵又不好，

主张换地方；然而时候已是不早，只能住了，明天再想法搬到别处去。我当夜又到车站取行李。(哈尔滨车站已纯是俄国式，三等待车室里，横七竖八的行李，满地泥水，头二等待车室里还供着希腊教的神像。）晚上一点钟，才把各事料理清楚，睡下。可怜，可笑，“我们”这样“文明化的”中国人，一入真正的中国生活，就着实觉得受不了；而且半欧化的俄国文明也使我们骇怪：“原来‘西洋人’也有这样的。”

我们初到哈尔滨，本预备至多只住一礼拜。这一礼拜中必须打听好，前途怎样进行。因此我就主张暂住五六天光景的事情，就是福顺栈也可以将就。颂华那时却还想搬。不过一时找不着房子，只得罢了。于是将就找着两张板凳，房间里的闲人，却想法子请他们出去，决定包下一间，就此住下。黯黯的一盏电灯，密不通风的大窗子，一张桌子两张凳，四张板铺——我和宗武，颂华各占一张，一张放行李，满屋子，桌子上凳子上床上，堆着报纸杂志笔墨纸砚，脸盆，牙刷，高高低低像乱山似的——这就是我们哈尔滨寓所的一幅景象。天天早晚还得出去吃饭，买东西，打听消息。

从天津到哈尔滨，走过三国的铁路，似乎经过了三国的边界：奉天是中日相混，长春哈尔滨又是中俄日三国的复版彩画。哈尔滨简直一大半是俄国化的生活了。

七

初到哈尔滨的时候，还只听见一种谣言，说谢美诺夫横梗在满洲里赤塔之间，火车不通，只有专车能经过。我连日买俄文报看，起先消息还不清楚，后来过了不多几日，谢军和赤塔民军剧烈冲突的消息盛传，赤塔满洲里中间桥梁也已经毁坏了。天天去看陈总领事，他也迟迟无行意。于是才知道没有快走的希望。目的地还没达到，中途又生阻梗，实在很烦闷。三人之中不时发生退回北京的提议。哈尔滨生活程度异常之高，一间房二块钱一天，一顿饭——很坏很坏的—— 一元几角钱，我们三人一天至少五六元花费。看看天气又冷，天天坐在层冰严结的水晶宫里——窗子上的冰，一天一天厚起来，难得一天天气好，化得开的，——也是无聊的很。然而

我们抱着坚决的意志，本当百折不回，商量又商量，决计静候时局，再定行止。

幸而不久就得到赤军占领赤塔的消息，听说远东共和国临时政府成立，满洲里方面战事虽还正在胜负未分之际，于我们却已有一些希望。因此大家也渐渐定心了。可是天天打听消息，延宕又延宕，一瞬已是十一月中旬。我们在哈尔滨居然住了这许多时—— 一直到再动身北进足有五十多天，——也正出始料之外。然而哈尔滨一游，恰可当“游俄”的绪言，我且略记当时的感想。

哈尔滨久已是俄国人的商埠，中国和俄国的商业显然分出两个区域。道里道外市面大不相同。道外是中国人的，道里是俄国人的。我们到哈尔滨时，俄商埠已经归中国官厅管理。道里也已设中国警察局。其余一切市政，俄国援向例组织市政会参与行政的。欧战后俄国商业一天凋零一天，市面差不多移到道外去了。日本人趁此机会努力经营，道里的市面几乎被他占了一半。俄国市面，从革命后新旧党争，常常纷扰，俄卢布纸币（帝国时代的）跌落得不成样子，日本金票骤起夺他的市面。以前哈尔滨商场向以俄卢布为单位，现在卢布跌落，日本金票几有取而代之之势，幸而中国银行（哈尔滨）钞票有信用，居然变成中国银元的单位，哈尔滨中交银行且发辅币票，新铜元，概为十进制度，很整齐不紊乱。所以当时中国人的经济势力还算站得住。然而其时中东铁路正在所谓国际管理与移归中国争论不决的时候，中东铁路关系哈尔滨甚大。——俄国人已完全失其经济上的威权，况且劳农及远东两政府屡次声明要归还中国，事实上俄国人在哈的经济权已经早就打破了一大半，中东路权的转移就足以证明，——可是日本人却趁此机会想取得中东路，日本人若得中东，哈尔滨就快变为日本的殖民地了。

我们从奉天到哈尔滨沿路触目惊心，都是日本人侵略政策的痕迹，日本连年经略西伯利亚，干涉俄国内政，扰乱珲春治安，其志不小，竭力想吞并满蒙西伯利亚，这一问题还不知道什么时候才解决呵。我们常和哈尔滨人谈起，凡当地红胡子出没的所在，差不多总有日本人的踪迹。

哈尔滨市面上居然也有日本警察。俄国势力倒了——旧俄帝国已死——日本却又来了。我们有时街上闲走，常常听说中国人欺侮俄国落伍

兵士警察，日本警察就来干涉。哈尔滨有日本商品陈列所，日本报馆，杂志，对于哈尔滨市政，调查得比中国人俄国人都清楚。我们还到过一日本客栈，颂华和那客栈主人谈话，我在旁看着：那客栈主人——老妇的脸上，一丝一丝皱纹里却寻不出什么帝国主义的光线出来。妓馆饭馆，日本人开的也尽有，日人的经商确是精明，而且待顾客很和气，只有颂华有一次去看一日本新闻记者，和他谈起中东路问题，他却大显其狡猾的形容语气，——俄国人说：这些都是世界资产阶级的仆御，诚然不错。我们每天在小馆子吃饭，饭馆主人和我们也熟了，我因问他“为什么哈尔滨饭食这样贵”他说：“呵！不用说。哈尔滨什么都贵。日本货便宜些。我们吃的米都是东京米，呵！贵得很！怎么比得我们山东。更不必说你们南边了。……”原来南满横梗在中间，中国货物经过该路，花的运费非常之大，所以竞争不过日货。于是日货就充牣哈尔滨了。中国人所得苟延残喘的一点经济势力未必见得保得住呵！况且中国人的商业全靠几家火磨（面粉厂），当地的出产如豆，麦，油等，自从俄国断了通商关系之后，销路日隘，往南运去又非得经日本的南满铁路不可。如若中国不赶紧和远东恢复通商，结一经济同盟，其势决敌不过日本的帝国主义的。

中国人在哈尔滨经商的大半是奉天人山东人，多数是小商人。湖北人，宁波人也有，湖北人剃头的居多，宁波人是做西装裁缝或皮鞋的小手工艺。那地的中国人生活，上等人是半俄国化的，——很有些俄国洋行的西崽出身立致巨富的，现在还住着几层高的洋房，娶的俄国媳妇，其余就是北京去的官僚，奉天黑龙江去的武夫。下等人大半是纯粹北方式的生活。中国苦力大半是铁路工人，也有些组织，住的地方叫三十六棚。其余工人，佣工者大概生活还不十分艰难。其地工价非常之高—— 一半是俄国工会的功劳。我曾到邮政局去调查，据说每月中国山东直隶等省小工寄回去的钱，总数总在一万元以上。——也足见那工人生活勤俭能储蓄了。那地方南边人非常之少。那天我们同到一小饭馆吃饭，忽然听着苏州话，问起来，才知道只有这一家。灰色的中国人生活到哈尔滨更变成黑色的了。哈尔滨生活尤其有沉默静止的特征。全哈中国学校不过三四处，报馆更其大笑话。其中只有《国际协报》好些，我曾见他的主笔张复生，谈起哈尔滨的文化来，据他说，哈尔滨总共识字的人就不多；当真，全哈书铺，买不出一本

整本的《庄子》，新书新杂志是少到极点了。上等人中只有市侩官僚，俄国化的商铺伙计。上上下下都能讲几句“洋泾浜”的俄国话——哈尔滨人叫做毛子话。然而他们下等社会静止的生活却依旧漠然不动，即使稍受同化，却又是俄国式乡下人的污糟生活。这种地方住着未免烦闷呵。

俄国人在哈尔滨的经营历年也不少。到现在道里及秦家岗一带差不多都是俄国人的生活。商铺也还有不少。俄革命后亡命者的白党，资本家将军都聚集在此地。成天在街上只看见俄国人，那些亡命的资产阶级却还是高楼大厦的住着，吃得饱饱的肚皮，和日本人鬼鬼祟祟串些新鲜把戏。各派俄国社会党在哈尔滨联络一中东路工党联合会，多数党少数党社会革命党都在一起，而以中东路工人联合会及哈尔滨城市工人联合会为实力上的后盾。哈尔滨的劳动运动，以这一联合会为中心点。他为俄国工人，青年，以及中国工人举办好些事业——教育卫生等。中俄两国民族的接近，确比日本人及其他欧州人鞭辟入里得多。中国苦力心目中的俄国人决不是上海黄包车夫心目中的“洋鬼子”。下级人民互相间的融洽比高谈华法、华美文化协会的有些意思——他们大家本不懂得“文化”这样抽象的名词，然而却有中俄文化融会的实效。——不过并不是什么文明进步的意义罢了。

哈尔滨道里的俄国化生活使人想到上海天津等欧化景象，彼此截然不同。俄国的资产阶级，在哈尔滨盘踞着中东路的要津，已经根深蒂固，如今一旦动摇，他们就起恐慌，阴谋诡计百出。革命后各处的俄国亡命客又都聚集在哈尔滨。于是哈尔滨，就变成俄国新旧党的纠葛地。新党（各派社会党）自有组织，努力于工人运动，和中国劳工结合。旧党分子也非常复杂，旧党机关报如《俄声》（Russky Golos）及谢美诺夫派报馆《光明》（Sviet）专和新党机关报《前进》（Vperiod）作对，差不多天天打笔墨官司。《前进报》总经理国尔察郭夫斯基（Gorthakovsky），我们见过好几次，谈及中东路问题及工人运动，他常发很恳挚的言论，——已见那年《晨报》通信，现在时过境迁也不再及，——他为人非常蔼然可亲。常常发一种疑问：“俄国劳动人民对于中国国民未尝有丝毫的恶意，白党在哈尔滨勾结日本人暗杀新党首领，——国氏本是中东路工党联合会的会长，也曾遇过两次险，——不但扰乱治安，而且他们一旦得势，全满洲都成日本的殖民地，我们同是东方被压迫的民族，何以中国政府不知道果断实行而还是这样优

容旧党，养痈遗患呢?”我们自己也不懂得，始终不能答复他。却有一次，我为好奇心所激发，以新闻记者名义去访《光明报》主笔。《光明报》是谢美诺夫的机关报；其时我听见谢美诺夫和赤塔军队打仗已连败数次，退到离满洲里不远的地方，而同时又有日本驻哈总司令赴满洲里的消息，我要知道谢军的实力，究竟如何，日本的接济能否维持他。所以去见《光明报》主笔探探他的口气，——或者间接能知道我们的行期：假使谢军确实预备退出满洲里，我们就可以动身了。他听我问到“谢将军”，他说：“呀，谢将军是真正的俄国民主主义者，可恨社会党，过激党胡闹。现在日谢同盟仍旧很巩固，不过满洲里形势异常……他们已另定有计划，换一方面或竟换一地点进行。可是‘谢美诺夫民主国’，如其成立之后，希望中国了解远东问题的重要，能和‘新俄’及日本结三国同盟，抵御美国的侵略……中东路，只有‘俄国’日本中国有过问之权，岂容欧美人插嘴……”我当时就知道他所说另一地点，或者是海参崴，也就不以为意。他说到“三国同盟”的时候，笑嘻嘻脸，放出油光闪闪的狸猫眼睛，不断的看着我……谈话非常之客气，真正资产阶级的招牌挂得起呵！现在谢军差不多一败涂地，也不过一场春梦罢了。

哈尔滨的大概情形，我在哈时所做的几封《晨报》通信也曾略略叙及。这是要专门调查研究的。我此地不过随便写几句感想，零乱无序，也无从整理了。

在哈等待出行的时期，非常烦闷心焦。每日出去访俄国朋友，调查调查俄国的工人组织，并且搜集些俄文书报，以为研究劳农政治的材料，寓所里龌龊污秽得很，坐不住，也常常出去散步。——似乎生活很不适意。然而眼前横着一种希望，也便耐心等候。初次和俄国党人接触，得着的教训，也就不少呵。

八

哈尔滨这个地方，中国本部人初到的时候，总不免有种种奇异的感想。俄国旧日的经营西伯利亚一直到北满一带，生生开辟出来的荒地，历年以来，虽渐渐的一方面资本主义化，一方面孕育劳动运动，始终经济生活还

是保存落后民族的特性。如此“非现代的”经济生活里，如西伯利亚，如哈尔滨，怎样实现科学社会主义的理想社会？——这是一个疑问。再则，我就经济现象想来，最容易显现出生产关系的，除非是“交易单位”（各地的货币制度交易汇兑方法）。而现代资本主义帝国主义的殖民政策，往往使殖民地的经济生活，另成一种特异性。经济生活的研究，我们就最粗浅的现象观察，观察当地的“财政资本”流通的状态（即银行经济在市面上的影响），在日常生活中就可以感受资本主义的痛楚。——何况在殖民地的特异经济中呢，自然尤其显得出帝国主义的功能。我就旅哈身受的经验想起：从天津到奉天，北京天津的中交票不能用了，要换日本朝鲜银行钞票，从长春到哈尔滨，中东路未收归中国管理之前，还不得不换俄国卢布买车票，现在虽可用中国银元，然而天津钞票已不大行，非得哈尔滨钞票或日本钞票不可。同样差不多在一范围内的经济生活，何以必须经三重“国家”的麻烦呢？人类经济生活，生产消费各得其当，便完了；像这样“殖民地的”剥削政策下之经济，依社会主义的原则，应当怎么样整顿呢？——这是第二个疑问。这两个疑问，虽然不是我现在所能解决，然而却引起我心灵中的变化；我预想社会改造既在俄国实现，事实上他们——俄共产党——必定有确切实际生活的方法。——抽象的“真”“美”“善”的社会理想，决不能像飞将军似的从天而降。——因此我个人的哲学概念，推广这种实例；由主观立论，一切真理——从物质的经济生活到心灵的精神生活——都密切依傍于“实际”，由客观立论，更确定我的“世间的唯物主义”。劳工神圣，理想的天国，不在于智识阶级的笔下，而在于劳工阶级实际生活上的精进。心灵的安慰，物质与精神的调和，——宇宙动率的相映相激——全赖于人类的“实际内力”。“实际内力”能应付经济生活的“要求”及“必需”，方真是个人，民族，人类进化的动机。

我“回向”实际生活。我且就在哈尔滨的感想，所处的环境随笔记一记。那经济学问题，哲学问题，暂且搁下，留在此做我心理变迁史中的一鳞一爪的痕迹。

黯黯的天色，满地积雪，映着黄昏时候的淡云，一层一层春蚕剥茧似的退去，慢慢透出明亮严肃的寒光来；嘁嘁喳喳私语的短树，林里穿过尖

利残酷的寒风；一片空旷的冬原，衰草都掩没在白雪里，处处偶然露出些头角，随着风摇动，刷着雪丝作响；上下相照，淡云和积雪，像是密密诉说衷肠，怨叹生活的枯寂，哈尔滨秦家岗南头，俄国人住家多数在那里，热闹的市面已经过去了。我走去看一俄国朋友并访他的妹子马露西霞(Raigorodsky Marucya)，才走到这段地面。向来厌恶哈尔滨小城市生活的繁猥，到此也稍有安慰了。“呀！你们来了。”他们赶紧招呼预备茶点，大家坐下，就谈起来。他们知道我要到俄国去，随便替我说些俄国文化的趣事，怎样不和西欧相同，怎样宗教的势力很大等等。——马露西霞是一托尔斯泰派。——谈到苏维埃政府，他们也不知道详细情形，莫斯科生活如何，他们也很想去看一看，可是苏维埃俄国穷困不堪，大家是知道的，所以要回籍须得政府的许可，因此他们却不比外国人，能容易入境。我因他谈及俄国文化，就随便问问他，住在中国许多年，对于中国文化有怎样的感想。他们都说：“我们没到过中国。你们以为哈尔滨是中国么？俄国侨民的生活却完全是俄国式的。——和中国文化接触的机会很少。就是在俄国商务中学念过点中国史。东方古国的文化非常之有趣。也很想到北京上海等处去走一走。……”我和俄国人的交际虽因俄语程度太坏，不十分广，却也认识十几个人——有是党人，有非党人的。我们请他们吃过一次中国饭，他们羡慕得不了；——原来住在中国地方，一直没有真确知道中国生活，中国文化。他们心目中的中国人只有一般苦力，小商人呵。当天晚上七八点钟回寓，走出他们家门，街上已经很冷落。天气很冷，走了好一段路，才看见一辆马车，我叫了他一声，只听得回答道：“Kudai?”我才知道是一个俄国车夫，随即和他说了地方，坐上车去，相离不到一里半地，却要五角大洋，读者如其是中国内地人，不要以为是上海汉口的马车，这是破旧不堪的俄国式马车，却要得如此之贵，——中国车夫要得便宜些。我因随口问问这一车夫家计怎样，据他说哈尔滨样样东西都贵，所以车费不得不昂，一天却也可以赚得五六元钱，——俄国车夫大半只知道要日本金票，不要中国洋钱，我这里是和他折算的。他也没甚功夫去到俄国工会所设的俱乐部，音乐会。一路谈着，忘其所以，抬头一看，却走到秦家岗南头去了。——和我们的寓所背道而驰。其时云影翻开，露出冷冰冰亮晶晶的一轮明月，四围还拥着寒雾，好像美人出浴披着轻纱软帔似的；马路旁寒林

矗立，一排一排的武装着银铠银甲，万树枝头都放出寒浸浸的珠光剑气；——贪看着寒月雪影，竟忘告诉车夫，走错了路。愈走愈远，——错误偶然与人以奇遇：领略一回天然的美，可是寒意浸浸，鼻息都将冻绝，虽则沉寂的寒夜，静悄悄已没一点半点风意，宇宙的静美包涵在此“玻璃天盒”里，满满的盛住没起丝毫震荡，然而大气快成冰水，“干冷”的况味，也不容易受。我才唤醒车夫，叫他拨转马车，赶回寓所。他却还咕噜着说：“……中国人……中国人今天怎么忽然不知道哈尔滨街道的俄国名字？……叫我跑这许多冤枉路。”我心上想，你在中国地面赶马车，却不知道中国街道的中国名字，等到到了福顺栈，才说：“唔，原来是这个地方，为何不早说清楚！”那又怎么说呢？

哈尔滨道里及秦家岗两部分，完全是俄国化的，街道都有俄国名字，中国人只叫第几道街，第几道街而已。俄国人住在这里，像自己家里一样。可惜年来俄国商务，道里市面，不大繁盛了。却是，俄国资产阶级一方面和日本人勾结，日本人商界实业界努力搏取哈尔滨的经济势力；劳动阶级一方面，组织运动却有一步一步兴旺起来的趋势，和赤塔新党暗中互通消息。那一天我从前进报馆出来到七道街江苏小饭馆吃了饭，沿着俄国人所谓中国大街（Kitaiskaya ulitsa）回家，已是傍晚时分。走过一家俄国报馆，看见许多中国卖报的，领着报，争先恐后地跑到中国大街去抢生意做，——抢着跑着，口里乱喘，脚下跌滑，也顾不得，逢着路人，喘吁吁叫着：“买《Novoc - tijizni》（《生活日报》）呵！买《Vperiod》呵！买《ZarYa》（《曙光报》）《Russky Golos》呵！”——为的是生活竞争。沿大街两旁，俄国人，有相偎相倚坐在路旁椅子上的；有手挽手一面低低私语指手划脚，一面走着的；有在铺子里买着东西，携着一大包裹出来的；雪亮的街灯，电灯光底下，男男女女一对一对穿花蛱蝶似的来来往往，衣香鬓影，紫狐披肩，蓝绸领结，映着大商铺窗帘里放出的电光，还想努力显一显西欧化的“俄国资产阶级”文明。还有一阵一阵俄国青年学生和女郎散步的踪迹；我走着，看见大街对面，乱乱落落俄国人影的背后，雪亮的电光，从窗子里映出来，照着很清楚两个金字在玻璃上：“朝日”，却是俄文，细看窗子里面，有日本女郎的影子，窗口露着一端一端的日本绸布呢。中国大街尽头，一转弯就是一日本的哈尔滨日本商品陈列所，我们走过时却

不见门口有电灯，已经关门了，然而我记得陈列所里商品很丰富，除农业品平常不足论外，工业品却应有尽有，形式上看来和“西欧”货无毫厘差别，过了这陈列所，离我们寓所不远，却走过我们天天吃饭的小饭馆，饭馆主人是山东人，看见我们就问：“为什么今天不进去坐坐呢？”我们和他说已经吃过了。正谈着的时候，忽然听着背后有人哼着：“Milocti……Milocti”（请赏……）回头一看，却是一俄国乞丐。饭馆主人给他两个冷馒头，我也给他一角钱钞票（在哈尔滨难得用着铜元，身上竟不大找得着）。他画着十字尽说：“谢谢，谢谢，上帝佑你……上帝呵！中国人比俄国人还好多着呢……？咕噜着去了。饭馆主人说道：“给不得他们，天天来歪缠，昨天还有两个毛子，不知什么地方偷来一丈多黑绸，要卖给我们；少他的呢！……毛子真不好打发。先生们，呵，知道不知道，在这儿俄罗斯毛子穷人多得很。先生们想，要是俄国穷党（北方人欲称‘布尔塞维克’的名字）一来，这般人都得抖起来罢？……”我笑一笑，也没回答他，就顺路走回寓所了。

蔚蓝的天色，白云似堆锦一般拥着，冷悄悄江风，映着清澄的寒浪。松花江畔的景色，着实叫人留恋。那天我同着俄文专修馆的同学特地去游一游，趁着小船从道里到道外。在江中远看着中东铁路的铁桥，后面还崇起几处四五层的洋房，远远衬着疏林枯树带些积雪，映着晴日，亮晶晶光灿灿露出些“满洲”的珠光剑气。在船上谈起俄文馆同学，原来在哈尔滨我们同学很多，审判厅，俄白党报馆，中东铁路，戊通公司在在都有。不但哈尔滨，从奉天到满洲里以及中东路小站都有我们同学。他们的教育程度是“如此”，他们的生活也比上海洋行买办式的英文学生甚至于北京天津研究英法文的“大学生”寒俭得多。然而大家是知道的，满洲三省文化程度几等于零，他们还要算此地的明星呢。我这次到松花江畔，本是顺便找我的俄文馆同学，——一个船长，可惜他没有在那里。所以趁此乘小船逛一逛，到道外上岸——沿着中国地界的茅屋土舍间污秽不洁的小路转回寓所。俄国的哈尔滨，俄国的殖民地，——可怜的很，——已经大不如天津上海，马路上到处堆着尿粪。——在中国人眼光里还只见他辉煌壮丽的大商铺。再一到中国“北方”人生活里，更加污糟不堪。道外这种远僻街巷，沿松花江边，几间土屋，围着洋铁皮木板乱七八糟钉成的短墙，养着几只

泥猪；这就是中国人的写生。文化不是天赋的，中国民族应当如何努力；并欧洲人所笑的野蛮的俄罗斯人都不如。经济生活，生产方法不变，一方面既不能有文化的要求，以进于概括而论的文明，另一方面更不能有阶级的觉悟，担负再造文物的重责。东方古文化国的文化何时才能重兴？所谓“改造”，根本的意义，通筹统计原在于“为全人类文化而奋斗”。如此黑暗的民族，不是须经更深切的资本主义化，就得行“新式的”无产阶级化。

在满洲三省尤其重要。且不谈那总解决的大问题，就是目下急切的零星解决，满洲的文化运动，也就紧急必需“往民间去”的先锋队。可惜在此地的智识阶级只有一般中了“北方式”官僚教育毒的俄文馆派。只好任那松花江里帝国主义的血浪，殖民政策的汗波，激扬震荡，挟着红胡子拟的腥秽的风暴，丘八爷似的严酷的冰雪，飞吼怒号罢了。

哈尔滨旅馆生活一瞬已有一月多了，天气一天天冷起来，街上的积雪，树梢的寒意，和着冷酷陈死的中国社会空气，令人烦闷。北地严寒，渐渐的显他的威武。可是我心苗里却含着蓬蓬勃勃的春意：冒险好奇的旅行允许我满足不可遏抑的智识欲，可爱的将来暗示我无穷的希望。宇宙的意志永久引导人突进，动的世界无时不赖这一点“求安”的生机。你如其以“不得知而不安”就自然倾向于“知”。天气的温度降低，他的密度失了均势，以压力不平而不安，汽质就自然倾向于凝结。社会组织失了根据地，自然就动摇，借着怪物的“社会声浪”，鸣他心意的不平。自“不知”动而至“知”。自汽动而至冰。自资本主义，帝国主义动而至社会主义，至“新式的”现代的无产阶级化。全宇宙不过只这一“求安而动”的过程。安与不安的感觉，又只在前“五识”及第七识（前“五识”与第七识，皆佛教用语）上显现，以为行为最后的动机。第六识（意识）的动机是粗象而且虚伪谬误的。而社会的意识（社会的第六识）尤其常常陷于伪造幻象错觉。动的过程只在直觉直感于“实际”时显其我执（第七末那识）的功能。我旅俄的意义，实是我直感的反射动作。第六识的分别，计较成败所影响于行为的极少。

凄凄的寒月，冷冷的寒风，映着晶晶的寒雪，澈影我的心神，——照见我就是“斯笃矣”主义（Stoicisune）也只是求精神生活安宁，甚至于还

是求物质生活安俭的倾向而已。我自念我的内力，实际所有的才能，在当时实无一利于社会，同时于我个人生活意趣，有极不安宁的状态。所以因求安宁而愿蹈危险。“至于冒险而去，成败究竟如何?”并不是不应当问，而是不必问。或简直是不问。意识万能，本是迷信；何必起计较分别。至于极粗的心理现象“意志”，更不足论。所以我冒险而旅俄，并非是什么“意志坚强”，也不是计较利害有所为——为社会——而行；仅只是本于为我的好奇心而起适应生活，适应实际精神生活的冲动。生活不安的程度愈高，反应冲动的力量亦愈大。既无益于抽象的中国社会文化，又无味于具体的枯燥生活。当然，除出那一部分薄弱的意识作用：有无利益于社会，而心理上突然呈一种猛进的状态。“宁死亦当一行”。——如其还有“社会”“文化”观念，求为人而劳动，那只是第七识的我执所驱策。每天工作完，同着颂华散步，荒地上凄凄的月色，雪影稀微放他“自然”的动机，往往就谈及这些兴味浓郁的问题。哈尔滨寓所狭隘不堪，我却常常说到莫斯科，有这样一间屋，三个人住住也就可以了。那时所说莫斯科食粮缺乏，燃料不足，又常常说笑话：“颂华，我们去了，不但冻饿，还有别种危险，兴兴然而去看‘新奇’，也许不幸奄然而就死。……”颂华道：“你为什么说这种不祥的话，扫兴得很！……”

九

十二月初得到确实消息，谢美诺夫的兵已败退，日本人出来调和，护送谢氏到沿海滨省，满洲里方面总算肃清了。我们行期，好容易有一点希望。一鼓作气从北京到哈尔滨，忽然中途停顿了这五十多天，锐气恐怕有所消磨。得着这种消息，勃勃的生气又振作起来。去看了陈广平，知道他的专车已经办妥，行期也定在十二月七日离哈尔滨。

启程了！启程了！向着红光里去！苏维埃俄国，是二十世纪世界第一个社会主义共和国，究竟如何情形，虽有许多传说，许多宣传，又听见他们国内经四年欧战三年内乱，总不知详细，只是向着自由门去，不免起种种想象。此去且要先经新造的民主主义的远东共和国，——为苏维埃俄国之缓冲地，行民主主义制度而执政党是共产党——布尔塞维克；亦是研究

的兴趣盎然。快走了！快走了！快到目的地了！苏维埃制度，——无产阶级独裁机关，——共产主义——马克思经济学的社会主义，可以有研究的机会了！而还没有研究。请先得共产党一点空气（atmosphere），回转去说一说哈尔滨工党联合会庆祝十月革命纪念的盛况。

十一月七日是彼得城发生世界上第一次无产阶级革命的日子（俄国向用希腊历，比西历迟十三天，十一月七日乃俄历十月二十五日，所以谓之“十月革命”）。我当时还在行止未定，得一俄国友人的介绍去参观他们的庆祝会。会场是哈尔滨工党联合会预备开劳工大学的新房子，那天居然得中国警察厅的许可，召集大会。会场里人拥挤得不了，走不进去。我们就同会长商量，到演说坛上坐下。看坛下挤满了的人，宣布开会时大家都高呼“万岁”，哄然起立唱《国际歌》（International），声调雄壮得很。——这是我第一次听见《国际歌》，到俄国之后差不多随处随时听见，苏维埃俄国就以这歌为国歌。演说的庆贺苏维埃政府，俄罗斯共产党，第三国际（III Intelnational），世界革命。末后又得赤塔远东新政府亦在这一日宣告正式成立的消息，还有从莫斯科刚到的一个共产党报告，大家更激昂慷慨，欢呼万岁。最有意思的是：一少数党代表宣言中东路一带少数党以至于赤塔，趁此不参与多数党反对的策略，在远东方面两党可共同协济。其时有一社会革命党宣言的意思，“大致也相仿佛”，可是他指摘多数党许多谬误，甚至于说他专制残酷。坛下就陡然起了“嘶……嘶……”的斥骂声……大会完之后我们就到俄国友人——一多数党——家里去晚宴。屋子里放着盛筵，电灯上包着红绸，满屋都是红光，红光里是马克思，列宁，杜洛次基（现译托洛茨基，生于一八七九，卒于一九四〇，十月革命后曾任革命军事委员会主席。一九二七年被开除出苏联共产党）的肖像。吃饭的时候，大家痛饮欢呼。席中有许多俄国女郎，靠我坐的身上香气浓郁，都凑近来问中国，北京，上海的风俗人情，絮絮不已。忽然席间来了一位刚从莫斯科到此的共产党，又站着演说：“我们在此地固然还有今夕一乐，莫斯科人民都吃黑面包，还不够呢。……共产党担负国家的重任，竭力设法……大家须想一想俄国的劳动人民呵。……”我因问和我谈话的女郎是不是共产党，他回说不是，然而是对于共产党表同情的。他却问：“你是共产党不是？中国政党有多少，有像我们共产党这样大的没有？”我说中国政党的情形，又

说："中国社会党还没有正式成立的，只有像你们十九世纪四十年代时的许多研究社会主义马克思主义会。"他道："中国政党原来这样，难道只有张作霖一个人管政事么？……"酒阑兴尽，站起身要回寓，颂华却因不懂俄国话，和一个刚来的人谈英文，那人听说罗素已到北京，想赶去听讲，却很倾向于基尔德社会主义呢。我叫着颂华回去。十月革命的庆贺算完，要待到莫斯科过第二次十月革命纪念了。

启程的日期已到，陈广平却又迟延。他说从哈尔滨到莫斯科虽是专车，恐怕劳农政府要车费，一个人约摸要三四百块钱，我们没法，三人共给他一千元，又因莫斯科食粮缺乏，托他买一百元面。——那一千块钱，后来到了莫斯科四五个月之后，陈广平说："哈满运面费二百二十六元，我虽没付出，外交部一定要在公费内扣算的，还有，'什么要多少钱，什么要多少钱'，我算来该还你们四百五十几元。……颂华已经拿去五十五元。这里有苏维埃钱四百零七万卢布（其时一万七八千苏维埃才能兑一块中国钱），请你们收了，写张收条罢。……"这一千元的公案是这样完结的。我们赴俄，知道那时俄国禁止商业，沿站什么也没有买的，自己备了火酒炉，陈广平又答应我们共同吃饭。后来算帐，他却要了我们买的面十铺德（俄国重量单位）（中国秤合有三百斤面），算三个人在车上一个半月的伙食。带的面居然大有用处。我们后来在莫斯科的食用消费都靠他。这都是后话。

十二月八日才搬到专车上住下。又等两天方才动身。那几天料理一切，交旅费，买食粮，委琐不堪的事情使人烦恼。这才尝着现实社会生活的滋味。所以说：世故，人情，经验。原来是不懂得世故人情，没有经验，就该受骗。懂世故人情，有经验的人都受过"骗的教育"。我却后悔不曾多受几年东方古文化国的社会教育，再到"泰西"去。

十二月十日开车，又离哈尔滨往北去了。

同车一共六个人，我们同伴三个，莫斯科领事馆三个。在车上没有事就随便谈话。这次旅俄"和领事同行"有很重要的意义。一方面因此略知中俄外交以前的经过，中国在俄的外交界向来的态度，在俄京外交团里的地位，在俄国华侨里的口碑。另一方面，截然两个世界两个社会的人聚在一块，精神上的接触，发生种种的痛感，绝不投机的谈话，费了无限的宝贵光阴，双方各自隐匿了真面目，委蛇周旋也夺去我不少精力。

俄国一九一七年二月革命之后，中国公使刘镜人和协约国外交代表取一致行动，留在彼得城没有什么作为。其时华侨的事情，一半却还是华侨联合办的。华侨联合会会长那时就是现在的副领事刘守清。守清自己说，他留学彼得城莫斯科前后好几年。中国公使馆在俄京外交团向来有一种特别态度。人家在外交上总有跳舞会等的交际，中国公使不但习于沉静的生活，而且以节省交际费起见，常处于隔离的状态。守清当留学生的时候，有事情就到使馆抗议，公使见着留学生作向例的惧态——守清自己说的，很可一笑呵。战时俄国华侨困苦，北京曾经募捐十万元接济，其时还是黎元洪总统时代，老黎亦捐了不少钱。捐款到刘镜人手里，听说吞没了一个大大半，至今没有下落。可怜中国的穷苦侨民，一点儿没有受着国内资产阶级的慈善家之些许恩惠。十月革命一起，公使团退出彼京，别国公使多少总料理自己侨民归国，或是自己带着走。中国公使自己得了一辆专车，赶紧偷着就跑，生恐侨民和他“纠缠”；有些留学生得信早的，挤上了同走，公使却想向他们讨车费，禁不起一番抗议，也就罢了。那时战事紧急，枪林弹雨里刘公使固然得逃了一条性命，贫困的侨工十数万人——除了华侨会救出一些之外——至今转侧困苦，饥寒冻馁呵。谈及这一次总领事的赴莫，原是两年前华侨会举刘守清为代表到京请愿的结果。此去的职任，第一就是遣送华侨归国。我听说陈总领事以前在刘镜人公使馆前后七年。谈起来才知道，他非但对于俄国文化丝毫不了解，外交政治上的大势也不知道，连几句普通的俄国话也就有限得很——简直一句都说不完全。中国本和苏维埃俄国还没有条约的关系，领事到后，还不知行使什么样的职权呢。

我们离哈尔滨往西北进，沿途经过齐齐哈尔等站，穿行黑龙江全省向满洲里进发。途中和领事等谈话外，就和颂华商量调查俄罗斯的方法。新闻记者的职任，照实说来，我是无能力的；颂华说：“我们此行，本是‘无牛则赖犬耕’，尽我们自己的力量罢了。”可怜中国现代的文化，这种调查考察一国文化，一种新制度，世界第一次的改造事业，却令我这学识浅薄，教育不成熟的青年担负，——这是人才的饥荒。我与颂华说，请他负通信事务指导的责任，我当竭力帮助，——成败不问，尽力而已。我个人呢，定了一勉力为有系统的理论事实双方研究的目的。研究共产主义，俄共产

党，俄罗斯文化。车已离哈，从此渐入佳镜，也就渐渐感觉责任的斤量。

闲着无聊，望着车窗一片雪色，往往几十里内绝无人烟，令人感慨。西伯利亚直贯满洲的铁道，欧亚大陆的血脉，几十年才垦出这点荒地。地力的开发，还存着莫大的富源，何以中国自己闹人满之患，却等别人来经营呢。盲目的资本主义的经济，生产消费分配，一件都不能有计划的。满哈道上沿站多少都有存积的粮食，原来自从西伯利亚和中国的商务关系断绝，变易就停滞。世界经济整个的身体里，血脉忽然不流通，自然就成臃肿的病状。沿站一堆一堆禾麦，盖着积雪，愁惨惨对着凄凉的天色，好一似病人四肢困顿——南边遏于“南满铁道的手铐”，北边锁着“谢美诺夫的脚镣”——血气壅滞，颜色死灰，奄奄就毙了。车行飞掠，听着狂吼的北风，震颤冰天雪窖的严壁，“红色恐怖”和东方太阳国的财神——资本主义——起剧烈的搏战，掀天动地呢。

十二月十三日晚到满洲里站，那天正是中国边防处派驻俄军事代表张斯麐中将回国，亦到满洲里站。我们见张斯麐，据他说，中俄外交本是极有希望的，可惜中国政府畏葸，没有确定的计划方针：“俄莫斯科政府，很愿意放弃一切帝国时代所侵略的权利，和中国开始友谊的谈判，恢复通商。……政府不给我以全权，我的事情也是办得有头无尾。俄政府招待外国代表向来是非常之优待的，——我亦在优待之列。不意‘段督办’（指段祺瑞，生于一八六五，卒于一九三六，曾任北洋政府督办、国务总理）一倒，中央政府特电伦敦，说我不是正式代表，劳农政府几乎当我是间谍……一切开始的交涉都成泡影……”中国侨民在俄国的确很困苦。可是，中国人对于法纪，“政府”的抵抗力，好一似生物学里所谓“抗毒素”，是中国人天性中的物质。劳农政府在军事时代采严厉的集权制，正在禁止投机商业（speculation），中国奸商却还趁机作恶，竟有卖鸦片的；或者呢，简直入共产党，以便倚势妄为；穷极无聊的困兽，也有去当红军的——在南俄最多——施其残忍杀掠。就是张斯麐的随员中也有因为投机商业而被捕入狱的。这都是张斯麐的随员，其中有我俄文馆的老同学，随便谈及的，也有以后在俄国华侨中听见的。如此严厉的政制之下，中国人仍有取巧作弊的本领，真是天赋。“社会力强制的非正道的抑遏天性的制裁，所得几千年的遗毒，就成为个性横溢于邪道的本能呵。”

和张斯麐中将同回国的，还有一位旅俄华工联合总会会长刘绍周。他是在俄留学生最出色的一个人才。他曾经对我们说许多华侨的事情；还有关于共产主义的：欧俄经过三年大战四年内乱，经济状况破坏得不了。那时却正是由军事时代过渡于和平时代的关键。蓝格尔（沙俄将军）已经败退，东纳（Don）（即顿河）煤区已入赤军之手，从此波兰战事亦已停止，可以努力于经济改造了。当时——据刘君说——已比一九一九年冬天，人民生活要好得多。国内三种人：一，兵及工人，国家所最注意的，二，农民，是当时俄国中最富有的，三，智识阶级，也有很苦的，也有受优待的。至于一九一九年冬天刘君还吃过两个月马食料呢。苏维埃俄国现在学校不收费，儿童公育。可是国家穷困，经费不足，一时也不能普遍，成绩不能十分好。……

自从到哈尔滨一个半月，先得共产党的空气，现在到了满洲里能遇着刘君绍周，得知劳农政府的事实上的经济状况。可惜于研究学问的过程中，不得不受实际社会生活的影响，耗我精力呵。

十

车到满洲里又停下，张斯麐的专车已往南去，陈广平的专车却欲进不进。张斯麐在莫斯科奉政府撤回命令时就报告劳农政府，另有总领事赴莫，劳农政府只说一声“中国既派代表来，俄国亦要派代表去。”欢迎是一定欢迎的，可是中国总是由伦敦转电，劳农政府不得正式通告，何从预备，又况远东共和国呢，——他更不知情由了。所以在满洲里还要等待赤塔政府回电，才能前进。再则呢，满洲里方面初经战事，张斯麐回国的车是战后第一次自赤塔至满洲的车。我们的车，却是战后第一次自满洲里至赤塔的车，途中桥梁毁坏，还有危险呢。

在满洲里停顿四天。天气寒冷，纷纷的大雪，我们偶然上站闲步；买些东西，其贵不可思议，俄国理发处，一人要一块钱。站外荒荒落落，街道也是俄国式的。以前此地也算中俄交界第一商埠，几经战事，凋敝不堪，我们曾到邮政局访一俄文馆的同学，他住的地方非常寒俭，一张木桌几本《列国志》而已。走进一家山东馆子。“他老来呀！请坐请坐！”吃一些极无

味的菜，三人总共花了四块钱。那堂倌絮絮叨叨说，那地俄国人怎样多，谢美诺夫的兵怎样蛮横，穷党来了，又不知道怎么样？“现在倒又忽然平静了！”……我们那天吃完回车，因不认得路，雇一辆俄国马车，走几步路就到，却要五角大洋。

十二月十六日得到确实消息，方才前进，经中俄边境，出满洲，到俄属的西伯利亚了。那天晚上又是大风雪，沿途战争中所毁铁道，都只暂时在冰上架了临时铁轨。因此车行非常之慢，车身簸荡，厉声作响，好像替冤死于“白祸”的俄国劳动人民，哀诉于东亚初临的贵客。黑夜里望着窗外，乌洞洞暗沉沉，微微远见惨白的雪影映着，约摸知道是一片荒原。偶然一阵厉风，刮着火车烟筒里的烟，飞舞起来，掠过窗外，突然闪过万丈红光，滚滚的往东去。……十七日早晨还只到活洛汶站（Oloviannaya Station），车又停住了。前面看得见一顶铁桥已经齐腰折毁，桥下压着破火车。——谢美诺夫的成绩。我们的车只能在河里冰面上搭的铁轨上走。慢慢的，慢慢的，挨着过去，只听着“轧只”“轧只”的冰响，突然一震，砰然一响……“车要出轨了！……车下冰碎了！”好容易看着没有事，走过了。离此不远，又有一村，山色四围；金顶的教堂，还努力放他“中世纪”的光彩呢。十八日到赤塔，——远东共和国的新都城。从此又须费许多手续，致电莫斯科得复电，再转北京政府，领事专车才能前进。我们三人亦须向远东外交部请签护照。赤塔离中国很近，是中国“消极的殖民地”——和南边的南洋群岛一样的性质，所以中国人非常之多，中俄两国劳动人民密接的文化关系，很有趣味。

赤塔车站前，就是一片空场。我们到后仍住在车上等消息，天天上去调查调查，天气却非常之冷，每走到空场中间，——离车站不过五十步——大氅上就已满身结霜。我有肺弱的病，每每觉着呼吸困难，温度也确已到列氏寒暑表零点下四十余度。我们调查，首先注意赤塔的社会生活。

荒落落的赤塔车站尽头，停着一辆火车，顶上五色的中国国旗，趁着寒风招飐，熹微的晨光，映着旗上的霜影，放出不自然的奇彩，要显一显他是新产生的西伯利亚之小主人——远东共和国——之第一位来宾。四围山色如屏幕，拥着全赤塔都城，居高临下，合抱而来，直到车站。山顶苍

翠的松杉，隐在积雪之下，遥遥的含笑望着五色旗，时时放出清澈无比的“绿意”。车站上许多人忙忙碌碌的来往。身上穿的都是破敝不堪的重裘，满身油腻。待车室的门一开，便放出许多热气。闲步走过待车室，必定闻着“俄国乡下人的臭味”。出车站空场上，远远就看见东零西落的房屋，战争时烧毁的建筑，残石剩础，凄然地哀诉资本主义的破产呢。脚下冰滑，——经冬满天满地都是冰雪，不到春末不消的。由此东去就近市场，远远听着嘈杂的人声了。

歪斜不整，污秽杂乱的街道，曲曲斜斜折入一个市集，屋角檐梢时时看得见五色的中国国旗。乱杂的人声里，只听得“东腔西调”的中国式的俄国话。严冬的清早，满市腾着“人雾”，街左一间小铺面，低低的屋檐下贴着淡红色的纸联，上面写着歪斜不整的中国招牌。原来是一家中国茶馆，门窗开处冒出一阵阵的烟雾浊气。油腻褴褛大羊皮袍的俄国“苦力”，满嘴嚼着白沫，两手抹着胡须，时时从他家门走出走进。市场进口又有一中国理发馆。我进去剃了一个头。和那理发师谈起来，他们亦是湖北人。他们说：“以前赤塔市面好得多呢，三番两次的打仗，闹得不成样子。我们要走也走不掉。穷党来了，安静了些。可是中国那班山东奉天的红胡子暗中捣乱。前天这里晚上还听得枪声，一个中国人被抢了几十元钱。他……”我道：“听说穷党政府要没收商货，中国人的怎么样？”他们道：“知道他呢！说是只说，每家商货只要登记起来。中国领事还要抗议‘办公事’哩。……俄国人自己不敢做生意，还托着中国人的名儿。”又一个中国人，亦是来剃头的，插嘴道：“那陈老三可不是这样发财的么！……”进了市场，——只是一片旷场，横七竖八的小摊子。中国小买卖很多。俄国人的货物都是旧鞋旧袜。还有十七八岁的小姑娘背着一两件旧衣服兜卖的。我看见有苹果，顺便问一声，回道：“二十毛钱！”（俄国小银元，值中币一元。新政府还没发新币。）我道是一斤，他说：“二十毛钱一个呵！”我就不敢买了。

赤塔上乌金斯克（Werhne Udinsk）一带，从一九一七年革命以来，常常闹乱子，有钱的人——资产阶级——都已逃走了。军事时代中，经济上向例是起恐慌的，何况几次三番的这样乱呢。我们到时，正值乱事刚刚平静，还没恢复，黄昏时分静悄悄的街上，只偶然见一盏两盏电灯，寒气侵

人，脚下尽是冰雪，飕飕的风声，越显得市面的萧条。我们同到赤塔一戏院去看戏。这里却又是资产阶级的遗产，完全的文明化，不过规模小些罢了。休息室里雪亮的电灯，门口站着守卫的红兵。男男女女围着室内散步簪花，一样有穿得很讲究的。我随便和同伴赤塔副领事葆毅——俄文馆的同学——谈起资产阶级在革命后所受影响，他道：“也不过如此。”——忽然他的思想一变，对我说道：“我劝你不要到莫斯科去……”却不回答我的问题。他同着的一个俄国女郎说道：“可怕得很！可怕得很！莫斯科去么？……”女郎披着紫狐披肩耸耸肩，慌慌张张的。……看完戏出来，那女郎又对我说，他家有一所房子，现在一大半充公了，自己只留四五间住的，其余尽让新来官员住，还有工人……弄得一塌糊涂。我笑一笑也没回答。他又说：“这是赤塔布尔塞维克初来的光景，以后还不知怎样。莫斯科更不必说了。”资产阶级的心理，生来如此。

可是赤塔这个地方本不是工业区域，而是西伯利亚农业国的市镇而已。所以那地方土著的资产阶级很少，大多数只是“农业的”小资产阶级，外来的如中国人等，也是私人商业经济，小买卖小手艺等等。我在哈尔滨认得一俄国人，他在我临动身时给我一封介绍信，并托我带东西到赤塔亲戚处去。我因此在这家人家见着西伯利亚居民生活之一斑。

赤塔北郭已在山腰。松林寂寂，垂着银幕，铺着银毡，山气清新，丝毫城市文明的浊气，都已洗濯净净。我找着这家人家，走进栅门，就是一大院落，院子里拴着牛马，旁边放着牛奶桶。房屋都是纯粹俄国式的“木屋”，又精致又朴实。到了里面，也有小小一间客厅，收拾得很干净。女主人看见我们是带信给他的，殷勤招待，还懂得几句法文，见我们俄国话说得不大熟，夹着俄法文问长问短。“……哈尔滨生活怎样？我们亲戚都好吗？”我们也随便和他谈谈赤塔的生活等。他主：“呵！赤塔么？生活比哈尔滨还要贵呢。糖也没有，茶也没有，几时你们中国才能运茶到我们这里来呢？以前这里茶也是很便宜的，面是本地出产，不用说了。现在面包贵得不成样子。离中国这样近，一斤茶都买不着。真正奇怪！你们还不知道呢，赤塔市面上钱没有。谢美诺夫在这里的时候，发了许多纸币，现在一个钱也不值，简直就是废纸。我这里还有一百几十万卢布呢。”说着就拿出一大包纸币给我们看，还送我们几张五百卢布一百卢布的。说着话，他的小孩子醒了，我们看他喂小孩子牛奶，——糖也没有，只用小匙子舀着一瓶预储糖水给那孩子。小孩子却尽嚷着要吃糖呢。说着话已到傍晚，主人回来了，又说了许多感谢我们的话。请我们吃饭，那黑面包却还可口，我和宗武说：“到莫斯科要是有这样的面包吃，也就不差了。”当晚他家又来了一位亲戚，是伊尔库次克（Irkutsk）派来购买食粮的。那客人不断的骂布尔塞维克，他本来是智识阶级。我们当晚回车，因不认得路，同那客人一路同走，又顺便问问他伊尔库次克的情形。据他说，那地方情形比赤塔坏得百倍。“唉！什么共产主义！布尔塞维克只会杀人。还有什么……”淡淡的月光拂着云影，映着寒雪，照见他智识阶级式的武断的头脑，——蓬松的头发胡须，油腻的颈项下，拖着破烂的领结，拥着乌黑的皮领，还点头摆脑咕噜着：“他们自己吃好的穿好的，还说是共产党……呢？”

赤塔新政府成立，多数党得握政权而宣言民主主义的共和国。这一方面固然是缓和外交的冲突，对全世界资本主义国家为缓冲地，别一方面也是恰合于西伯利亚实际的经济生活——小资产阶级的农业国。于是通商问题所首先接触到的中国侨工会，却枉然费了一番惊惶：中国商人以为多数党一握权政，就要没收他们的货物，——那时恰巧又是赤塔政府行第一步整顿经济的计划，——令私人工商企业家呈报存货数目。固然不差，中国俄国两民族在赤塔有实际生活上经济关系，社会关系，“阶级性”也相仿佛，都不是工业的资产阶级，无产阶级，既有也很少很少。然而国家经济的总计划，——保护“劳动者”权利的，共产党民主主义政府在相当范围内所当采的国家社会主义政策，——不得不侵及小资产阶级一部分的所谓“营业自由权”。我因这问题问及中国在赤塔的侨民问题，曾问过赤塔华侨联合会会长，看他的回答，就可见在西伯利亚华侨的生活，又可见小资产阶级适应实际经济生活要求的政治能力之限度了：

“赤塔有一华侨旅俄东部西伯利亚总联合会。在后贝加尔省共有分会十二处，桥商总共有七万人，赤塔当地有四千多人。那时华侨的商务，屡经战争，已很凋敝；到满洲里的交通断绝已久，侨商所有货物，都是旧存的。如其再有半年，交通不能恢复，赤塔以及各地华人商铺都得倒闭。至于中国侨商，在此地的自己颇能维持秩序——据他这样说。以前捷克斯拉夫，谢美诺夫，日本人一直到现在的多数党政府，无论那一种当权的人来，都和华侨会联络，信任他们。华侨会向来能自己组织巡防队之类的商团武装起来抵御红胡子。现在——就是我们在赤塔的时候——有些红胡子却冒充信仰共产主义，共产党有时竟相信他们，他们也就倚势妄为，处处和华侨会为难。然而无论如何，华侨会必定竭力维持‘国人’的利益。我们华侨会费尽心血，却还要听许多闲话，也真难说了。……”——这却是的确的。我就听见许多穷苦的华侨，华物被赤塔政府依官价征收去了，官价一时发不出来，华侨会，赤塔中国领事又不肯认真帮他们办交涉，因此怨骂华侨会和领事。华侨会本身的组织本是代表“有”的阶级之利益的，“有”得愈多，愈能被选为会上的职员，——这是资产阶级“政治”组织的功能，也无足怪。所以当此赤塔政府下令调查呈报商货的时候，华侨会又和领事馆联合竭谋抗议，保护“他”一阶级的利益。华侨在赤塔很有经济上的势力，和当地的俄国人民利益相容，很倾向于共同对于新政府表示他的政治上外交上的能效呵。

十一

到赤塔后，又是迟滞不进。领事往北京，莫斯科两方面所发电报，等来等去不得复音。时时听欧俄危苦的传言。车子一时没有前进的希望。于是我们三人中又发生改变计划的问题。在哈尔滨时亦因迟迟不行，想留哈研究俄文和共产主义，开春再定计划。到此听说赤塔亦可以找一私家（Pension）寄住，于是又发生这一计划。想在赤塔住下，研究远东共和国的政体及共产主义，俄文俄语也可以有练习的机会，这是我和宗武两人的办法。至于颂华呢，他不习俄文，就想回国。此行沿途都有阻滞，也真焦闷。幸而后来机会好，不然，目的地恐怕就此走不到了。

在此等待期间，除为社会生活调查之外，也曾访问远东政府的要人谈话。最初我们在远东电信通信社遇见一波兰兵官，他稍懂得几句英文。彼此谈起来也很有趣。有一天我们在远东电信通信社谈着，和通信社里几位记者说起中东路，他们说，我们最好见一见交通总长。波兰人欣欣然的说道：“我介绍你们去……”

远东共和国交通总长沙都夫（Chatoff）的办公室，空堂堂的一间屋子，疏疏朗朗排着几张椅子。波兰人不脱帽子大氅，拖着泥腿的烂靴。一闯一闯的就进去了。他坐下，就伸手拿沙都夫桌子上的烟，说声：“Mojeno?”(可以么?) 就抽起来了。我和颂华两人就和沙都夫谈话。沙氏能说英国话，盛气凌人的说：“请发问罢!”我们申述来意并说关于中东路问题，哈尔滨工党联合会会长也屡次和我们谈及，我们表同情于革命的俄国劳动人民，总算还能代表他们正当的利益，在中国舆论界上说几句话，此来经过赤塔，——还要到莫斯科去呢，——愿意知道知道远东新政府对于中国中东路的政策。他听说着，“总长”的气焰渐渐低下去，才和和气气的和颂华说：“中东路，赤塔政府决定主张以条约的形式归还中国，中俄有密切的邦交，必须协力抵抗日本的帝国主义，中东路一旦落于日人之手，大非远东各小弱国之福……”我们辞别出来，第二天又由波兰人介绍见食粮部总长葛洛史孟（Grosman）。葛氏很直率，有诚意，和我们解释新政府在食粮上的社会政策：“俄国认中国为全世界最亲密的友邦，愿意和中国为同盟国，——远东共和国尤甚，——竭诚希望和中国通商，不过俄国因为久受封锁，货物甚少，容易发生投机商业，所以不得不以食粮等营业置于国家监督之下。凡是商人都必须呈报存货的数量，并受政府监督卖价，中国商人如能遵守这两条件，尽可自由营业。就是日本，亦可以和他通商，只要他抛弃侵略政策。商业之必须受政府监督，并不是什么社会主义，——远东国体本是民主共和国。不过投机商人私藏货物，市面上缺乏的时候，再高价出售，贫苦的劳动人民，就要受饿……”葛氏一面和我们谈话，一面办公事，忙碌得不堪。我们同着波兰人出来。波兰人扬扬得意说道：“你看！我们这里非常之自由平等，‘我要见总长就见总长’可不是么！……”

当时远东共和国新成立，国民议宪大会方在召集，暂时只算临时政府。外交总长克腊斯诺史赤夸夫（Krasnochtchekoff）兼国务总理。我们到赤塔已两次求见，他正有病，不能会客。一九二一年一月二日，方是新年，忽有外交部部员传信给我们，说总理请见。当天晚上，我们到他家里——就在外交部。融融的灯光，映着丝罗的帷幕，穿过客厅，转入卧室，迎面来一晚装轻盈的少妇，——克氏的夫人，说着很纯熟的英语，和我们说，克氏有病，请勿过于多谈，恐怕他劳神。我们进卧室之后，见克氏躺在卧榻，

很魁梧的体干，刚直的面貌，不像俄国人，却大有美国人的风度。我们问他的问题，早已交给他秘书。他虽觉精神不十分振作，却一一回答我们的问题，丝毫不棼；——最主要的意思是："远东政府，虽共产党在内，然依本国经济组织，决采共和民主政体，不日召集国会——'国民立法大会'——着手于新国家之建设事业。远东对苏维埃俄国的关系，是一协约的同盟国，一切自主，惟外交得与莫斯科政府协商。对于中国，竭诚希望缔结密切的友谊的条约……"其余无关紧要，已有颂华的通信，此地再多谈，也无意味。克氏谈吐非常之诚恳，说到意思重要的地方，虽言语喘急，还尽以英俄文重复再四解释。时候已是九十点钟，我们道谢告辞出来。秘书对我们说，他们的国民立法大会，是采普选制的，凡十八岁以上的男女，不论财产的多寡，都有选举权，这次选举，共产党很有把握。

"社会生活切近的感受，再比之于'外交式'的考察，使我得一结论：如其仅仅为政治外交上的交涉，大关节目的考察，或是有了'抽象名词爱'的社会调查家，那么，就是重要人物的谈话，参观，访问也就足够足够了，——况且这是'新闻记者'的责任；假使除此之外，还想为实质社会生活的了解，要了解人类文化意义之切实隐掩的深处，以至于人生的价值，个人与社会间的精神物质两方面的结构，那就不如以一无资格的'人'，浸入于所要考察的社会里，一方面又得于考察时，提出自己的观点，置之于可能的最高限度的客观地位上，然后所得才能满足自己的希望，——宁可比较的不完全些，不广泛些。"——所以我决定从此多留意我自己冥求人生问题答案的目的，至于"新闻记者"的责任，只能在可能的——我的精力限度以内略略尽一些罢了。

一九二〇年十二月十八日到赤塔后，一晃又是十多天，虽则我们一方面为社会生活的调查，一方面做新闻记者"官样的"事务，足以安慰我的"失业苦"，然而我们同领事同行，同住在一车上，谈及中俄外交，所聆诸位领事的清教，又是"纯粹的中国式答案"：一面说得太抽象的，无着落的结论——"贪""廉"，"爱国""卖国"，这公使是"好人""坏人"；一面又说得太具体的，无原则的事实——"俄国人不请吃饭，看不起他，""俄国不信他的话，什么什么事不和他表同意。"不能回答我，中国外交界方面在某一时期，处什么地位，取什么态度。（譬如说：克伦斯基政府时，中国

公使是中立，还是承认？）亦不能回答我，中国外交方面对俄革命有什么具体的意见，留俄华侨当如何处置。（譬如说：陈领事去莫，将行使何种职务，负何等外交上的责任？）亦许他们掩藏，而实在我们自己也不懂。同时，日常一处起居，无谓的应酬话："我在北京那天打麻雀输多少多少……"等，——这是我所谓中国式的实际社会生活，——因为彼此渐渐亲狎，也就得费许多宝贵的光阴去听他。可是就中却知道了中国外交界几件逸事——笑话！

陈广平领事在哈尔滨时，预先付印留俄华侨的护照。那一天护照印好了，印刷局的人送来，陈某赶紧慌慌张张匆匆忙忙地把他收起来，锁好，又打开，打开又锁上。到了晚上，陈某又把箱子打开，翻看护照，忽然拿着一张，一掀一掀的给刘守清看，说道："到了莫斯科，这就是钞票呵！……"护照费的意义原来如此。我现在想象，他说这话时的笑容，还俨然如在目前呢。

那时的赤塔管尚平领事，以前在伊尔库次克领馆里，因为和馆员分护照费不均匀，相打起来，因此撤差。现在在赤塔和商会（华侨会）倒还合得拢。反正赤塔亦没有别国领事，尽他一人，和远东搅罢。我还记得他第一次和我谈话，灰白色的头发，皮笑肉不笑的脸，打着无锡调的官话，和我这常州人谈话呢："赤塔这样乱，幸而好，侨商一毫没受损失……幸而好……哈哈哈！"唉！官僚！官僚！

这种绝对两个世界的人，——无经验的青年和陈死人的官僚，——相处在一起，日日谈些面是心非的话，精神上的痛苦，固然很大，却还可以借此一窥中国旧生活的内幕。赤塔的生涯也便如此。寒风凛冽，西伯利亚的色彩已鲜明了；"民主共和的"中国的代表，亦决定日期起程前去，叩苏维埃的，社会主义的俄国的大门了。一九二〇年完了；一九二一年开始了。赤塔车站上鲜明的中国国旗，时时映照"民主共产"的远东之穷苦国民的颜色，他们寒颤颤拥着泥烂敝裘，挽着筐子篮子，对着"银烛"高烧的中国专车，闻着"朱门"的酒肉臭呢。"中国人过年了。"在这时却还要些点缀，赤塔领事馆和莫斯科领事循例道贺。这还不算。"中国的"消遣品——麻雀牌，牌九之类——非得请出来"以光佳节"不可！于是我更落于精神的监狱里：一面不得不应酬应酬他们，一面心上挂念着种种需整理的材料。

赤塔共产党委员会送我们许多书籍杂志，我在他们赌博的余暇中，勉强翻阅翻阅。所得如《俄罗斯共产主义党纲》，如第三国际之杂志《共产国际》，《社会主义史》等，披阅一过，才稍稍知道俄共产党的理论，一切停滞的计划都打消，安心向目的地进行罢。哈尔滨的空气，满洲里得事实，赤塔得理论，再往前去，感受其实际生活。

十二

阴沉的天色，几万里西伯利亚的广原，蒙着沉寂冷酷的雪影，寒意浸浸，天柱地轴都将冻绝。“冷酷”“严肃”的天然隐隐限制生活之迫促，虽令人失冥幻想象的乌托邦乐及优游余暇的清福，却能消灭“抽象名词爱”的妄想的所谓智识劳动的奢侈毒。宇宙的本质结晶于假设的现实世界，——生活的意义只有两端：在此现实世界内的世间生活，与超此现实世界上的出世间生活。如其无能力超脱一切，就只能限制于“现实”之内，第六识（意识）的理解所不能及之境界，却为最浅薄最普通的“现实感觉”所了然不误的。显现生活的情感（空气 atmosphere），虽不与人以切实的了解，却也不生意识上的错觉。传达思想的文辞（理论），表示情况的名物（事实）（理论如言俄国土地之社会化（Socialisation），如言无产阶级独裁制之实行；事实如言俄国全国食粮只有若干铺德，如言“饥荒”“寒冻”“工业不发达”。——作者原注。），却都只能与人以笼统抽象的概念，不见现实生活是绝对不能明白了解的，而且常常淆乱人的思断。人类表示思想，传达事物的言语文字本来只能在某一限度内抽出一相对合于“现实”的概念，因此思想的本身也受这“惰性化”的影响，只凭主观概念中的理解去思索论断现实生活。——于是往往使现实生活堕于抽象的恶化。“当使现实了然显现，以立真理之世间的一方面，必须令理论的文辞，事实的名物服从于现实生活；而现实生活，因得自此映现的情感之助，而能驾驭得住文辞中的理论及事实之抽象性。”身离赤塔，不日入“赤国”，我实行责任之期已近，自然当立此原则。从此于理论之研究，事实之探访外，当切实领略社会心理反映的空气，感受社会组织显现的现实生活，应我心理之内的要求，更将于后二者多求出世间的营养。我的责

任是在于：研究共产主义——此社会组织在人类文化上的价值，研究俄罗斯文化——人类文化之一部分，自旧文化进于新文化的出发点。寒风猎猎，万里积雪，臭肉干糠，猪狗饲料，饥寒苦痛是我努力的代价。现在已到门庭，请举步入室登堂罢。

寒气浸浸的车舱里，拥着厚被，躺在车椅上，闭眼静听，澎湃的轮机声，怒号的风雪声，好一似千军万马奔腾猛进，显现宇宙活力的壮勇，心灵中起无限的想象，无限的震荡；一东方古文化国的稚儿，进西欧新旧文化，希腊希伯来文化，剧斗刚到短兵相接军机迫切的战场里去了：炸爆洪声，震天动地，枪林弹雨，硫烟迷闷的新环境，立刻便震惊了“东方稚儿”安恬静寂的“伪梦”。——新文化的参谋处，一面要定攻击西欧旧文化之战略，一面要行扑灭东欧半封建文化遗毒的抗拒战斗力之计划。正是军书旁午千钧一发的时机，何况战略的玄妙在于敌人反抗力之利用，新建筑的构成在于安顿基础之苦功，请看他所负责任的重大——全人类新文化的建设！他所为工作的艰苦——数十重“文化落后障碍物”的排除！无怪搏战所用的力量如此之重，战争过程活现得如此之剧烈。“东方稚儿”！你只待春梦初醒，冷眼相觑，那战线渐渐展开，炮弹远度之所及，不由得你不卷入旋涡呵！

四日离赤塔，当晚到上乌金斯克。睡梦之中，听见上乌金斯克华侨商会会员上车来见总领事，诉说那地方红胡子哄着俄国多数党反对商会，派兵搜查，诬蔑商会长，剥去上下衣勒索，要求总领事办理。他们絮絮叨叨咕噜着，那实实在在中国北方人的笨声音诉说个不了。——这件事后来不知道怎样结果。五日深夜到色楞河边，远东及苏维埃俄交界的地方。到此一带真是黑暗阴幽的所在。现在在政治地理上是民主的远东国与苏维埃的俄国交界之地；文化上是东西杂色的俄国积极殖民地文化，与北方中原的中国消极殖民地文化融会之处。经连年战乱，刚刚平定，奄奄一息，正如久病之后，勉强得一点生机，元气亏耗，病根还没有全去，未来的命运恰在当地劳动人员之手呵。“查票了！护照，护照！”寒梦惊醒，黯黯的烛影，寂寂的风声，车已停住，听着窗外轻轻的一阵一阵雪花簌簌的飞转。人声嘈杂，车上的人都检护照。我出来把护照验过，深夜寒甚，又复睡下。听着隔舱人声，似乎查票的没有走。朦胧睡梦中，只偶然听到断断续续的谈

话：“这是什么？有Cognac（白兰地）!”——听着一人答道：“有便怎么样！这是外交人员的特权……你想……我不……”这确像是中国人说俄国话的声音。接着极粗笨的俄国人声音，声浪很重，可是语音模糊：“……你们中国……没有；我怎么没见上面来电……本来不能放……”——“怎么样?”寂然半晌，语声不可辨。忽听又一个俄人的声音：“我们打电到伊尔库次克……走罢！……那边自有办法。……”天色渐渐明亮，车又开了。

六日清早醒来，已到美索瓦站（Mezovaya）。极望一片雪色，浩无边际，道旁疏疏落落几株槎杈的古树带着雪影，绝好一幅王石谷的《江干七树图》。车进站后停下，就有三个中国人上来求见总领事，说他们许多苦状。美索瓦是苏维埃俄东方边境第一站，到此当换车头，原有车头要退回远东，所以车停足有四五点钟。因此那三个中国人要求总领事接见当地全体侨工。总领事极力安慰，说“不好太费事”。我们顺便和那三人谈谈。美索瓦有中国侨工二百多人，大概都是做苦工的。他们说着，颜色凄然：“……不能回去，有什么法想呢！……一个月我们现在得了三十斤黑面包，只够半个月吃。大家都得做活，不做活的呢，更坏！‘登’上大狱。要到别处去也很难……”。

车停在站南头等的开发。我们在车里吃饭，旁边走过去好几辆运兵的车，一个一个，穿着褴褛不堪的兵衣，顶着油腻污秽的皮帽，都伸长着颈项看中国专车里的白米饭，牛肉，白菜呢。过了一会，一辆车停住在我们车窗前面，就有几个兵向我们车窗里做手势要香烟吃，我们给了他们几支，千谢万谢着去了。

我们的车原是因为误了趟，远东交通总长沙都夫特派一单车头送过来的。车手得到了美索瓦站站长另派车头引车西去的消息，他就上车来道别，回赤塔去，要几支烟。他说：“可怕可怕……生活真难呵！我一个月薪水七百元苏维埃卢布，买一盒洋火倒要二百元。……”

“赤色”的火车头来带着我们的车进苏维埃的新俄了。七日一清早，朦胧睡梦初醒，猛看见窗外一色苍白，天地冻绝，已到贝加尔湖边。蜿蜒转折的长车沿着湖边经四十多个山洞，拂掠雪枝，映漾冰影，如飞似掠的震颤西伯利亚原人生活中之静止宇宙，显一显“文明”的威权。远望对岸依稀凄迷，不辨是山是云，只见寒浸浸的云气一片凄清颜色，低徊起伏，又

似屹然不动，冷然无尽。近湖边的冰浪，好似巉奇石突兀相向，——不知几时的怒风，引着“自由”的波涛勃然兴起，倏然一阵严肃冷酷的寒意，使他就此冻住，兴风作浪的恶技已穷，——却还保持他残狠刚愎倔强的丑态。离湖边稍远，剩着一片一片水晶的地毡，澈映天地，这已是平铺推展的浪纹，随着自然的波动，正要遂他的“远志”，求最后的安顿，不意不仁的天然束缚他的开展，强结成这静止的美意，偶然为他人放灿烂突现的光彩。凄清的寒水，映漾着墨云细雪，时时起无聊畏缩的波动，还混着僵硬琐碎的冰花，他阵阵的绉痕现于冷酷凄凉的颜面，对着四围僵死冻绝的乡亲，努力表示那伟大广博的“大”湖所仅存的一点生意：“呵！不仁的‘寒’神震怒，荡漾狂澜几乎全成僵绝的死鬼，所剩我这‘中心’一毫活泼的动机，在此静候春风；和煦的暖意，不知甚时才肯惠临？……”

十三

七日下午三时车到伊尔库次克，站长命令教把中国专车摘下来，停在车站尽头。随即上来几个人，口称得到边境来电，中国专车带有秘密文件，须得扣留检验，扰扰半天，查不出什么东西来，刘守清又骂了他们一顿，才算偃旗息鼓的下去了。那副领事刘守清气狠狠坐下说道：“他们现在那里来这许多犹太人，真歪缠得很！这还不是那天要白兰地没要着的小子弄的鬼么？今天一闹又闹晚了。明天非得去找当地的外交当局不可。……”我听了才想起那天晚上听见的谈话，原来有这样一段故事在内呢。车离车站足有四分之一里远，我只听得他们来来往往的上车站打电话。到晚上十二点钟才听说，电话打通了，那边认错，答应好好接待，一有通车，就可以挂车前进，只待明天当面再谈一谈罢了。……大家的疑虑才烟消云散。

冷清清漫天的雪色，镇着死神似的沉寂，清早的严寒，掩没了熹微的晨光，云影滞凝，死也不愿开展，反令人觉着死沉沉的暮气。只有那疏疏密密的枯枝，时时战颤，忍着百般痛心切骨的苦恼，静待遥远未来的春意呢；偶然残酷的北风拂拭簌簌的雪响，好一似力尽声嘶，耐不住疼痛，突然漏出一些畏怯的呻吟。车站外长河已经冰冻着一半，架着木板的码头，

满盖着冰雪。从此桥渡河进伊尔库次克城，——走尽桥端，上“苏维埃渡船”，一只小小的火轮，也已征收公用，不费渡钱，可是不但桥上冰滑，再三再四几乎滑下冰里，就是船上也是污泥痰秽，烟气迷闷。站出船头，宁任寒战风侵，也比闷闷的站在舱里好些。回看阴阴凄凉的天色，近车站高岗上的树影，还远远地含笑点头致意呢。我同刘守清渡河，经此二十分钟就到“彼岸”。刘君想找西伯利亚外交委员，我也得去验一验我们来俄的种种文件，——得知道知道他们招待的态度。上岸之后，只见荒凉的街市，一片雪影，足迹都非常之少，可怜的店铺掩着双扉，从外面看去，好像都是没人住的。沿着道旁慢慢的走，偶然遇着行人，问一问街道，大概都不能清楚回答，走得精疲力尽，想找一辆马车，也找不着。转过三四个弯，远远一条长街只看见三四个人，蹀躞着，缩头缩颈歪斜着走；却有一辆冰橇停在路旁，我们赶紧去问一问，要的价钱贵得可怕。不能坐，又往前走。好容易问着一人同到外交委员家里。我们一进院子，看见一女郎穿得很整齐华丽（那一天是希腊教耶稣降生节），自己捧着木柴拿斧子在那里劈呢，院子东角上两间小屋前站着两个人，远远的看不清楚。忽然听着中国话的声音。抬头一看，那两人已经走近，原来是中国人。我们正在谈话，听得那女郎高声叫道：“华西里（中国人的俄国名字），唉！帮一帮我，Radi Boga?（意为‘看上帝面上’——俄国俗语）”那一中国人就去帮他劈柴；还剩一个，拼命的拖我们到他屋子里去，他媳妇也是俄国人，出来见我们，彼此问长问短。他们同外交委员住一院子里；外交委员住“上房”，他们住“下房”。那天外交委员不在家，只得留话便走出来，同着那中国人，找到留伊的副领事薛君处。

现在已经进了饿乡了。饿乡的滋味却还没尝着。可是，在伊尔库次克，赤军刚刚占领不到半年，兵燹之后，余烬还没全熄，一切建设都还在草草初创，或者一毫都没动手呢。那地经济状况，在那时为全国最窘急的地方。他们在薛君处第一次吃着“苏维埃的黑面包”，其苦其酸，泥草臭味，中国没有一人尝过的，也没有一人能想象的。可是那天席间还有些鸡鱼。据他们说，布尔塞维克来了之后，商业一概禁止，这是乡下有熟人偷买上来的。我们因问起工人职员（官吏）的生活，据说口粮分好几等：从每月十五斤（俄一斤抵中国一斤之四分之三）到每月四十五斤黑面包。薪水最多的不过八千卢布，依那时卢布的行市只抵到中国的八角钱。吃完了饭之后，觉着身体轻松了好些，冷风里跑了三四个钟头，得在软椅上躺着，又饱又暖，听着桌上“自暖壶”细细的私语，随意谈话，听来都感新奇的奇闻，这也是饥寒之国的一瞬间的乐趣。薛君所住的房屋，还有一工程师及一中国医生；电灯房费都很便宜，房子是后来简直完全免费了。他们介绍我见那工程师，走进屋子，只见烟沉沉的依稀映着一老瘦的人面。旁边还坐着他几个亲戚——女人，工程师恭恭谨谨的请我们坐，我心上想：今天第一天进赤色的苏维埃俄国的城市一饿乡，怎能不知他们主张“饿”的人究竟是什么样的一种人生观，因问工程师是不是共产党。工程师放下烟斗，破壳的喉咙里发出嘲笑的声音，而又带着愁惨的声调，说道：“我？共产党！咦！……”旁边有人插嘴，指着一女郎道：“他是共产党。”我就回身问他共产党的党纲；并看他脸上涂脂抹粉的，很可笑的形容。那女郎愣着，只是笑，勉强说着一两个字，又顿着不说，似乎害羞不好意思。……工程师抢着说：“党纲好极了！好极了！可惜梦想，幻想；枪，监狱，监狱……”老工程师在铁道局办事，屡次怠工，唾骂布尔塞维克。下狱三四次，依旧如此，劳农政府没有技师。也只能听他。他又说：“乡下人的鸡鱼鸭肉一概都行集权制，怎么办得了，又不准做生意。办事的人才有饭吃，不办事的，——也许他不高兴，——可不行了。好罢，看着罢！究竟怎样？……”可惜他所说都是零星片断，不能给我一明晰的观念。那天谈着，不觉得已经是晚上八九点钟了，辞了主人就回车上。

九日上午八时，一切都已接洽妥贴，开车。在伊不过两日，只得一闪烁的印象，一切还留在我幻想中。社会的实际生活，卖书买面，极普通极平常，不如理论的深奥万倍，粗看虽只见“黑面包”一极具体的事实，而意味深长，要了解他须费无限的心灵之努力。——反不如社会主义深奥理论的书籍容易呵。冻澈的轮机声随着我的幻想颤动，从此又西去了，渐渐的入欧俄了。

十一日过乌客（Uk），砦木沙尔（Zamzor），十二日晚过克腊斯诺雅尔斯克（Krasnoyarsk），十四晚过新尼各拉叶斯克（Novo Nikolaevsk）——正是俄历新年，在车里亦没能看一看俄国旧俗，十五日过发腊宾斯克（Fara-

binsk），十六日到沃木斯克（Omsk）。沿路车行甚慢，只有漫漫的雪色，阵阵的风声。到沃木斯克又要办交涉，因此再停顿。

车站上行人很多。我们上站走了一走，离站不远一荒场上聚着许多人，似乎是市场，我买一盒俄国烟，价值倒要一千七百五十卢布。市场上的俄国人都穿得褴褛不堪，看见中国人来都围着兜卖。遇见一中国工人，谈起来，说是：一九二〇年春天那地方还可以做小买卖，后来全充公了，强逼做工，一天一斤半黑面包，现在商业禁止，这市场上的小买卖还可以做，可是从前每每因为工人缺乏，全市场都赶进工厂做工，这两天才稍为松些。中国人有二千多，新尼各拉叶斯克有四五百，做工还好，不做工的很苦，也只得偷做些生意。华工会发的护照勉强可以保护工人，可是非钱不行。我听着有无限的感触；极目荒凉，黯黯的夕阳，投着散乱的人影，寒气浸浸，回头一看，已经满身都是霜了。

在伊尔库次克时外交委员答应打电到沃木斯克可以领些食物，到此交涉好久才出官价二千多卢布买了面包牛肉鸡子等。可是当天（十六日）晚上，车停在车站尽头，我们货车上的锁被人扭断，偷去面十铺德，陈广平咆哮大怒，噪了半天，也就无法可想了。

十天以来我的生活一发无味枯燥。西伯利亚快过完了。生活上的感想，只觉得全宇宙盖满了阴沉沉的肃气。我主观的人格抑郁到极处，应当豁然醒悟：请看恬静可爱的“俄国乡下人”百年来奋斗争取自由……到现在不容他口口声声否认，不得不承认外围的社会力。梦想！幻想！离社会求个性，个性在什么地方呢！

社会是整个的具体的，假使了解他，或者还嫌“社会”一字，抽象的名词为多事呢。西伯利亚中世纪的社会，半封建的经济组织，离共产主义有多远！俄国的所谓无产阶级革命的伟力竟渐渐的侵犯蚕食他。我只见实际生活：俄皇政治，欧洲大战，国内战争，在宇宙的大海内涌起巨波，震荡西伯利亚的小舟。社会革命，俄国的社会革命，不是社会思想的狂澜，而是社会心理，——实际生活“心”的一方面，——及经济生活，——实际生活物的一方面，——和合而映成的蜃楼。来俄之前，往往想：俄罗斯现在是“共产主义的实验室”，仿佛是他们“布尔塞维克的化学家”依着“社会主义理论的公式”，用“俄罗斯民族的原素”，在“苏维埃的玻璃管

里”，颠之倒之试验两下，就即刻可以显出“社会主义的化合物”。西伯利亚旅行的教训，才使人知道大谬不然。

“只有实际生活中可以学习，只有实际生活能教训人，只有实际生活能产出社会思想，——社会思想不过是副产物，是极粗的现象。”西伯利亚的人民在严厉的教师之下，自然的学习呵。

主观的我在客观的物之中，何容你呓语连篇的求解放呢。

十四

十天以来，伊尔库次克暮霭沉沉中的晚钟，沃木斯克追赃查贼时的骂呓，沿途褴褛瑟缩的人影，车行风掠雪碾的厉声，中古神教威权的想象，现代国际公法的痴念，远东泰西西伯利亚人文的混合，帝国主义狂暴之下的呻吟，人类文化热病之中的喘息，—— 一切一切融和会杂复映而成我的心灵之印象。亲亲热热抱着这一印象来到“现代的文明的”欧洲之遥远荒僻，“现代性”（contemporanéité）色彩还很淡很淡的边境，——十八日离沃木斯克，二十日到都明站（Tiumen），欧亚的交界。当晚到嘉德琳堡（Catherinburg），那地矿产非常之丰富，宽洪大量的“天然”，含笑看着：人类因“家事”扰攘，蜗角牛斗，还竟没闲暇去聘请他（“天然”）以奏天下太平的盛乐呢。依稀恍惚的幻想，伴着震荡飞掠的旅梦，掩没在寒衾里，二十一日清早醒来已在乌拉岭（Ural）上郭同站（Kordon）。白雪四山掩抑那丰富的“天然”，不见无产阶级实业家的轮椎，却只见诗人呼啸清新的美意。

长林迴密，随着高低转折的峰峦，蜿蜒漫衍，努力显现伟大雄厚的气概；闪铄晶光的雪影映射着寒厉勇猛的初日，黯云掩抑依徊时，却又不时微微的露出凄黯的神态；松杉的苍翠披着银铠晶甲的圣衣，固然明明轩昂有骄色，表示他克己能耐忍受强暴的涵量，倏然忽起狂吼的怒风，号召四山的响应，万树枝头都起暴动，簌簌的雪花不由的纷纷堕落，虽则越显得寒厉的“冬之残酷”，然而散见零星的翠色，好一似美人的眉飞目舞，已确然见温情蜜意的“春之和畅”之先声。一干一枝拥着寒雪，只觉得冷凄凄的外围掩抑他的个性，渴望和润的幻想虽充满了他的内力，究不敌漫天盖

地宇宙的伟力。等到万树长林，震荡巨波泛滥的风暴，才能群起蜂涌，摇展飞动。其时虽得不着内力充分的发展，——本是盲然蠢动，何尝立刻得饮春风中的甘露，却也如巨潮澎湃，嚣然不可复当，暗示天意的回转。何况他们占东半球大陆的领袖地位，居高临下，安镇乌拉岭崇峻的峰头，为大地之脊，上接飞舞的长云，下临寒澌的小流，暗示全世纪以宇宙伟大的动力呢。

长蛇蜿蜒的火车在乌拉岭上缓缓的游行，山色清新时时投入车窗，成飞掠转折翠白相间的画影。顺山麓西下的时候经一小站。在山凹密林的中间，当窗突然显现可爱的俄国乡村，琐居复凑的木屋，盖着一片白雪，中间矗立希腊教堂的塔影，铜顶的光彩光铄不定，和四围万树的雪枝相语，只有午钟初动，传响山壑时，突然打断他们密密相诉的情话。车窗外有一老人，掘着铁轨中的死雪，模糊的须影里露着忠诚朴实的面貌，披着破旧油腻皮氅，把着铁铲，勤勤恳恳的一铲一铲抛那雪块。笑嬉嬉手挽手飞跑来了两个小孩，约摸七八岁。老人似乎和他们说着几句话，一个小孩就拿起雪铲帮着铲雪，那一个两手捧着雪块搬运；大约有十几分钟，铲雪的放下铲子，从破口袋里掏出来一块黑面包，捧雪的忙忙的抛下雪块赶来要着半块面包；两个小孩相对着吃，笑嬉嬉的似乎谈什么事情；忽然捧雪的捡起一块雪掷去，掷在那铲雪的肩上，两个又扭在一块，相打起来；一个翻倒在地，一个往前就逃，翻倒的站起来就追；那时老人举起铲子，只看见他蓬松胡须的嘴唇乱动，似乎说着一大篇话似的，小孩子却头也不回。我正看得出神，忽然“嘟”的一声汽笛，车已动了，那老人和小孩都渐渐不能看见了，只有那老人体力工作时和蔼沉静怡然自乐的笑容和小孩子活泼天真的神态，还在我心里留一印象。

二十二日晚下乌拉岭西麓。经小站，有一俄国村妇携着一筐鸡子要换食盐，——我们带的盐却很少——只得出三万苏维埃卢布买了他一百枚。问他为什么不愿意要钱。他说：“这样的布尔塞维克的钱有什么用处，反正什么也买不着，只有外国人带点子‘product’来就换些用用。盐呢，糖呢，布呢，少得很呵。那……那花花绿绿的纸票，干什么！我们自己也是拿东西换东西，‘上面’还不准呢。”从此往西，每站都稍须有些东西

买，只算是偷做的生意。伊尔库次克到乌拉岭，沿路火车站上是绝对没有小买卖。到此才见物物交换的原人经济。此后共产党改变经济政策，三年来喘息方定，才着手于经济改造，经济组织因工商业的恢复，或者渐渐地进步到现代的文明，建筑起共产主义社会的基础。（这已是一九二一年三四月间的话。）那时呢，还只见一般可怜的“偷做生意者”呵。二十三日晨，经维阿德嘉（Viatka），二十四日到复洛葛达（Volog－da）。愈往西愈近俄国的工业区，已出中世纪而进现代，所以西来渐渐觉着有生意，车站上往来的行人也穿着得比较好些，整齐些，不像东西伯利亚的穷窘形状了。简单的物质文明的进步观念，原来在人类文化上有很大的意义的。“克己复礼”爱人如己的废除私有制，唯心的社会主义，究竟只侥幸他身家好，受祖父几世的教育文化，铸成这样社会主义家的慈善心肠，那知就这点教育文化也是唯物的经济组织中剥削劳动而得来的呢。只有这一带新俄罗斯居民，因经济组织的落后，虽政权入了共产党之手，何尝就能全无私有观念的人呢。不仅如此，这一区（欧俄东部）入苏维埃版图，还有十月革命一年及一年半之后。风起潮涌的自由战激励他们驱逐地主，打破封建遗毒的偶像。等到农民得胜，初赖共产党的指挥操纵，分到了土地，小资产阶级心理发现，屡次为白党利用扰攘多时。实际生活的教训和社会心理的内力如此之显著呵。唯心的“社会主义试验家”，也只好干笑罢了。

复洛葛达离彼得城六百余俄里（一俄里抵中国二里），是北线（Siever-ney Ligne）的腰站，从此折往南四百七十俄里就到莫斯科。

车轮雷辗，鼓动热烈的声浪，血气奋张，含着不定的希望，舞手蹈足似的前往，经俄国大河复尔嘉（即伏尔加）（Volga）的上流，铁桥两面，望去已经隐约看得见两两三三的工厂的烟筒。二十五日早起，忙着整理什物，四十多天的火车生活快完了。天色清明，严肃的寒风，裹着拥锦的白云越发谨饬，宇宙含笑融容，都和煦我的心灵，使勿太沉寂。满目雪色长林，欣欣然迎我这万里羁客。苍苍的暮霭，渐渐地漫天掩地的下罩，东方故国送别的情意，涌出一丸冷月安慰我的回望。轮机轧轧，作谐和的震动，烟气蓬勃喷涌，扑地成白云缭绕；夹着木柴火烬的飞舞，星星在长林墨影冻堤白雪上显现灿烂勇武的“红光”，飞掠的车龙更抛拂他们成万条宛转的

金翼。沿铁道两旁，行近莫斯科郊外的地方，夹着两排疏疏密密的雪树，车行拂掠着万条枝影前进，偶尔掠过林木的缺处，就突然放出晶光雪亮的寒月，寒芒直射，扑入车窗，如此闪闪飞舞突进，渐近莫斯科。已经遥遥看见城中电光明处，黑影中约略还辨得出喘息稀微的工厂烟气。几分钟后已到莫斯科雅洛斯拉夫站（Yaroslavsky Wokzal）。那时是一九二一年一月二十五日晚十一时光景，太阴历的庚申年十二月十七。寒月当空，嘈杂的人声中，知道已到“饿乡”了。

赤国的都城也就是四世纪前俄罗斯莫斯科时代皇朝的旧宫。处于欧洲无产阶级“心海”的涛巅，涌着俄罗斯劳动者心血热浪，颠危震荡于资本主义风飓之中的孤岛已经三年有余了。“赤都”第一夕的心影，留一深切的印象，东方稚儿渐渐自觉他的内力，于人类文化交流之中求一灯塔的动机已开，饿乡之“饿”如其不轧窒他的机括，前途大约就可以见平风静浪的海镜，只待于百忙之中，将就先镇定了原人时代海运的帆篷舵索，稳稳的去探奇险。

社会革命怒潮中的赤都只是俄劳动者社会心理的结晶。社会结构的幼稚，或者可以说现代人类文化的程度不过如此，群众心理的表现，大部分还只能如婴儿饥渴求饮的感觉。三年以来，奔腾澎湃的热浪在古旧黑暗的俄国内，劳动者的“生活突现”，就只在勇往直前强力怒发的攻击，具体的实现成就这一“现代的莫斯科”。他们心波的起伏就是新俄社会进化的史事，他们心海的涵量就是新俄社会组织的法式。实际生活中的社会心理变迁再变迁，前进再前进，遥远的未来如果能允许俄国劳动者以胜利，也得先立条约：以他们在“实际生活学校”中的成绩作预支“胜利基金”的信用（credit）。

赤色的旗帜之下——新莫斯科——只能见很稀很少的唯心派社会主义试验法的痕迹。社会进化史是社会心理变迁的记录，就是只显露情感感觉流动的“阴影”；他不是社会思想，社会学说的学案，并无理性分别计较试验的公式图表，本来群众心理还非如个人心理之有理性意识（第六识）作用的表现。

十五

白雪的沉影下，盖着六层的大楼，一面遥对克莱摩（kremlin）皇宫（现译克里姆林宫）的殿阙，一面俯接帝国大剧院院顶上雄伟的铜马，这是旧时莫斯科最大的旅馆，现时俄罗斯联邦苏维埃社会主义共和国的外交人员委员会。四层楼上，一间办公室，窗帘华丽而破旧，稀微的雪影时时投射进来；和软的沙发，华美的桌椅时时偶然沾着年久的尘埃，欣欣然的欢迎远客；打字机声滴滴嗒嗒不停，套鞋沾着泥雪在光滑可爱的地板上时时作响；办事员都裹在破旧的皮大氅里手不停挥的签字画押，忙忙碌碌往来送稿；兴兴勃勃热闹的景象中，只有大病初愈的暖气管，好一似血脉尚未流通，时时偷着放出冰凉的冷气，微微的暗笑呢。这就是外交人民委员会东方司司长杨松（Yason）的办公处。杨松微微含笑对着远来的新客道："我们这里怎么样！……可是很冷呵，你瞧我穿着皮大氅办公呢。……中国的劳动人民自然是对我们表很亲密的厚意，可惜协约国封锁以来，谣言四布，他们未必得知此地的实情，或多误会。诸位到此，正可为正直的中国人民一开耳目，为中俄互相了解的先声。我们能不竭诚欢迎吗！不过我们处于极窘急的经济状况，一切招待有不周到的地方，还请原谅。……"

到莫斯科的第三天就得到外交人民委员会发给的"膳票"，并且派一人同往外交委员会的公共食堂。饭菜恶劣，比较起来，在现时的俄国还算是上上等的，有些牛油，白糖。同吃饭的大半都是外交委员会的职员。我看他们吃完之后中各自包着面包油糖回去，因问一问同行的人。他说俄国现在什么都集中在国家手里，每人除办事而得口粮外，没处找东西吃用，所以如比。"譬如你们这种'双喜'烟，我已经一年多没抽到这样好的烟了。……你们通信，可不要写俄国的坏处呀……哼哼……"他忽然低声的问道："你们有鸦片烟吗？"……"怎么！竟没有！……我听说此地的中国人常常有抽的……"公共食堂是以前的旅馆，外交委员会职员大半都住在里面，却是很方便的。过不到几天（二月二日）外交委员会就派汽车送我们到一公寓。这公寓亦是旧时的旅馆"Knyaji Dvor"。我们三人占了

两间屋子。桌椅床铺电灯都很完全。草草收拾整理停妥，房间汽炉烧得暖暖的，吃饭在公寓里的饭堂。饱食暖居，凭窗闲望，金灿灿辉煌的大教堂基督寺的铜顶投影入目，四围琐琐的小树林，盖着寒雪，静沉沉的稳睡呢，这种物质生活的条件，虽然饮食营养太坏，亦满可以安心工作了。我想一切方便，都赖旧时旅馆的结构处置，公共居住公共消费，也可见资本主义给社会主义打得一好基础呵。可惜三四个月之后，劳农政府实行新经济政策，食粮停发，饮食的方便，在我们公寓里，因此就消灭了。——这是后话。

东方稚儿已到饿乡了。回看东方的同胞在此究竟“如何”。我们到莫斯科十天之后，就刚值全俄华工大会。会中从俄国各地到的代表约有近二百人。所代表的人数尽在欧俄的总有四万多。他们有从法国德国欧战时逃回国没成而流落此地的。有向来在俄经商作工的。现在呢，工作的物质生活条件很窘，往往迫得营私舞弊。一百多代表中“识字知书”的很少，可是穿着倒还不错，——真可佩服的中国人的“天才”！然而他们听说我们来了，异常之高兴欢迎。长久不听见中国国内的消息，他们也正如渴得饮。我们随便谈谈国内的学潮，却也只激出几句爱国的论调。陈领事不敢出席，——不知因为什么，——各代表都不满意。会议中的要案，因为当时还禁止经商，大家都想回国，所以最重要的就是“回国问题”。——结果都推在领事身上。至于其余的组织问题，乱七八糟，不用说自然是中国式的组织！大会之中我因此得认识些中国侨工，后来也常往来。只可怜饿乡里的同胞未必认所居地为饿乡呵。

饿乡！饿乡！你还是磨练我的心志，还是亏蚀我的精力呢？工作开始了，看着罢。

我们的工作条件是不很困难的。杨松介绍我们许多地方，可以搜集材料，访问要人。第一就见着俄罗斯共产党机关报《正道》(Pravda)(现译《真理报》)的主笔美史赤略夸夫(Mechtchelryakoff)。他指示我们参观的手续，一切种种，从他开始。同时东方司还派一翻译郭质生，他懂中国话，生长在中国，所以有中国名字，虽然他不能译得很好，我们也另有英文翻译，亦是外交委员会派来的，自己又可以说几句俄文，本来用不着他，然而后来我同郭质生竟成了终生的知己，他还告诉我们

许多革命中的奇闻逸事。实际生活中的革命过程。因此我们正式的考察调查从那天见美史赤略夸夫起，“非正式的”考察调查也从那天见郭质生起。

雄伟壮丽的建筑，静悄悄的画室，女郎三五携着纸笔聚在一处一处大幅画帧之下。——这是德理觉夸夫斯嘉画馆（Trityakovskay gallereya），我们在莫斯科第一次浏览之处。那地方名画如山积，山水林树，置身其中，几疑世外。兵火革命之中，还闪着这一颗俄罗斯文化的明星。铁道毁坏，书报稀少，一切文明受不幸的摧折，于此环境之中，回忆那德理觉夸夫斯嘉（Pavel Mihailovith Trityakovskay，一八三二至一八九八，这两馆的首创者）的石像，还安安逸逸陈列在他死时病榻之处，正可想起“文化”的真价值。俄罗斯文化的伟大，丰富，国民性的醇厚，孕育破天荒的奇才，诞生裂地轴的奇变，——俄罗斯革命的价值不是偶然的呵！社会之文化是社会精灵的结晶，社会之进化是社会心理的波动。感觉中的实际生活教训，几几乎与吾人以研究社会哲学的新方法。进赤俄的东方稚儿预备着领受新旧俄罗斯民族文化的甘露了。理智的研究侧重于科学的社会主义，性灵的营养，敢说陶融于神秘的“俄罗斯”。灯塔已见，海道虽不平静，拨准船舵，前进！前进！

十六

荒凉广漠的大原，拥抱着环回纡折的峦谷，冷风凄雨，严霜寒雪，僵绝的冰流澌澌的溅裂，飞舞的沙砾阵阵的扫掠，一切“天然”的苛酷累年积月，层层抑遏，却有兀傲猖狂的古树，翘然矗立于其中。臃肿的伟干，蜷曲的细枝，风伯雹神恨他的猖獗，严刑酷罚一日不离这“天然之叛贼”，飕飕微动就已震颤，点滴僵石，却又木然，唉！积威之下，难道他畏怯至此！年龄无量数，幅员无量大，经受尝试无量苦，——不知道天地的久长，宇宙的辽阔，鳏寡孤独的惨戚。只时时飐拂自己的万里长枝，零星琐叶，从容徘徊于此惨忍不仁的“天然”间。似乎是已经老态龙钟，枝叶委琐，雨侵虫蚀，靡靡难振，然而又未尝闻斧斤之声而

有丝毫转侧，受啄木之喙而起细微呻楚，确也崛然强项。只有凄微的风色，匿黯的日影，重云摩顶，孤鹄啼枝，添绘了几许悲愁的景象！回忆小阳春时几微流转些将近暖谷的和风，偶尔沾惠些尚未凝霜的甘露，虽则凄惨依然，预觉“严冬之恶神”狂暴，却还有余力作最后的奋斗，试一试防御的战术，居然能及时自显伟大的“春意之内力”；那时何等光荣！殊不知道一切都如梦呓，到而今枉然多此悲叹。然而！……然而这春意之内力，他是自信的，不过何日得充分发展，何道得出此牢笼，他那时也许未尝想及。然而……然而他是自信的，神圣的古树呵，自有他永不磨灭的自信力。

果不其然！在荒原万万里的尽端，炎炎南国的风云飚起，震雷闪电，山崩海立，全宇宙动摇，全太阳系濒于绝对破灭的危险恐怖，天神战栗，地鬼惊啸。此中却还包孕着勃然兴起，炎然奋焰，生动的机兆，突现出春意之内力的光苗，他吐亿兆万丈的赤舌，几几乎横卷太空。我们的老树，冰雪的残余，支持力尽，远古以来积弱亏蚀，——况且赤舌的尖儿刚扫着他腐朽的老干，于是一旦崩裂，他所自信的春意之内力，趁此时机莽然超量的暴出，腐旧蚀败的根里，突然挺生新脆鲜绿的嫩芽，将代老树受未经尝试的苦痛。

可惜，狂波巨涛，既卷入深曲的港湾，转折力尽，又随“天然”的惰性律而将就澌静。赤舌的光苗于此渐黯渐黯。他国新林中的鲜芽受不足春之热力，又何从怒生呢？孤另另这一棵古树中的新枝，好不寂寞凄清。何况旧时残朽的枝叶，侵蚀的害虫，还有无数的遗留，苛酷的天然，依然如旧，或者暴风霹雷之后，天文的反动，更加暴虐苛刻，冷酷非常。春意的内力呵！你充满宇宙，暂借此一枝不自然，超其能量而暴发的新芽，略略发泄。还希望勇猛精进抗御万难，一往不返，尤其要毋负这老树兀岸高傲的故态呵！

跋

几世纪几千年的史籍，正像心血如潮，一刹那间已现重重的噩梦，印象稀微，何独不因于此。人类社会的现象索回映带，影响依微，也不过起

伏震荡于此心波，求安求静，恃生活力为己后援。一切一切都放在这“实呼上，好一似群流汇合于心波的海底；任凭你飞溅临空，自成世界，始终只成一抽象的空间之点，水落时依然归于天太空，不留半毫痕迹，那时自知框然。

心海心波的浪势演成万象，错构梦影。醒时愈近，梦象愈真，亦许梦境愈恶。心海普通圆满，心波各趁奇势；所以宇宙同梦，而星神各自炫耀他自己的光彩。其中梦短者不必多羡长梦中的“旧时歌舞”，已可先见后来恶鬼的狞脸：——只须经过中加速几秒，跳过几重类似的梦影，——咱们同梦者还得同醒。假设心海的波涛，展荡周遍，“趋平”之机成熟，这自然是可能的。

唉！资本主义的魔梦，惊动了俄罗斯的神经，想求一终南捷径，早求清醒。可惜只能缩短分秒，不容你躐级陟登。西欧派斯拉夫派当日热烈的辩论，现在不解决自解决了。中国文运的趋向，更简直，更加速，又快到这一旧步。同梦同梦！东方文化和西方文化的交流，在俄在华原是一样，少不得必要打过这几个同样的盘旋。

我这东方稚儿却正航向旋涡，适当其冲，掌舵得掌稳才好。我还有我个人心理的经过，作他浮浆前依拂的萍藻，更成交流中之交流；必得血气平静，骇浪不惊，又须勇猛镇定，内力涌现。

我寻求自己的“阴影”，只因暗谷中光影相灭，二十年来盲求摸索不知所措，凭空舞乱我的长袖，愈增眩晕。如今幸而见着心海中的灯塔，虽然只赤光一线，依微隐约，总算能勉强辨得出茫无涯际的前程。何况孑然飘零，远去故乡，来此绝国，交通阻隔，粗粝噎喉，饿乡之“饿”，锤炼我这绕指柔钢，再加以父母兄弟姊妹，一切一切，人间的关系都隔离在此饿乡之“乡”以外。如此孤独寂寞，虽或离人生“实际”太远，和我的原则相背，然而别有一饿乡的“实际”在我这一叶扁舟的舷下，——罗针指定，总有一日环行宇宙心海而返，返于真实的“故乡”。

一九二一年十月稿竟。

这篇《游记》着手于一九二〇年，其时著者还在哈尔滨。这篇中所

写，原为著者思想之经过；具体而论，是记“自中国至俄国”之路程，抽象而论，而记著者“自非饿乡至饿乡”之心程。因工作条件的困难，所以到一九二一年十月方才脱稿。此中凡路程中的见闻经过，具体事实，以及心程中的变迁起伏，思想理论，都总叙总束于此（以体裁而论为随感录）。至于到俄之后，这两部分，当即分开。第一部分：一切调查，考察，制度，政事，拟著一部《现代的俄罗斯》，用政治史，社会思想史的体裁。第二部分：著者的思想情感以及琐闻逸事，拟记一本《赤都心史》，用日记，笔记的体裁。只要物质生活有保证，则所集材料，已经有极当即日公诸国人的，当然要尽力着手编纂，在我精力范围之内，将所能贡献于中国文化的尽量发表。成否惟在于我个人精力能否支持，——可是我现在已病体支离了。

瞿秋白志于莫斯科 Knyaji Dvor 病榻。

一九二一年十一月二十三日

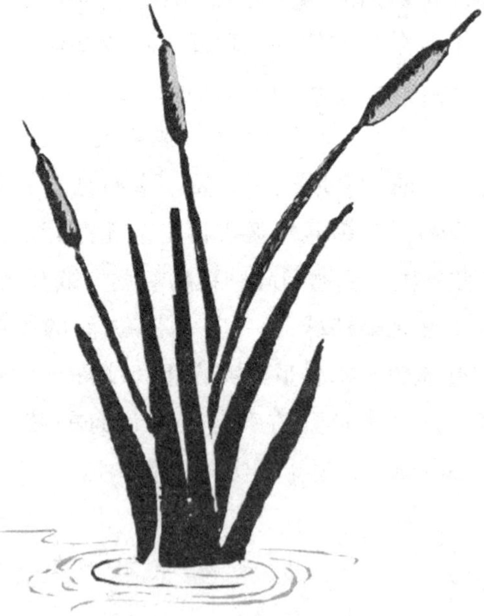